BIG ROCK

LAUREN BLAKELY

BIG ROCK

Tradução

FABIO MAXIMILIANO

Diretor editorial **PEDRO ALMEIDA**
Preparação **CINTHIA ZAGATTO**
Revisão **GABRIELA DE AVILA**
Projeto e diagramação **OSMANE GARCIA FILHO**
Capa original **HELEN WILLIAMS**

Dados Internacionais de Catalogação na Publicação (CIP)
(Câmara Brasileira do Livro, SP, Brasil)

Blakely, Lauren
Big Rock / Lauren Blakely ; tradução Fabio Maximiliano.
— Barueri : Faro Editorial, 2017.

Título original: Big Rock
ISBN 978-85-62409-94-3

1. Ficção norte-americana I. Título. II. Série.

17-02665 CDD-813

Índice para catálogo sistemático:
1. Ficção : Literatura norte-americana 813

1ª edição brasileira: 2017
Direitos de edição em língua portuguesa, para o Brasil, adquiridos por FARO EDITORIAL

Alameda Madeira, 162 – Sala 1702
Alphaville – Barueri – SP – Brasil
CEP: 06454-010 – Tel.: +55 11 4196-6699
www.faroeditorial.com.br

BIG ROCK

Prólogo

MEU INSTRUMENTO É SIMPLESMENTE SENSACIONAL.

Você não precisa acreditar no que eu digo. Apenas considere todas as qualidades que ele exibe.

Vou começar com a mais óbvia: o tamanho.

É claro que algumas pessoas dirão que tamanho não importa. Pois permita que eu lhe diga uma coisa a respeito disso: *elas estão mentindo.*

Você não vai querer um diamante minúsculo no dedo se puder ter um de três quilates. Não vai querer uma nota de um dólar se puder ter uma de cem. E não vai querer cavalgar pelos campos sobre um pônei se puder escolher o maior e mais garboso de todos os garanhões.

Por quê? Porque os grandes são os melhores. E proporcionam mais diversão. Pergunte a qualquer mulher que já tenha pronunciado a terrível frase: "Já está dentro?".

Nenhuma mulher jamais teve de me perguntar isso.

Você deve estar se questionando agora: "Mas qual é o tamanho dele?". Vamos com calma. Um cavalheiro não revela essas coisas. Eu posso ser mestre na arte de trepar, mas também sou um cavalheiro. Eu abro as portas do seu coração antes de abrir as suas pernas. Eu puxarei a cadeira para você se sentar, tirarei seu casaco, pagarei o jantar e a tratarei como uma rainha, na cama e fora dela.

Mas eu entendi. Você quer uma imagem para preencher sua mente. Uma escala, uma medida em números para poder saborear. Vamos lá. Imagine o tamanho dos seus sonhos. Pois bem: é pequeno perto do meu.

E quanto ao aspecto? Vamos ser honestos. Alguns pênis são feios como o diabo. Você sabe do que eu estou falando, por isso não vou me aprofundar no assunto. Para ter um vislumbre do presente que me foi dado pela natureza, quero apenas que você pense nas seguintes palavras: longo, grosso, liso, duro. Se os mestres do Renascimento vivessem hoje e produzissem esculturas de pênis, o meu serviria de modelo para todas elas.

Porém, falando com completa sinceridade, nada disso teria valor se ele não possuísse o atributo mais importante de todos.

Desempenho.

No fim das contas, o valor do pênis deveria ser medido pelo número de orgasmos que ele proporciona. Não estou falando de orgasmos simulados, estou falando de orgasmos múltiplos e devastadores, que fazem a mulher se arquear toda, perder o controle, trincar janelas... Explosões de prazer que a enlouquecem.

Quanto prazer a minha vara é capaz de dar? Não vou entrar em detalhes de um terreno tão íntimo, mas posso dar uma pista: meu membro tem um currículo impecável.

Pena que agora ele tenha que tirar férias forçadas. Isso é uma grande merda.

Capítulo 1

OS HOMENS NÃO ENTENDEM AS MULHERES.

Isso é incontestável. Uma realidade da vida.

Esse cara, por exemplo. O sujeito que está no meu bar, com o cotovelo apoiado sobre o balcão de metal na melhor pose: "*Ei, vejam como sou descolado*". Ele está alisando seu grande bigode e agindo como se fosse o melhor ouvinte do mundo enquanto conversa com uma morena gostosa, que está usando óculos vermelhos de armação quadrada. Só que o cara não tira os olhos dos peitos dela.

Sim, certo, a morena tem belos peitos. Belos e fartos. Um verdadeiro festival de luzes e cores para olhos masculinos.

Mas olhem só o que esse cara está fazendo.

Os peitos da garota não vão falar com você, amigão. Se você não olhar para os olhos dela, que estão um pouco mais acima, ela vai virar as costas e se mandar.

Encho um copo de cerveja para um de nossos clientes, um homem de negócios que costuma aparecer uma vez por semana. Ele parece bem cansado e, pelo menos no que diz respeito a bebidas, eu posso ajudá-lo.

— Essa é por conta da casa. Divirta-se — eu digo, deslizando o copo na direção dele.

— Essa é a melhor notícia que recebi hoje — o cliente diz com um sorrisinho de satisfação, antes de engolir metade do copo de uma só vez e tirar do bolso uma gorjeta de três dólares. Legal! Os garçons daqui, que dependem de gorjetas, vão gostar disso. Mas Jenny precisou sair às pressas porque a irmã dela teve uma crise ou coisa parecida, então eu estou atendendo os últimos clientes, enquanto minha sócia, Charlotte, cuida da contabilidade.

Quando o bigodudo chega mais perto da garota de óculos vermelhos, ela se afasta, balança a cabeça, agarra a bolsa e vai embora.

É isso aí. Eu dificilmente erro quando se trata de adivinhar se um homem vai se dar bem ou não. Na maior parte das vezes, as chances definitivamente não estão a favor dos caras, porque eles cometem os erros de abordagem mais comuns. Como, por exemplo, começar a conversa com uma cantada idiota, do tipo: "*Nossa... O que é que esse bombom está fazendo fora da caixa?*" ou então: "*Você deve vender cachorro-quente, porque com certeza sabe deixar uma salsicha no ponto...*". É, eu também mal pude acreditar quando ouvi essas coisas. E quando o sujeito está conversando com uma garota, mas fica comendo com os olhos todas as outras que passam por ele? Existe um modo mais eficiente de queimar o filme com uma mulher?

No entanto, o maior erro que um homem pode cometer em um bar é *achar*. Achar que a mulher quer conversar com ele, achar que ela irá para casa com ele, achar que pode beijá-la sem que ela lhe dê permissão.

Quem *acha* vive se perdendo, não é?

Você deve estar se perguntando: "Quem esse cara pensa que é para falar essas coisas?"

Bem, é melhor mostrar o meu diploma. Sou graduado em finanças e em linguagem das mulheres — e com histórico acadêmico impecável. Eu domino a arte de entender o que uma mulher quer... e de dar à mulher o que ela quer. Meu conhecimento nessa área é enciclopédico. Tenho grande fluência na leitura da linguagem corporal feminina, dos sinais e seus gestos.

Vou dar um exemplo do momento.

Charlotte está digitando no teclado de seu laptop, mordendo o canto do lábio inferior, o que indica que ela está concentrada. Tradução: *estou a mil aqui, então não me amole ou vai se arrepender.*

Eu estou exagerando um pouco, pois ela não seria realmente capaz de sair do sério por um motivo desses. Mas o fato é que Charlotte está enviando vibrações claras e o significado dessas vibrações é: "Não Perturbe".

O sujeito bigodudo, porém, é analfabeto em termos de mulher. Está perambulando perto do balcão, preparando-se para dar a cartada. Ele pensa que tem chance com Charlotte.

Do lugar onde estou, lavando copos, quase posso ouvi-lo limpando a garganta e se aprontando para abordar Charlotte.

Não é nada difícil entender por que a minha melhor amiga chamou a atenção do cara. Charlotte é simplesmente maravilhosa, uma deusa da mais alta estirpe. Para começar, ela tem cabelos loiros ondulados e intensos olhos castanhos. A maioria das loiras tem olhos azuis e Charlotte, dona de uma beleza que inverte esse padrão, torna-se muito especial e absolutamente sedutora. Os homens chegam a esquecer o próprio nome ao se depararem com ela.

Como se isso não bastasse, ela tem um fantástico senso de humor, um sarcasmo envolvente.

E tem mais: ela é brilhante.

Mas o Bigodudo não conhece essas suas duas últimas características. Ele só sabe que Charlotte é linda e vai até ela para tentar a sorte. Bigodudo tropeça em uma banqueta e abre um grande sorriso forçado. Charlotte reage com surpresa, incomodada porque o sujeito invadiu seu espaço de trabalho.

Charlotte sabe muito bem como cuidar de si mesma. Mas nós temos um pacto antigo, que colocamos em prática sempre que trabalhamos juntos no bar. Se um dos dois precisar de um falso namoro para se safar elegantemente de uma situação desagradável, o outro deve se aproximar e desempenhar seu papel.

Temos esse trato desde os tempos de faculdade e ele funciona que é uma beleza.

Funciona ainda melhor porque Charlotte e eu jamais teríamos um relacionamento amoroso. Eu preciso muito da amizade dela e, a julgar pelo número de vezes que ela riu comigo ou chorou no meu ombro, ela também precisa de mim como amigo. Nosso acordo é brilhante também por esse motivo: nós sabemos que nunca seremos mais do que amigos.

Saio de trás do balcão e caminho na direção de Charlotte. Alcanço-a bem no momento em que o Bigodudo lhe estende a mão, apresenta-se e pergunta seu nome.

Apareço de repente e ponho a mão nas costas dela, como se ela fosse minha. Como se eu fosse o único que pudesse tocar o corpo dela, correr os dedos pelos seus cabelos e olhar bem em seus olhos. Inclino a cabeça e o encaro com um sorriso bobo de satisfação no rosto, porque sou eu o único filho da mãe sortudo que vai para casa com ela.

— O nome da minha noiva é Charlotte. Muito prazer, eu sou Spencer — digo e estendo a mão para cumprimentá-lo.

O cara enruga o nariz como um coelho, notando mais uma bola fora que dá nesta noite.

— Tenham uma boa noite — ele balbucia e desaparece num piscar de olhos.

Charlotte olha para mim e balança a cabeça em sinal de aprovação.

— Hum, nada mau... Capitão Noivão veio em meu resgate — ela brinca, correndo a mão pelo meu braço e apertando meu bíceps. — Eu nem vi aquele cara se aproximando.

— É por isso que você pode contar comigo. Nada escapa aos meus olhos, são como radares — eu digo enquanto tranco a porta de entrada. O bar está vazio agora. Restamos só nós dois, como acontece tantas noites na hora de encerrar as atividades.

— E geralmente esses radares estão ocupados em busca de mulheres disponíveis — ela retruca, lançando-me um olhar do tipo: *"Eu conheço você muito bem"*.

— Bem, o que posso fazer? Eu gosto de manter meus olhos em forma, assim como o resto de mim — eu digo, passando a mão em meu abdome liso e sarado.

Vejo Charlotte bocejar.

— Vá dormir, já é tarde.

— É o que você deveria fazer também. Oh, não, espere aí. Você provavelmente tem um encontro, não é?

Não seria mesmo nenhuma novidade. Eu quase sempre tenho um encontro.

No início deste mês, eu conheci uma garota muito gata na academia. Ela estava malhando forte, mas malhou ainda mais forte comigo depois, quando eu a coloquei de quatro no sofá do meu apartamento. No dia seguinte, ela me mandou uma mensagem de texto, contando-me que suas coxas estavam doendo e que estava adorando a sensação. Pediu-me que a visitasse quando fosse a Los Angeles, porque queria repetir a dose.

Claro que ela queria. Depois que você prova filé-mignon, fica difícil voltar a carne de segunda.

Salvei o número dela na minha agenda. Nunca se sabe, não é? Dois adultos podem perfeitamente se divertir a noite inteira e se despedir pela manhã, dando pulos de alegria pelos orgasmos múltiplos alcançados.

É assim que deve ser. A primeira regra de uma transa é esta: sempre dê prazer à mulher primeiro e, de preferência, repita a dose antes de pensar em receber. As duas regras seguintes são igualmente simples — não se apegue e nunca, jamais, seja um idiota. Eu sigo as minhas próprias regras e elas me dão uma vida boa. Tenho 28 anos, sou solteiro, rico e bem bonito. E sou um cavalheiro. Por que será que não me surpreendo quando consigo uma transa?

Esta noite, porém, meu pênis está fora de funcionamento. Vou dormir mais cedo.

Balanço a cabeça numa negativa em resposta à pergunta de Charlotte e começo novamente a limpar os balcões.

— Que nada. Tenho uma reunião às sete e meia da manhã com meu pai e um cara para quem ele está tentando vender a loja. Preciso estar descansado e causar uma boa impressão.

Ela apontou a porta de saída.

— Ande, vá aproveitar o seu sono de beleza, Spencer. Eu fecho tudo por aqui.

— Nada disso. Estou substituindo a Jenny. Você é quem vai pra casa. Vou pedir um táxi para levá-la.

— Eu moro em Nova York há cinco anos, está lembrado? Sei como pedir um táxi tarde da noite.

— Sei o quanto você preza a sua independência, mas não adianta: vou mandá-la para casa. Você pode fazer em seu apartamento o trabalho que está fazendo aqui. — Atiro o pano de limpeza na pia. — Mas você não está preocupada com Bradley Dipstick? E se ele estiver plantado na portaria do seu prédio, esperando para lhe dar flores a essa hora da noite?

— Não. Ele geralmente arma essas emboscadas para pedir desculpas durante o dia. Ontem mesmo me enviou um urso de pelúcia gigante, segurando um coração de seda vermelho com a estampa: *"Por favor, me perdoe"*. Que diabos eu faço com uma coisa dessas?

— Mande de volta para ele. No escritório. Escreva no coração um NÃO bem grande com batom. — O ex-namorado de Charlotte é um babaca de carteirinha, um completo bobalhão. Ela jamais voltará para esse idiota.

— Espere — eu digo, levantando uma mão. — Será que esse urso de pelúcia tem um dedo médio separado na pata?

Ela ri.

— Sabe que essa é uma ótima ideia, Spencer? Eu só não queria que o prédio inteiro ficasse sabendo da minha vida.

— Eu sei. Espero que você nunca mais precise topar com ele por aí...

Eu peço um táxi, dou um beijo na bochecha dela e a mando para casa. Depois de fechar o estabelecimento, vou para o meu apê em West Village — no sexto andar de um prédio espetacular, com um terraço com vista para o sul de Manhattan. Perfeito em uma noite de junho como esta.

Jogo minhas chaves no aparador que fica no corredor de entrada e verifico as mensagens recentes em meu celular. Dou risada quando vejo que minha irmã, Harper, enviou-me uma foto veiculada algumas semanas atrás em uma revista popular; nela, eu apareço na companhia daquela gostosa da academia. Acontece que a mulher é uma aspirante a celebridade, conhecida por participar de um *reality show* na televisão. E eu sou *"o famoso playboy da cidade de Nova York"* segundo a legenda da fotografia — a revista já havia me descrito da mesma maneira quando fui visto com uma outra deliciosa beldade, uma nova *chef* de cozinha de um restaurante inaugurado em Miami no último mês.

Hoje à noite, contudo, eu vou me comportar como um bom garoto.

Já para amanhã, não posso prometer nada.

Capítulo 2

CAMISA DE COLARINHO. GRAVATA. CALÇAS CINZA-ESCURAS. Cabelos castanhos, olhos verdes, queixo pronunciado.

Nada mau, amigão, você está com tudo em cima.

Dou total aprovação à minha aparência nesta manhã de sexta-feira. Se eu fosse personagem de um filme clichê, eu apontaria a mim mesmo na frente do espelho.

Mas eu não sou. Honestamente, que tipo de homem faz essas coisas?

Em vez disso, volto-me para o meu gato, Fido, e peço a ele uma opinião. Sua resposta é simples: ele me dá as costas, afastando-se empinado, com o rabo levantado, bem-alto, no ar.

Fido e eu temos um acordo: eu lhe dou comida e ele não atrapalha meus encontros. Ele apareceu em minha sacada um ano atrás, miando atrás da porta de vidro, usando uma coleira na qual se lia "Princesa Poppy". Verifiquei a identificação do gato e descobri que ele pertencia a uma velhinha que morava no prédio e que havia acabado de partir para o Outro Lado. Evidentemente a mulher pensava que Fido fosse uma fêmea. Ela não havia deixado contatos de parentes, nem instruções a respeito da pessoa a quem o animal deveria ser entregue. Eu o acolhi, joguei fora sua coleira cor-de-rosa e lhe dei um nome compatível com sua masculinidade.

Em nosso relacionamento, nós dois só temos a ganhar.

Amanhã à noite, por exemplo, Fido não vai ficar se lamuriando nem me enchendo quando eu chegar em casa tarde. Porque muito provavelmente eu vou entrar cambaleando pela porta, de madrugada. Vou trabalhar hoje à noite, mas amanhã Jenny estará de volta e eu pretendo sair para festejar com o meu grande chapa, Nick. Seu programa de televisão, que é um sucesso, acabou de ganhar uma nova temporada na Comedy Nation e nós planejamos comemorar em um bar em Gramercy Park. Além do mais, lá tem uma especialista em drinques gostosa com quem conversei algumas vezes. O nome dela é Lena e ela sabe preparar bebidas fantásticas. Ela colocou seu contato em meu celular; em vez do próprio nome, escreveu o de sua bebida mais famosa, "Sex on the beach", e acrescentou: *"Ou Onde Você Quiser".*

Soa mais do que promissor, não é? Parece que Lena e eu logo passaremos bons momentos juntos.

Saio de casa e tomo o metrô para Upper East Side, a região onde meus pais moram. Sim, eles são ricos, mas — surpresa! — não são cretinos. Bem, esta não é a história de um cara com um pai rico e intratável e uma mãe fria e arrogante. É a história de um sujeito que gosta de seus pais, que, por sua vez, gostam de seu filho. E tem mais: meus pais gostam um do outro também.

Como eu sei disso?

Porque eu não sou surdo, caramba. Não, eu não os escutei fazendo "aquilo" quando era criança. O que eu ouvia era minha mãe assobiando canções felizes todas as manhãs quando acordava. Eu aprendi boas lições com os dois. Esposa feliz = vida feliz. E um bom desempenho na cama é uma maneira de trazer felicidade a uma mulher.

Hoje, porém, meu trabalho é fazer meu pai feliz, e papai quer seus filhos presentes nessa reunião durante o café da manhã. Harper, minha irmã mais nova, também foi convocada a comparecer. Com seu cabelo ruivo, intenso como fogo, ela vem caminhando ao meu encontro na Rua 82. Quando me alcança, ela finge que vai tirar uma moeda de trás da minha orelha.

— Veja o que eu encontrei, espere, o que é isso aqui? — Ela agita a mão atrás da minha orelha e faz aparecer um tampão feminino.

Sua boca assume a forma de um "O", simulando espanto.

— Spencer Holiday! Está andando com absorventes agora? Quando foi que sua menstruação começou?

Eu caio na risada.

Ela passa a mão por trás da minha outra orelha e exibe uma pequena pílula.

— Veja só, aqui tem um Advil para as suas cólicas.

— Muito bom — eu sorrio. — Você faz esse truque em todas as festas infantis?

— Não — Harper pisca para mim. — Mas foi por causa desses truques que as mamães deixaram a minha agenda de trabalho lotada por seis meses.

Caminhamos juntos na direção do restaurante na Terceira Avenida, passeando por um desses quarteirões perfeitos de Nova York — com amplas escadas de entrada, prédios de tijolos vermelhos e árvores frondosas a cada dez passos. Parece até o set de filmagem de uma comédia romântica.

— Como vai o famoso casanova da cidade? Eu ouvi Cassidy Winters dizer que você foi a melhor experiência dela em muitos anos.

— Quem é essa? — pergunto, franzindo a testa.

— Como assim, quem é ess... — ela bufa, com ar resignado. — É o mulherão com quem você apareceu naquela revista. Eu te mandei a foto ontem à noite. Você não viu a legenda?

Balanço a cabeça numa negativa.

— Eu não. Aliás, já passou muito tempo desde que nós ficamos. — No mundo da pegação, algumas semanas significam isso mesmo: anos.

— Eu acho que ela continua caidinha por você...

— E eu acho que vou apagar o telefone dela. — Boatos em excesso podem dificultar sua vida.

— Bem, no seu lugar, eu tomaria cuidado com o sr. Offerman. O comprador que o papai conseguiu — ela diz, enquanto uma senhora com cabelo branco azulado caminha em nossa direção levando pela coleira um Lulu da Pomerânia.

— Quer dizer que é melhor eu não dar em cima dele? — pergunto, com expressão séria. Paro no meio da calçada e começo a rebolar. Faço cara de devasso. — Uma dancinha, talvez? — Dou um tapa em minha própria bunda. — Devo empinar o traseiro?

O rosto de Harper fica vermelho. Ela olha na direção da mulher que se aproxima.

— Ah, meu Deus... Pare com isso.

— Nada do meu show de strip, então?

Ela agarra meu braço, me obriga a andar e nós passamos pela dona do cachorro.

— Gostei do balanço — a senhora diz baixinho, mexendo as sobrancelhas sugestivamente.

Viu só? As garotas me adoram.

— Como eu ia dizendo — Harper continuou —, o homem é muito conservador. Apegado a valores de família e tudo o mais. É por isso que nós estamos aqui.

— Claro, para agirmos como se fôssemos uma família feliz e gostássemos uns dos outros. Certo? É isso que eu devo fazer? — Passo um braço pelo pescoço da minha irmã e esfrego sua cabeça com os nós dos dedos, porque é o que ela merece.

— Ai... Não bagunce o meu cabelo!

— Tá bom, tá bom... Eu já entendi. Você quer que eu finja que sou um coroinha e você vai fingir que é um anjo.

— Mas eu *sou* um anjo. — Harper junta as palmas das mãos em oração.

Nós entramos no restaurante e meu pai nos recebe no saguão. Harper pede licença para ir ao banheiro e papai me dá tapinhas nas costas.

— Obrigado por vir. Você recebeu meu comunicado, não é?

— Claro que sim. Estou convincente como o filho bem-sucedido de sangue azul? — Deslizo a mão pela minha gravata, que custou uma pequena fortuna na loja Barneys.

Ele me dá um soco de brincadeira no queixo.

— Você sempre está, filho. — Então ele passa um braço sobre os meus ombros. — Ver você aqui me deixa tão feliz. E escute bem — ele diz, baixando a voz. — Você sabe que eu não me importo com o que você faz em suas horas de folga. Mas o sr. Offerman tem quatro filhas, de idades entre onze e dezessete anos, por isso ele prefere uma certa...

— Aparência de perfeita virtude e respeito? — eu completo, abrindo meu melhor sorriso de bom moço.

Meu pai estala os dedos em sinal de concordância.

— Elas vieram para a reunião? As filhas dele?

Ele faz que não com a cabeça.

— Somente você e a sua irmã, o sr. Offerman e eu. Ele quer conhecer vocês dois. Só quero que entenda que quanto menos lembrarmos dessa sua condição de *"famoso playboy da cidade de Nova York"*, mais feliz ele vai ficar. E quanto mais feliz ele ficar, mais feliz eu vou ficar. Você pode fazer isso?

— Não sei, não, papai. — Solto um suspiro e ergo as sobrancelhas. — Isso vai limitar seriamente minhas habilidades de comunicação. É que eu geralmente só falo de mulheres e de sexo. Que merda — eu digo dando um tom de frustração à voz. Finjo estar preocupado e começo a mexer os dedos da mão como se estivesse contando. — Ok, vamos ver... Política, religião e controle de armas. Vou me concentrar nesses assuntos, tá bom?

— Acho que vou ter de pôr uma bela mordaça em você — ele brinca.

— Pai, não se preocupe. Não vou destruir o seu sonho, eu prometo. Enquanto durar essa reunião, eu serei um filho perfeitamente obediente e um homem de negócios em ascensão em Nova York. Não vou dizer uma palavra sobre mulheres nem sobre o aplicativo Namorado Antenado — garanto isso a ele, porque sou um camaleão. Posso agir como um cara da noite ou um empresário sério. Posso agir como alguém que tem doutorado em Yale ou que tem a cabeça cheia de titica. Hoje vou convocar o meu "eu" de acadêmico exemplar, não o do cara que criou e vendeu um dos aplicativos de namoro mais picantes que existem.

— Obrigado pela colaboração e por entender o meu ponto de vista. Eu procurei pelo comprador certo durante anos e acho que finalmente encontrei. Faltam apenas alguns detalhes para concretizarmos tudo. Se as coisas correrem bem, devemos assinar os papéis até o final da próxima semana.

Meu pai é uma celebridade no ramo de pedras preciosas. Embora seu nome não seja conhecido, quase todo mundo conhece sua loja. Ele inaugurou a Katharine's na Quinta Avenida há trinta anos e o empreendimento é a definição de classe no ramo de joias. As caixas de cor azul-celeste da loja se transformaram em um ícone — a certeza de que um lindo presente está a caminho. Pérolas, diamantes, rubis, prata, ouro — tudo o que você desejar. Batizada em homenagem a minha mãe, a Katharine's é um palácio de sofisticação, e papai fez da loja na Quinta Avenida o ponto de partida de uma rede com unidades em doze cidades espalhadas pelo mundo. A Katharine's garantiu os recursos para que eu e minha irmã estudássemos nas melhores escolas, pagou nossa faculdade e tornou nossa vida sensacional em vários aspectos.

Papai quer se aposentar e viajar pelo mundo com a minha mãe. É o sonho dele, que finalmente encontrou o comprador certo, alguém com a elegância refinada em que ele investiu e com o perfil financeiro para uma transação de tamanha grandeza.

Deixar o negócio para Harper ou para mim nunca esteve em seus planos. Eu não tenho o menor interesse em gerir uma cadeia internacional de joalherias, muito menos minha irmã. Eu já faço o que amo — tocar os três bares The Lucky Spot em Manhattan com Charlotte. Além do mais, eu consegui minha própria mina de ouro quando lancei o aplicativo Namorado Antenado, assim que saí da faculdade.

A proposta geral era simples, porém genial.

Fotos de pênis não serão permitidas.

Porque — adivinhem só — mulheres não gostam de fotos de pênis. No estágio inicial de um relacionamento, uma das coisas mais agressivas e desagradáveis que você pode fazer é enviar uma foto da sua coisa para uma mulher na qual você está interessado. Não importa que o seu instrumento tenha um tamanho descomunal; se enviar uma fotografia dele, vai espantar a garota. Meu aplicativo ofereceu um porto seguro para as mulheres, com a promessa de que elas não seriam fotograficamente abusadas por imagens indesejadas.

O aplicativo se tornou um sucesso, investidores bancaram a aposta e eu lucrei horrores como o filho da mãe sortudo que sou.

Mas agora, durante a conversa que teremos com o sr. Offerman, eu serei simplesmente um sujeito que trabalha no ramo de alimentação. Bem... Que comece o espetáculo!

Capítulo 3

MEU PAI NOS LEVA ATÉ UMA GRANDE MESA REDONDA, coberta com uma toalha muito branca, bem no interior do restaurante.

— Sr. Offerman, tenho o prazer de lhe apresentar minha filha, Harper, e meu filho, Spencer.

Com olhos castanho-escuros e cabelos pretos e lustrosos, o sr. Offerman é alto e imponente. É forte como um touro e, quando se levanta, seu corpo fica reto como uma tábua. Acho que ele era militar. Tem o aspecto de um general.

— Prazer em conhecer vocês dois — ele diz com voz profunda de barítono.

É, esse cara está acostumado a dar ordens.

Nós trocamos gentilezas e nos acomodamos à mesa. Depois que fazemos os pedidos, ele se volta para Harper.

— Ouvi muitas coisas sobre você. Como é fantástico você trabalhar com mágica...

Enquanto ele a enche de perguntas, eu me dou conta de algo: a profissão de Harper é perfeita para a imagem de família que o sr. Offerman busca. Ela trabalha em festas de crianças e ele está adorando isso. Ela lhe mostra alguns truques. Faz o garfo dele desaparecer, depois seu guardanapo e então seu copo de água.

— Maravilhoso! Aposto que isso deixa as crianças encantadas. Minhas meninas vão adorar.

Amigão, suas filhas são adolescentes. Duvido muito que fiquem loucas de entusiasmo com truques de mágica.

— Vai ser um prazer mostrar alguns números para elas — diz Harper, abrindo seu sorriso radiante e cativando definitivamente o sr. Offerman.

— Fantástico. Eu adoraria marcar um jantar para todos nós amanhã. Com minha esposa e minhas filhas.

— Eu adoraria estar presente — diz Harper.

Ele então fixa o olhar em mim.

— Como vai o Namorado Antenado?

Ora, ora. Pelo visto ele fez suas sondagens.

— A empresa que comprou o aplicativo me informou que os negócios vão bem. Mas eu não estou mais envolvido com isso — respondo, desviando-me do assunto.

— É um enorme sucesso, pelo que li a respeito. Você parece saber o que as mulheres querem.

Engulo em seco e olho disfarçadamente o meu pai. Ele tem um sorriso forçado no rosto. Ele não quer o sr. Offerman explorando esse terreno minado.

— Tudo o que eu sei, senhor, é que uma mulher precisa ser bem tratada. E quando chega a hora de pedi-la em casamento, é melhor procurar por mais de um quilate na Katharine's. — Bem, até que essa da joalheria foi bacana.

Ele sorri, concorda com um movimento de cabeça e então limpa a garganta:

— Eu coloquei um jornalista da revista *Metropolis Life and Times* para acompanhar a venda da rede de joalherias. Vai ser um artigo não só sobre negócios, uma transação comercial, mas também sobre estilo de vida. Espero que não seja pedir demais, mas eu ficaria muito contente se todos nós concordássemos em manter o foco nas lojas nas próximas semanas, durante a transição. Nas lojas, não em aplicativos de encontros românticos ou assuntos relacionados que a imprensa parece adorar. Como *façanhas* de um sedutor, por exemplo. — ele parou para colocar o guardanapo no colo. — Vocês entendem o que eu quero dizer?

Sim, cara, todos nós sabemos bem do que você está falando.

A opinião de meu pai é ainda mais direta:

— Estou totalmente de acordo. Não é necessário dar à revista nenhum outro assunto que não sejam pedras preciosas.

— Muito bom. — O sr. Offerman volta a atenção para mim. O interrogatório ainda não terminou. — O seu novo negócio está indo bem?

— O setor de alimentos e bebidas é fantástico. Charlotte e eu inauguramos o The Lucky Spot há três anos e o negócio vai muito bem. Lugar agradável, avaliações excelentes, clientes satisfeitos.

O homem continua me bombardeando com perguntas sobre o bar e eu tenho quase certeza de que ele faz isso porque precisa me sondar pessoalmente. Precisa saber se o meu novo negócio é tão "indecoroso" quanto ele pensa que o antigo era. Mas eu sou capaz de lidar com pessoas como ele. Eu não me deixo intimidar facilmente; caso contrário, eu nem teria iniciado meu próprio empreendimento. Eu o iniciei porque sou arrojado como o diabo e soube entender o mercado, assim como sei entender o sr. Offerman. Sei como lhe dar o que ele quer e faço isso em cada uma das minhas respostas, porque isso é bom para o meu pai.

— O que lhe traz mais satisfação em seu trabalho, Spencer?

— Trabalhar com Charlotte é ótimo — eu digo, porque não há como cometer erros com essa resposta. — É quase como se nós dois tivéssemos nascido para tocar esse negócio juntos. Nós concordamos em tudo.

Um sorriso se desenhou no canto dos lábios do sr. Offerman.

— Isso é excelente. Desde quando você e ela... — Ele parou de falar quando o garçom trouxe nossos pratos, mas eu consegui captar a intenção dele. Pelo visto, quer saber há quanto tempo eu e minha sócia somos amigos...

— Desde a faculdade — respondo.

— Que formidável — ele diz. O garçom coloca na mesa os seus ovos beneditinos. — Espero então que você possa se juntar a nós amanhã à noite para o jantar.

Legal, parece que passei no teste por fim. Palmas para mim.

— Eu me sinto muito honrado com o convite — digo.

Lá se vai minha comemoração com Nick. Mas ele vai compreender. Olho furtivamente para o meu pai, que parece satisfeito com o bom andamento das coisas em nosso café da manhã de negócios.

— E talvez você possa levar também a sua namorada — diz o sr. Offerman, erguendo o seu garfo.

Eu quase engasgo com o suco de laranja.

Meu pai faz menção de corrigi-lo, mas o sr. Offerman continua falando, sem dar nenhuma chance para interrupções com sua poderosa voz de barítono.

— Minha esposa adoraria conhecer Charlotte, assim como todas as minhas filhas. Nós temos uma empresa muito voltada para a família e é de suma importância manter essa imagem durante um evidente período de transição, levando em conta o interesse da mídia e tudo o mais. É ótimo saber que eles verão esse seu lado de homem comprometido!

Abro a minha boca para acabar com o mal-entendido. Para dizer a ele que Charlotte é apenas uma amiga. Que nós dois somos apenas sócios.

Mas o sorriso que está estampado no rosto do sr. Offerman neste exato momento é muito expressivo e parece dizer: *"Senhores, negócio fechado! Vamos assinar os papéis."* Então eu penso rapidamente e tomo uma decisão difícil.

O sr. Offerman já acredita que Charlotte é minha namorada de longa data e parece bastante contente com isso. E se ela fosse mais do que uma namorada?

Hora de quebrar os ovos para preparar a omelete.

— Na verdade, Charlotte e eu somos amigos desde a época da faculdade — eu digo, e então faço uma pausa antes de entregar ao sr. Offerman ainda mais do que ele esperava. — Mas nós começamos a namorar um mês atrás e justamente na noite passada demos mais um passo em nosso relacionamento. Eu fico extremamente feliz por poder compartilhar com vocês as boas novas: ela é minha noiva agora!

Harper deixou cair seu garfo, meu pai arregalou os olhos e o sr. Offerman abriu um sorriso de orelha a orelha. O homem não é apenas superconservador; ele é o próprio retrato da tradição e dos bons costumes. Está totalmente comprometido com o ambiente familiar; é o seu mundo e nele se sente feliz e realizado. Ele pensava que estivesse lidando com um libertino e em vez disso tem a grata surpresa de constatar que Spencer aqui é um homem comprometido e a caminho do casamento.

— E eu ficarei encantado em levar minha magnífica noiva ao seu jantar amanhã — acrescento e então dou um largo sorriso para o meu pai antes de começar a comer meus ovos mexidos. Minha irmã fica olhando fixamente para mim, como se estivesse prestes a iniciar uma bateria de perguntas. Ela fará isso mais tarde, não tenho a menor dúvida. Mas no momento, o que me preocupa mais é que terei um dia corrido pela frente.

Talvez não seja tão difícil assim convencer Charlotte de que fingir um noivado também faz parte do nosso pacto.

DO LADO DE FORA DO RESTAURANTE, PARADO NA RUA, meu pai passa a mão em seu cabelo. Está com o cenho franzido e parece desconcertado. Ele dá ao sr. Offerman uma limusine com motorista para deixá-lo na loja na Quinta Avenida, não sem antes avisar que se juntaria a ele em breve.

Primeiro, porém, ele vai querer que eu lhe dê algumas respostas. É perfeitamente compreensível.

— Quando é que você pretendia me contar tudo, filho?

E agora, o que fazer? Eu não posso revelar ao meu pai que inventei toda a história do noivado para o sr. Offerman.

Se meu pai souber que não tenho um relacionamento com Charlotte coisa nenhuma, que toda essa conversa surgiu do nada e não passa de uma farsa para ajudar nos negócios, ele vai achar que não terá escolha a não ser pedir desculpa ao sr. Offerman. Ele irá até o homem e, honesto e cheio de boas intenções como é, dirá a ele que sente muito, mas seu filho estava apenas brincando. Esse é o tipo de homem que meu pai é e o tipo de negócios que ele comanda. E se ele tiver de ir, com o rabo entre as pernas, até o comprador que custou tanto a encontrar para lhe confessar que seu filho inconsequente mentiu, sua grande venda irá por água abaixo num piscar de olhos.

Nem pensar! Não posso deixar que isso aconteça.

Eu não queria envolver meu pai nesse noivado falso. Jamais passaria pela minha cabeça colocá-lo nessa situação. Mas o fato é que ele *precisa* que eu esteja noivo. Eu vi a satisfação no olhar do sr. Offerman quando revelei que estava comprometido. Como homem namorador e disponível para as mulheres, eu sou um aborrecimento para ele, uma pedra em seu sapato. Colocar um anel de noivado no dedo de Charlotte me tornou uma pessoa respeitável aos olhos do sr. Offerman.

Por isso sigo em frente e faço uma coisa que não quero fazer, mas preciso.

Incremento a mentira, para torná-la incontestável.

— Aconteceu só ontem à noite, quando eu propus o noivado a ela.

— Eu nem mesmo sabia que vocês estavam namorando — meu pai se queixa.

Uma mulher usando saia justa cor-de-rosa e sapatos pretos de salto vem caminhando em nossa direção. Ela me lança um olhar cheio de interesse e eu estou prestes a sorrir em resposta para ela, quando percebo que essa não é uma boa ideia e me controlo.

Caramba. Vou ser obrigado a me privar do meu esporte favorito durante algumas semanas.

Mas não faz mal, eu consigo fazer isso. Posso fingir que sou um homem comprometido. Nem que eu tenha de mergulhar meu pênis no gelo ou coisa parecida.

— Eu ia contar a vocês o quanto antes e... bem, "o quanto antes" foi esta manhã.

— Há quanto tempo vocês estão juntos?

"Faça parecer simples. Não complique."

— Tudo aconteceu rápido demais, meu velho — eu digo, adotando uma expressão apaixonada, cheia de admiração e amor por minha cara-metade. — Eu e Charlotte sempre nos entendemos tão bem, como você sabe, e sempre fomos grandes amigos. Eu acho que foi um desses casos em que a pessoa certa estava bem diante do seu nariz o tempo todo, mas nós demoramos anos para perceber. Até que... aconteceu. Uma noite, algumas semanas atrás, a gente admitiu que sentia algo um pelo outro, e... *bum*. O resto você já sabe.

Uau. É impressão minha ou isso soou bem convincente? Eu acho que me saí bem.

Meu pai levanta a mão.

— Mais devagar, Spencer. Como assim, "o resto você já sabe"? Como você fez a proposta? E pelo amor de Deus, de onde saiu o seu anel de noivado? Se você disser que comprou na Shane Company, juro que deserdo você — ele diz, fingindo estar bravo.

Eu preciso de um anel, para ontem! E um dos grandes. O filho de um magnata das joias não poderia presentear sua mulher com nada inferior a incrível.

— Nós nos apaixonamos muito rápido, pai. Namoramos só por algumas semanas. — Isso soa plausível. Mas se eu desenvolvesse *um pouco mais*, poderia soar melhor... — E nós só precisamos de umas poucas semanas de namoro, porque é um relacionamento construído em cima de anos de amizade. Bem, nós estamos indo mais ou menos por esse caminho. Não é o que costumam dizer? "Case com o seu melhor amigo"? — eu argumento, mas na verdade não faço ideia se alguém diz mesmo isso. Ainda assim, talvez eu tenha acertado em cheio com essa citação, porque parece bem impressionante. Meu pai move a cabeça, indicando que entende o que digo, e eu termino minha ode ao meu caso de amor imaginário. — Quando você percebe que não consegue mais passar um dia sem ter a mulher que você adora ao seu lado, é preciso torná-la sua, não importa que estejam namorando há poucas semanas ou se faz anos que está apaixonado por ela. Então, eu propus ontem à noite. Eu simplesmente não podia mais esperar. Quando a felicidade surge em nosso caminho, nós devemos agarrá-la, não acha?

— Belas palavras, filho. Eu mesmo não teria dito isso melhor.

Meu pai devia me contratar para escrever seus anúncios, ganharia mais dinheiro.

— E respondendo sua pergunta: não, eu ainda não tenho um anel — eu digo, e pisco para ele. — Por acaso você conhece algum lugar onde eu possa arranjá-lo imediatamente?

Ele coça o queixo, fingindo estar mergulhado nos próprios pensamentos.

— Ah, sim, acho que posso indicar um bom lugar. — Ele ri da própria presença de espírito e segura o meu braço. — Passe lá às duas e Nina vai providenciar as melhores peças para vocês. Você não pode ficar noivo sem um anel da Katharine's.

— Tem toda razão...

Meu celular vibra no bolso, é o toque de Charlotte — o tema musical de Darth Vader. Ela mesma o escolheu para fazer graça.

— É Charlotte — aviso ao meu pai, apontando o celular.

— É melhor mudar esse toque agora que vão se casar — meu pai sugere. — Ei! Viu só? Este foi o meu primeiro conselho para você como um homem quase casado...

Uma súbita ansiedade toma conta de mim. E se Charlotte não quiser participar do plano? E se ela der risada da minha cara — que é o que eu mereço mesmo — e disser que essa é a ideia mais maluca que ela já ouviu, que de jeito nenhum topará fazer isso?

Digo a mim mesmo para não entrar em pânico antes da hora. Afinal, amigos fazem coisas malucas uns pelos outros às vezes. Charlotte não se negará a fingir que vamos nos casar para me ajudar. Isso faz sentido. Não é?

O toque de Darth Vader soa novamente.

— Você devia atender agora. Mulheres não gostam de esperar — meu pai diz. — Ei, esse é o meu segundo grande conselho.

Eu me preparo, deslizo o dedo sobre o ícone na tela e entro no personagem.

— Bom dia, minha linda noiva — digo com voz suave e romântica.

Ela ri com vontade.

— Tão cedo ainda e você já está fazendo piada, Spence? É sexta de manhã e você já está tomando umas? Não me diga que está bêbado a essa hora!?

— Só se eu estiver embriagado de amor por você. E aí, quais são as novidades?

— Conversei com um dos nossos fornecedores. Consegui um negócio bem vantajoso. Sim, sei que sou demais, não precisa exagerar nos agradecimentos. Mas por que está agindo como um bobo apaixonado?

— Escute, *coração* — eu digo e olho para o meu pai, que mostra o seu contentamento colocando o polegar para cima enquanto eu faço todo esse teatro em benefício dele. — Eu te vejo em breve e você pode me contar tudo pessoalmente.

— Tudo bem... eu acho — ela responde com hesitação. — Mas o negócio é bom, então eu não preciso lhe dar os pormenores pessoalmente, nem por telefone. Bem, agora tenho de ir voando para o chuveiro. E antes que você faça outra piadinha: não, eu não vou "voar" literalmente para o chuveiro...

Eu rio.

— Ah, querida, só você... Eu estarei aí em vinte minutos. Sim, eu também mal posso esperar para te ver!

Por pouco eu não digo *"docinho"* antes de desligar o telefone, mas isso seria abdicar de vez da minha masculinidade. Melhor doar logo as minhas bolas para a caridade. Mas eu gosto das minhas bolas! Sempre me dei tão bem com elas.

Eu encerro a ligação antes que Charlotte possa protestar e envio para o meu pai um olhar confidente.

— Pois é, ela precisa de mim.

— Não a deixe esperando — meu pai chacoalha as sobrancelhas e então esfrega as mãos em pura alegria. — Sabe, faz tempo que não tenho uma notícia tão boa. Eu não poderia estar mais feliz. Sempre gostei de Charlotte.

E eu não poderia me sentir mais culpado. Eu raramente mentia para o meu pai quando era criança e tenho certeza absoluta de que nunca fiz isso na idade adulta. A sensação de culpa que me invade é nova para mim e bem desagradável. Mas tudo isso é por uma ótima causa e vai valer a pena. O contrato será assinado em questão de dias. Essa pequena mentira vai fazer todo o processo de negociação caminhar mais tranquilamente.

Meu pai me dá um grande abraço de urso.

— Ligue para a sua mãe mais tarde. Ela vai querer que você mesmo conte tudo a ela.

— Vou dar a ela todos os detalhes, até os mais piegas — respondo, sentindo-me miserável por ter de mentir para a minha mãe também.

Tomo um táxi para a casa de Charlotte. No caminho, envio uma mensagem de texto para Nick, avisando que tenho de cancelar nossa comemoração. *"Tenho assuntos de família neste fim de semana. Vou precisar furar com você amanhã. Celebramos outro dia?"*

Ele provavelmente vai levar horas para responder. Nick é um tipo incomum de homem moderno, que consegue passar longos períodos afastado do celular. É mais fácil ele ter lápis e papel à mão, mesmo porque ele é um cartunista de primeira grandeza.

Enquanto o táxi transita pela Lexington Avenue, seleciono o contato *"Sex on the beach"*, que é da bartender gostosa, e então envio a ela uma mensagem rápida: *"Me desculpe, gata. Aconteceu um imprevisto, coisas de família. Fica para uma outra vez."*

A resposta dela chega trinta segundos depois: *"Você tem assuntos pendentes comigo... :)"*

É muito bom saber que o convite continua de pé. Sem trocadilhos.

Mas não é nela que estou pensando quando chego em Murray Hill. Estou pensando na mulher atrás de um enorme buquê de... balões?

Capítulo 5

SIM, HÁ PELO MENOS TRÊS DÚZIAS DE BALÕES. UMAS coisas grandes em tons pastéis, do tamanho da cabeça de ETS.

Um determinado balão se destaca no meio de todos os outros, maior e mais imponente do que os demais. É o único em tom vívido. É vermelho, um vermelho bem forte, e tem o formato de um coração — isto é, deveria ser um coração, mas para mim mais parece com um enorme traseiro.

Entrego uma nota de vinte para o motorista, digo-lhe para ficar com o troco e saio do carro. Mal fecho a porta e ele já sai cantando pneu em busca da próxima corrida.

Não consigo enxergar o rosto dela. Nem o tronco. A cintura também não. Da metade para cima, o corpo dela está totalmente encoberto pelos balões, mas eu poderia reconhecer aquelas pernas em qualquer lugar. Charlotte praticava corrida no ensino médio, tem pernas belas e bem torneadas, com panturrilhas atléticas. São a própria personificação do pecado quando ela usa saltos altos. Aliás, as panturrilhas dela são uma delícia de qualquer jeito, mesmo quando ela está vestindo tênis e meias brancas, como agora. Charlotte provavelmente saiu hoje cedo para a sua corrida matinal.

Olhando na direção dela, observo o desenrolar de uma cena curiosa enquanto avanço pela calçada em longos passos. Charlotte tenta passar o buquê para uma mãe que está empurrando um carrinho de bebê. A mãe balança a cabeça, recusando e ainda dando uma risadinha de escárnio. Sigo caminhando na direção de Charlotte, aproximando-me cada vez mais dela. Ela agora está oferecendo os balões a uma menina que parece ter uns dez anos.

— Sem chance! — a menina grita e sai correndo na direção oposta.

Atrás do amontoado de balões, Charlotte bufa, frustrada.

— Vamos ver se eu consigo adivinhar — eu digo quando a alcanço. — Você vai largar o The Lucky Spot para tentar uma nova carreira como vendedora de balões? Ou será que Bradley Dipstick atacou de novo?

— É a terceira vez esta semana! Ele não consegue entender o significado das palavras "não vamos voltar de jeito nenhum". — Charlotte empurra os balões para afastá-los do rosto, mas eles encostam em seu cabelo. Novamente ela tenta empurrá-los, mas a eletricidade estática está trabalhando contra ela. Os malditos balões são implacáveis e uma leve brisa continua mantendo-os colados ao seu cabelo. — Essas porcarias são a coisa mais estúpida da face da terra! Aposto que os outros moradores estão falando sobre o plano dele para voltar comigo, porque todos com certeza já sabem que é ele que faz essas coisas.

— Ele acabou de enviar isso, não foi?

— Sim! — ela responde brava, os dentes cerrados enquanto agarra com força o buquê. — Logo depois que falei com você, eu estava saindo para tomar um café rápido quando o porteiro interfonou para avisar que haviam deixado esses balões para mim. Mas eles eram grandes demais para caber no elevador, "então será que você pode vir buscá-los?". Mesmo que eu quisesse ficar com essa tralha gigante, eu não conseguiria levá-la para o apartamento.

— E você está tentando dá-la para alguém? — pergunto e estendo a mão, gesticulando para que Charlotte entregue os balões a mim.

— Eu imaginei que uma criança pudesse aproveitá-los melhor do que eu. Por incrível que pareça, já faz tempo que abandonei meu fetiche por balões.

Com seu ruído característico, um ônibus começa a parar diante do prédio e a fumaça do escapamento empurra um balão direto para o rosto de Charlotte.

— Uuuhh — ela reclama quando é atacada por um perverso balão cor-de-rosa, como algodão doce.

Agarro o emaranhado de cordões e puxo os balões para mim, então os seguro no alto, sobre a minha cabeça.

— E se a gente simplesmente soltasse? Deixasse que voe por Manhattan parecendo um ovo de Páscoa extravagante?

Ela balança a cabeça numa negativa.

— Não dá. Balões acabam perdendo gás hélio e caindo. Daí vão parar nas árvores ou no chão e os animais podem comê-los e adoecer. Isso não é nada legal.

Charlotte é muito especial. Ela adora os animais.

— Tem toda razão — respondo. — Bem, então vamos direto ao ponto. Você suportaria testemunhar o massacre de três dúzias de balões estúpidos bem aqui?

Ela responde que sim, balançando a cabeça com determinação.

— Talvez eu fique traumatizada e chore, mas vou acabar superando...

— Tape os ouvidos — eu digo, então pego minhas chaves com a mão livre e começo a golpear os balões. Um a um, eles estouram fazendo um grande barulho — incluindo aquele com formato de traseiro. No final, tudo o que resta em minha mão é um buquê de borracha amolecido.

Mais ou menos parecido com o Bradley.

Eu vou contar, de modo resumido, como Bradley foi agraciado com o título de rei dos babacas. Morando no mesmo prédio, ele e Charlotte se conheceram há dois anos. Começaram a namorar, deram-se bem e o relacionamento se fortaleceu. Passaram a conversar sobre a possibilidade de irem morar juntos. Decidiram comprar um apartamento maior no décimo andar e ficar noivos. Tudo estava indo às mil maravilhas, até o dia em que faltava apenas assinar a papelada e fechar o negócio. Então Bradley foi mais cedo ao imóvel para — vejam só isso — "checar o encanamento". Sim, foi essa a desculpa dele.

Quando Charlotte chegou, com a caneta na mão, Bradley estava transando com a corretora de imóveis no balcão da cozinha.

— Vai me dizer que estão só testando a resistência da bancada de aço, não é mesmo? — Charlotte disparou e eu me senti muito orgulhoso porque ela teve presença de espírito suficiente para fazer um comentário sarcástico numa situação tão constrangedora.

Claro que, na verdade, isso a deixou devastada. Ela amava o cara. Ela chorou em meu ombro enquanto me contava a história, o comentário ácido e tudo o mais. Isso aconteceu dez meses atrás, e quando Bradley finalmente se cansou da corretora, ele embarcou em uma campanha para reconquistar Charlotte.

Com presentes.

Presentes abomináveis.

Enfio os balões flácidos em uma lata de lixo na esquina.

— Pronto. Agora os animais estão livres desse flagelo.

— Obrigada — ela diz aliviada, tirando um elástico do pulso e o usando para prender o cabelo em um rabo-de-cavalo. — Como essas porcarias fazem barulho quando explodem. Mas quando você acaba com elas, elas ficam pateticamente frouxas.

— Igual ao Bradley? — pergunto, arqueando as sobrancelhas.

Os lábios dela se curvam em um leve sorriso. Ela está se esforçando para não rir e cobre a boca. Charlotte não é o tipo de pessoa que compartilha segredos íntimos. Ela jamais me contou detalhes de sua vida sexual — não que eu tivesse curiosidade em saber. De qualquer forma, ela era um túmulo.

É por isso que eu fico surpreso ao vê-la agora, fazendo um gesto com o polegar e o indicador e sussurrando: *"só um pouquinho"*. É quase uma façanha para ela.

Para mim também é algo significativo.

Eu sou homem, e por isso estou em constante competição com todos os outros homens; então não posso evitar o sentimento de triunfo que me invade.

Não que esse assunto me tire um segundo de sono, devo dizer.

— Vamos tomar aquele café que você queria e eu conto por que estava agindo como um bobo apaixonado.

Capítulo 6

NA CAFETERIA, ENCOSTADOS NO BALCÃO, EU COMEÇO A explicar a situação a Charlotte. Ela me ouve em silêncio. Seus olhos, em compensação, mostram-se bastante comunicativos à medida que vou falando.

Quando ela põe açúcar no café, os olhos dela estão arregalados. Então ela acrescenta um pouco de creme e noto que seus olhos ficam do tamanho de pratos. No momento em que ela levanta o copo para levá-lo aos lábios, seus globos oculares estão praticamente saltando das órbitas.

Quando eu menciono o jantar marcado para amanhã, ela engasga e quase lança fora o líquido quente.

Então ela aperta a barriga, põe a outra mão sobre a boca e estremece com uma gargalhada abafada.

— Como é que você consegue se meter nessas roubadas?

— Quero acreditar que é por causa da minha inteligência e meu charme, mas neste caso pode ter sido a minha boca grande mesmo — respondo, encolhendo os ombros como se dissesse "o que está feito, está feito". O caso é que eu preciso de uma noiva para exibir e isso significa que tenho de conseguir um "sim" de Charlotte. Por isso assumo um ar sério ao falar. — Você faria isso? Fingiria durante uma semana que é minha noiva?

Ela ainda não parou de rir.

— Essa é a sua ideia brilhante, Spencer? A melhor solução que arranjou pro seu problema de falar demais?

— Sim — confirmo balançando a cabeça, mantendo-me firme no plano. — É uma ótima ideia.

— Claro, Spence. É fantástica. Sem sombra de dúvida, é realmente uma das melhores ideias que você já teve. — Ela se debruça no balcão da cafeteria descolada, próxima ao prédio em que ela mora. — Só que não. Quando eu disse "melhores ideias", eu quis dizer "piores".

— Por quê? Me diz, por que essa ideia é tão ruim?

Charlotte pensa com cuidado antes de responder, então ergue um dedo no ar para enfatizar sua argumentação e começa a falar.

— Corrija-me se eu estiver enganada, mas você *quer* que esse noivado falso funcione, não é? Quer que seja um sucesso?

— Sim, sem dúvida. É óbvio que sim.

— E a sua maravilhosa ideia foi pedir para mim? — Ela pressiona o próprio tórax com o dedo.

— A quem mais eu pediria, Charlotte?

Ela me olha com ar incrédulo.

— Vai me dizer que não sabe que está falando com a pior mentirosa da face da terra?

— Não concordo que você seja a pior.

Charlotte olha para mim como se eu fosse louco. Talvez eu seja mesmo.

— Preciso lembrá-lo do que aconteceu no penúltimo ano da faculdade, quando você e seus amigos bagunçaram o meu alojamento? Se não me falha a memória, eu testemunhei o trote de vocês porque resolvi sair mais cedo da sessão de *Diário de uma Paixão* e minhas colegas de quarto me fizeram contar em cinco segundos quem foi que tinha aprontado com a gente.

— Não pode ter sido tão rápido assim — retruco, tomando um gole de café enquanto busco as lembranças do tempo de faculdade. Um dos meus amigos estava namorando uma amiga de Charlotte. A namorada havia pendurado o controle remoto da televisão dele em uma janela do quarto andar, porque ele estava vendo TV demais em sua opinião. Como vingança, meu amigo nos escalou para executar um pequeno sumiço de móveis. Para nosso azar, porém, Charlotte nos apanhou com a mão na massa; eu lhe jurei que não contaria a ninguém que ela nos viu e prometi que devolveríamos tudo depois da meia-noite.

— Ah, foi. Eu cedi completamente. Não foi difícil arrancar a verdade de mim — ela diz com determinação, olhando-me direto nos olhos. — Elas só precisaram perguntar quem tinha levado todos os móveis da nossa sala para a área de serviço, me fazer umas cócegas e eu cantei como um passarinho. Se eu tivesse suportado ver aquele filme até o fim, eu nunca teria me envolvido no trote. Eu ainda culpo Nicholas Spark por ter denunciado a armação de vocês.

— Eu prometo que você não será obrigada a assistir filmes do Nicholas Spark enquanto estiver engajada nesse noivado falso. E juro que ninguém vai tentar arrancar informações confidenciais de você com cócegas.

— Olhe, isso não é apenas ridículo, mas é também altamente provável que acabe explodindo bem na sua cara. — Ela suavizou o tom de voz. — Eu me importo com você, Spencer. Sei que quer muito que esse noivado de mentira dê certo para o bem do seu pai... Mas de todas as mulheres que você conhece em Nova York, por que diabos resolveu me escolher? Até numa agência de acompanhantes você encontraria uma garota mais preparada para desempenhar esse papel. Essas mulheres sabem como se passar por noivas convincentes.

Rejeito a ideia com expressão de escárnio e então ponho a mão no ombro dela e o aperto, como um técnico tentando persuadir o jogador de um time adversário a jogar em seu time. Eu preciso convencê-la de que ela é capaz de fazer isso. Porque ela é. Ela me conhece melhor do que ninguém. Além disso, eu não posso simplesmente ligar para uma agência de acompanhantes e pedir uma noiva por uma semana. *"Alô, eu tenho um pedido, por favor. Vou querer uma noiva com ampla experiência e batatas-fritas para viagem. Obrigado."* Em primeiro lugar, não conheço nenhuma agência de acompanhantes. De mais a mais, eu não tenho escolha a esta altura do campeonato. Já apresentei Charlotte hoje pela manhã como minha noiva, inventei que estamos apaixonados e tudo. Se ela não topar, eu estou simplesmente frito.

— Charlotte, isso nem vai tomar muito tempo. Só teremos de ir a alguns eventos, fazer algumas coisas juntos. Por exemplo, hoje iremos escolher um anel e amanhã iremos a esse tal jantar oferecido pelo comprador do meu pai. Você consegue fazer isso. E estaremos juntos nessa, gata — eu digo, e ela franze as sobrancelhas ao ouvir a última palavra.

— É assim que vai me chamar? Quer dizer, como sua noiva? Vai me chamar de "gata"? Não era "coração"? Ou outra coisa qualquer, sei lá. "Vida"? "Chuchu"? "Passarinha"?

— Não, nada disso de "Passarinha".

— Passarinha é bem legal. Eu gosto — Charlotte diz, e agora está tentando me enrolar... ou talvez evitando me dar uma resposta.

— Eu acho que gata está de bom tamanho — eu digo, entrando no espírito da coisa, enquanto ela toma alguns goles de café. — Nem sei por que chamei você disso. A não ser pelo óbvio: você *é* uma gata.

Ela sorri e me responde com a voz muito doce:

— Obrigada. Você também é um gato.

Viu só? Charlotte e eu sabemos apreciar a aparência um do outro. Essa é uma das características mais marcantes da nossa amizade. Eu posso admitir que ela é uma gata, ela pode fazer o mesmo comigo e nós não temos problema nenhum com isso. É por isso que *tem de ser ela* a minha noiva de mentira.

Aponto um dedo para ela, depois para mim, cheio de confiança. Talvez não passe de falsa arrogância. Ou talvez seja arrogância realmente. Mas é tudo o que eu tenho e eu preciso dela. O tempo está passando e o primeiro ato da nossa peça acontecerá na Katharine's às duas da tarde.

— Charlotte, preste atenção. Nós já fazemos isso há bastante tempo. Nós dominamos esse jogo — eu argumento, como se estivesse tentando convencê-la a se juntar ao grupo que estou reunindo para assaltar um cassino em Vegas. — Sabemos fazer isso. Desde sempre eu finjo ser seu noivo e você finge ser minha noiva.

Ela repuxa o canto da boca, indicando hesitação. É uma careta ridiculamente fofa! Quero dizer, se ela fosse minha noiva de verdade, eu provavelmente acharia adorável e me inclinaria para dar uma beijoca nela.

— Quando fazemos isso, dura o quê? Três minutos, no máximo, em um bar? — ela responde. — É só um jogo rápido, um arranjo para não termos que lidar com pretendentes indesejáveis. É bem diferente de fingir que somos noivos por uma semana. Foi o que você disse, não foi? Uma semana? E sob constante avaliação? Da imprensa, dos seus pais, do comprador de seu pai e de sabe-se lá quem mais? Eu acho que você está cutucando um belo ninho de vespas.

— Sim, mas quem me conhece melhor do que você? Não sei de nenhuma outra pessoa com quem isso poderia dar certo — eu digo e, quando uma nova leva de clientes invade a pequena cafeteria, nós saímos dela, tomando o caminho de volta para o prédio de Charlotte com os copos de café na mão.

— Eu quero ajudar você, Spencer. Sabe que eu quero. Só acho que todo mundo vai perceber que nós não estamos realmente juntos e isso não vai te favorecer em nada.

Sem desanimar, eu continuo insistindo.

— Vamos então combinar o que diremos. Ajustar nossas informações. Principalmente porque eu devo ir comprar o seu anel já às duas da tarde. — Os olhos dela se arregalam e eu continuo demonstrando confiança para acalmá-la. — Vamos checar cada detalhe que precisamos saber.

— Por exemplo, qual pasta de dentes eu uso e se você toma posse das cobertas?

— Eu não tomo posse das cobertas — respondo enquanto nos desviamos de um casal, marido e mulher, cada um carregando um bebê no canguru e discutindo sobre onde parariam para um lanche.

— E a minha marca de pasta de dentes é Crest sabor menta refrescante. Com branqueador — ela ressalta. — Mas sejamos honestos, ninguém vai nos perguntar esse tipo de coisa. Além disso, você já se perguntou como vai suportar passar uma semana ou mais sem a sua diversão favorita? — ela diz com um brilho perverso nos olhos castanhos.

— Ora, eu posso lidar com um pouco de celibato.

Ela faz que sim com a cabeça.

— Então tá. Falar é tão fácil, não é? Continue tentando se convencer disso. — Ela para e aponta um dedo para mim. — Mas vou lhe dizer uma coisa: se eu concordar em bancar a noiva, é melhor você se comportar. Nada de ficar pegando outras por aí.

A esperança renasce com força em meu peito.

— Então você vai topar? Isso é um sim?

Charlotte balança a cabeça numa negativa.

— Vamos com calma. Estou apenas chamando a atenção para mais um possível empecilho. Afinal, esses serão sete loooongos dias para você — ela diz, cutucando minhas costelas com o cotovelo. — Além do mais, como você vai explicar o fato de que estava indo à caça publicamente algumas semanas atrás? O que vai dizer sobre isso ao seu pai e ao comprador dele? E quanto à mulher que você encontrou em Miami há um mês, na inauguração do restaurante?

Balanço a mão para que ela confie nas minhas habilidades de dissimulação.

— Deixe isso com o mestre. Se alguém mencionar algo sobre aquela *personal trainer* de celebridades, eu vou simplesmente negar tudo. Ninguém acredita mesmo em revistas de fofocas. E o lance em Miami não passou de uma simpática foto posada. Se quer saber, eu já inventei uma história perfeita sobre o nosso amor, sobre como nos apaixonamos. Eu disse ao meu pai que tudo aconteceu muito rápido, em algumas semanas na verdade... E disse também que fiz a proposta na noite passada porque percebi, depois de todos esses anos, que fui apaixonado por você esse tempo todo.

— Esse tempo todo? — ela pergunta com ar surpreso.

— Isso mesmo! É amor que não acaba mais! — confirmo alegremente. — E quando eu finalmente entendi o que estava sentindo, que não podia viver sem você, eu fiz a proposta.

Charlotte não diz nada a princípio, apenas deixa os lábios um pouco entreabertos, e eu fico olhando para eles por mais tempo do que o habitual. São lábios definitivamente lindos. Quero dizer, do ponto de vista prático. Como minha noiva, preciso conhecer bem todos os seus atributos, incluindo os lábios dela.

Claro que estou supondo que ela dirá "sim". Ela precisa dizer sim.

— Adorei a história. De verdade. É encantadora — ela diz, e de fato há total sinceridade em sua voz. Nós paramos na esquina da rua dela, olhando nos olhos um do outro. — Uma história de amigos que se tornam amantes?

— Sim — respondo rápido, interrompendo o contato visual porque lidar com isso agora é um pouco demais para mim. Não sei se me sinto estranho por causa das palavras dela ou pelo seu modo de me olhar.

Aliás, não sei *nenhum motivo* que deveria fazer eu me sentir estranho!

Nós continuamos andando e Charlotte toma um grande gole de café. Ela se prepara para falar e eu cruzo meus dedos, torcendo para que ela concorde.

— Eu quero ajudar você, mas... — ela diz, e então sua voz morre no ar.

Sinto meu coração murchar. Mais ou menos como aqueles balões estourados. Não consigo respirar. Vou dizer ao meu pai que o relacionamento terminou antes mesmo de começar, então vou baixar a cabeça e chorar em cima da sopa, inconsolável porque Charlotte me chutou e partiu meu coração...

— Ai, droga — ela diz em voz baixa. — *Panaca se aproximando.*

É o rei dos babacas em pessoa. Bradley "Sexo na Bancada" Buckingham caminha em nossa direção. Ele me odeia. Não que eu dê a mínima, mas ele me detesta porque eu tive a audácia de aconselhar Charlotte a não comprar um apartamento com ele. Financeiramente, não fazia sentido adquirir aquele imóvel quando havia outras residências na região que estavam se valorizando em menos tempo.

Ele tem cerca de 1,82m, uns cinco centímetros a menos do que eu. Tem cabelo ruivo puxado para o loiro, ombros largos e o sorriso falso de um vendedor de aspirador de pó. Ele trabalha com relações públicas. É vice-presidente sênior de comunicações de uma grande companhia farmacêutica que está sempre envolvida em problemas. Ele é o Rei da Enrolação. O Herói dos Mentirosos. O Líder da Ralé.

— Charlotte! — ele chama alto, acenando para ela. — Você recebeu os balões?

Quando se aproxima de nós, Bradley evita fazer contato visual comigo.

— Os seus balões não cabiam no elevador, mas isso não importa. O importante é que você precisa parar de me mandar presentes. Acabou tudo entre a gente. Na verdade... — Charlotte diz e de súbito segura minha mão, entrelaçando os dedos nos meus para a minha total e absoluta surpresa, já que ela nunca gostou de ficar de mãos dadas. — Eu e Spencer somos noivos agora.

Uou!

Aquela surpresa enorme que tive quando ela segurou a minha mão? Não é nada em comparação à surpresa que vem depois.

Charlotte faz Bradley segurar seu copo de café e quando dou por mim ela está envolvendo meu pescoço com as mãos e pressionando seus lábios nos meus.

Capítulo 7

CHARLOTTE ESTÁ ME BEIJANDO.

Nas ruas de Nova York.

Pressionando os lábios dela nos meus.

O beijo dela tem um gosto fantástico!

Como creme e açúcar e café e doçura. Como todas as coisas boas que existem no mundo. A boca de Charlotte tem o gosto que eu imaginava que tivesse.

Não que eu estivesse planejando beijar a minha melhor amiga.

Mas veja bem, um cara não consegue evitar quando sua mente resolve viajar por aí. Todo homem que é amigo de uma mulher acaba dando asas à imaginação e fantasiando com ela os beijos mais loucos e as transas mais incríveis.

O fato é que eu não vou poder responder por mim se os lábios dela continuarem massageando os meus nesse beijo palpitante e vagaroso. Porque está ficando difícil pensar em outra coisa a não ser aumentar a intensidade desse toque.

Aumentar muito mais.

Ela deixa escapar um ruído quase inaudível — algo parecido com um suspiro, ou um ofego, ou uma espécie de gemido. Se ela fizer isso de novo, vou precisar empurrá-la contra o muro de tijolos cinzas de seu prédio, prendê-la nos meus braços e lhe mostrar como se beija para valer.

Porque ela é sexy demais para ser verdade.

Ela abusa do direito de ser sexy!

Por fim, ela separa seus lábios dos meus.

Só que o meu grande amigo lá embaixo não capta a mensagem para voltar à posição de descanso. Ele ainda está apontando na direção dela, querendo mais. Preciso de uma imagem bem deprimente para apagar esse fogo, então me concentro e imagino jogadores de basquete suados. Isso nunca falha.

Charlotte agora castiga Bradley, exibindo para ele um enorme e pecaminoso sorriso de satisfação.

Enquanto ela estava ocupada me engolindo em plena Lexington Avenue, Bradley havia ficado com a boca tão aberta de horror, que pensei que o queixo dele se soltaria da cabeça e cairia no chão.

Excelente.

— Nós ficamos noivos ontem à noite e eu estou mais feliz do que nunca — ela diz, encostando-se em mim e passando um braço em torno da minha cintura.

Bradley tenta falar, mas só o que consegue é mexer um pouco a boca ainda aberta.

Ah, que momento memorável. Disfarço e fico olhando o chão. Não estou rindo. Juro que não vou colocar um sorrisão sacana em meu rosto. Sou apenas um espectador inocente, que foi atacado pela beldade.

— Bradley, eu *adoraria* que você parasse de me perturbar com balões, ursos de pelúcia e bombons com licor de cereja — ela diz, e eu faço uma careta de desgosto. Charlotte não suporta bombons com licor de cereja. Como é possível que ele não saiba disso? — Aliás, eu odeio esses bombons — ela continua, enquanto seus dedos exploram a região da minha cintura. Eles pressionam tanto, que por uma fração de segundo tenho a impressão de que... de que ela está apalpando meus músculos abdominais!

Tudo bem.

Não vejo problema nenhum nisso, absolutamente nenhum. *Esse abdome sarado está à sua disposição, madame.*

— Eu não fazia ideia de que vocês dois estavam juntos — Bradley diz. Ergo o rosto e olho para ele. Até consigo ver as engrenagens se movendo em sua cabeça. — Sempre estiveram, não é?

— O que foi que você disse? — O semblante de Charlotte se tornou um misto de indignação e espanto.

Ele agora foi longe demais. Dizer algo assim é muito baixo, até mesmo para ele. Não... pensando bem, nada pode ser baixo demais para Bradley, o Rei dos Babacas.

Hora de me meter.

— Não, Bradley. Isso é recente. É tudo muito novo — eu digo, olhando-o bem nos olhos. — E para ser honesto, eu tenho uma enorme dívida de gratidão para te pagar. Se não fosse por você e por aqueles testes de qualidade que você fez na bancada da cozinha, eu e Charlotte nunca teríamos ficado juntos. Você conseguiu a façanha de ferrar um relacionamento maravilhoso que tinha com a mulher mais incrível da face da terra. Então aceite os meus sinceros agradecimentos. Muito, muito obrigado. Agora ela é minha. — Para bater o último prego no caixão dele, eu agarro Charlotte no melhor estilo homem das cavernas, inclino-a para trás e a beijo novamente.

Alguns segundos depois, eu interrompo o beijo, endireito-a, aceno em despedida para o ex dela e a acompanho para dentro de seu prédio.

Das coisas que acabaram de acontecer no encontro com Bradley, não sei ao certo o que a impressionou mais: se foi o que eu disse, o que eu fiz ou se foi a decisão intempestiva que ela própria tomou. O fato é que, assim que entramos no elevador, Charlotte se volta para mim toda feliz e saltitante.

— Parece que vou bancar a sua noiva pela próxima semana, Passarinho. Nós temos de ir comprar um anel às duas horas, então precisamos ajustar bem as nossas informações.

Há outras coisas que eu adoraria "ajustar" agora mesmo. Mas já me dou por satisfeito que ela tenha concordado com o plano.

É DENTRO DO QUARTO QUE EU FAÇO O QUE SEI FAZER DE MELHOR. O QUARTO é o meu domínio. Por isso não deveria ser nada demais para mim esperar aqui, como Charlotte me pediu. Ainda assim, estar no quarto dela me deixa estranhamente agitado.

Principalmente porque uma cena de nudez está acontecendo bem perto de onde estou.

Ela está tomando banho e os apartamentos de Nova York são minúsculos, não importa quantos cômodos tenham. Vou explicar melhor a situação: há uma mulher gostosa, nua e molhada a poucos passos de mim.

Entenderam o meu ponto? Bom. Vamos em frente.

Em cima de sua cômoda azul-celeste, há uma fotografia emoldurada do cachorro dos pais dela. Eu apanho o porta-retratos. É um cão marrom peludo, um genuíno vira-lata. Olho para o bichinho com atenção. Estou totalmente concentrado nele. Olho para o seu rabo. Observo suas orelhas. Que bom, a ideia de focar na imagem está funcionando. Está me ajudando a manter a mente longe da mulher nua e do beijo delicioso dela.

O beijo que eu adorei.

Mas por que eu gostei tanto dele, afinal?

Claro que você gostou do beijo, seu idiota! Você é um homem heterossexual e uma mulher linda te beijou — se não gostasse seria um completo idiota. Ponto-final. Não significa nada demais. Pare de procurar explicações.

Especialmente porque Charlotte acaba de desligar o chuveiro.

Talvez ela tenha esquecido a toalha. Talvez ela abra a porta só um pouco, só uma fresta, e me peça para pegar uma toalha.

Dou um tapa em minha testa. *Pare de delirar, Holiday.*

Recoloco a fotografia no lugar, respiro fundo e endireito os ombros. A porta se abre com um rangido. Charlotte sai do banheiro usando apenas uma toalha branca felpuda, enrolada sobre os seios.

— Você deve estar se perguntando por que eu pedi que me esperasse no quarto e não na sala — ela diz, como se fosse a coisa mais natural do mundo.

Ou estou imaginando coisas ou ela está falando como se estivéssemos discutindo negócios enquanto gotas de água deslizam por suas pernas nuas. Mas eu sou um homem forte, posso lidar com isso. Não me sinto atraído pela minha melhor amiga, de modo nenhum. Meu pênis, contudo, não está de acordo comigo. Essa cobra traiçoeira.

— Sim, isso passou pela minha cabeça — eu respondo, apoiado na cômoda, tentando parecer tranquilo.

— Porque se você é meu noivo, precisa se sentir à vontade diante de mim quando estou nua — ela explica, erguendo as sobrancelhas e fazendo que sim com a cabeça num gesto jovial.

Ah, merda, ela vai fazer isso. Ela vai deixar a toalha cair. Vai querer que a gente pratique com sexo! Eu sou o bastardo mais sortudo da face da terra!

Espere aí. Calma. Nada disso. Eu não vou transar com a minha melhor amiga. Está total, completa e absolutamente fora de questão ir para a cama com Charlotte. Mesmo que ela jogue a toalha no chão e me implore por isso.

Entrelaço meus dedos atrás das costas, unindo minhas mãos trêmulas.

— Certo, então você vai ficar nua — digo, fazendo o meu melhor para imitar o tom de completa indiferença dela, o que me toma um bom tempo.

— Não. Não é nudez de verdade, só a *ideia* de nudez — ela esclarece.

— Por um momento eu pensei que estivéssemos falando tanto da ideia quanto da realidade, como duas coisas distintas — eu digo, fitando-a com ar sarcástico.

— Boa tentativa. Elas são uma coisa só e também são parte do nosso treinamento.

— Isso é parte do treinamento?

Charlotte caminha em minha direção e, quando passa por mim, seu braço roça no meu. Ela puxa a gaveta de cima da cômoda, abrindo-a.

— Sim. Vai ser como fazer laboratório ou algo do tipo.

— E isso é porque, por algum motivo, você pensa que nós vamos ter que ficar pelados na frente do sr. Offerman para que o plano dê certo? Isso não é nenhum noivado de *reality show* em que temos de usar nossas habilidades para superar obstáculos e ganhar pontos. Você sabe disso, não é?

Ela faz que sim com a cabeça enquanto vasculha a gaveta à procura de alguma coisa.

— Eu estou consciente disso, Spencer. Vejo isso mais como um jogo de perguntas e respostas para casais.

— E nessa sua versão do jogo, as perguntas vão avaliar o quanto eu estou acostumado à ideia de te ver nua e vice-versa?

Ela engasga quando eu digo isso — *vice-versa.*

Eu não sei como interpretar esse pequeno engasgo... Mas parece ter alguma relação com a ideia de me ver *au naturel.*

Ela se volta para mim exibindo duas calcinhas no ar, uma em cada mão.

— Responda rápido. Você gosta quando sua noiva usa calcinha fio-dental preta com detalhe de laço? — Ela balança uma deliciosa tira de tecido sedoso em frente a mim e minha temperatura corporal começa a aumentar quando penso que Charlotte é dona dessa peça minúscula. — Ou você prefere vê-la nesta calcinha branca de amarrar? — Ela sacode a peça branca bem diante dos meus olhos e tudo o que eu consigo enxergar é um pequenino pedaço de tecido triangular quase transparente.

Se antes a temperatura do meu corpo havia aumentado, agora eu estou ardendo em chamas, sabendo que ela é dona *dessa* peça também. Calcinhas brancas que deixam muito pouco para a imaginação...

Que Deus tenha piedade de mim.

Se uma mulher com quem eu estivesse saindo aparecesse com essas calcinhas, elas não estariam no corpo dela. Elas estariam em meus dentes, pois já teriam sido arrancadas. Eu não posso fazer nada a não ser olhar para as lingeries de Charlotte e sentir meu sangue ferver. Eu não me espantaria se começasse a sair fumaça pelas minhas orelhas.

Charlotte inclina a cabeça e me fita com expectativa nos olhos:

— E então? Qual delas você gostaria que sua noiva usasse?

Percebo que ainda não respondi a pergunta que ela havia feito. Uma coisa de cada vez. Eu ainda estou tentando trazer de volta ao meu cérebro todo o sangue que correu em quantidades colossais para outra parte do meu corpo...

— Nenhuma — eu digo, com a intenção de fazer graça; mas minha garganta está seca demais e minha voz acaba soando áspera, como um resmungo.

Ela apenas ergue as sobrancelhas, completamente tranquila.

— Nenhuma? É mesmo? Tudo bem — ela comenta e então se vira, recoloca as peças íntimas na cômoda, pega um sutiã e fecha a gaveta delicadamente. — Isso deixa as coisas mais fáceis. Eu volto logo.

Charlotte toca meu ombro alegremente com o dedo indicador, abre a porta do closet, pega alguma coisa pendurada em um cabide e volta para o banheiro. Quando ela fecha a porta, eu desabo na cama, respirando aliviado. Levo a mão à testa. Que tipo de prova infernal foi essa? Se a intenção foi testar meu autocontrole, eu devo ter me saído bem.

Mas eu não tenho tempo para especular sobre isso, porque ela abre a porta do banheiro vinte segundos depois.

— O que você acha? — ela pergunta. Está vestindo uma blusa preta sem mangas e uma saia vermelho-amora, que chega até seus joelhos e parece rodada quando ela gira o corpo. — Estou bonita para irmos escolher o anel?

Aponto para o meio do corpo dela, então um pouco mais abaixo.

— Você não está mesmo usando roupa íntima?

Os olhos dela brilham de modo travesso.

— Meu noivo me disse que prefere me ver usando... — ela caminha até mim, põe uma mão em meu ombro, aproxima os lábios do meu ouvido e sussurra. — Nada.

Bem, senhoras e senhores, meu pênis agora está oficialmente saudando minha melhor amiga. Ela saltita de volta para o closet, aparece com um par de sapatos pretos de salto alto e os calça.

Ela quer mesmo me matar.

As pernas dela são incrivelmente gostosas e saber que o precioso triângulo entre elas está nu vai acabar me deixando louco. Eu afundo as duas mãos em meu cabelo, respiro fundo e tento não entrar em desespero.

— Certo, você ganhou. — Sigo direto para a cômoda, abro a gaveta de cima, pego a calcinha e a agito no ar como se fosse uma bandeira branca. — Eu me rendo.

Ela me olha com expressão contrariada.

— Mas nós mal começamos e você já vai jogar a toalha? Pensei que você quisesse e precisasse de mim como sua noiva.

— Eu quero. Quero sem dúvida nenhuma, mas você não pode sair por aí sem calcinha. Não pode andar por Nova York sem ter nada debaixo dessa saia. Vista isso — eu ordeno, enfiando a peça em suas mãos.

Os lábios dela se curvam num sorriso malicioso. Um sorrisinho de triunfo. Eu posso jurar que Charlotte está escondendo alguma coisa.

— Tudo bem, gatinha. Pode me dizer que canário você comeu?

Ela pega a calcinha com uma mão, segura meu braço com a outra e me puxa para dentro do banheiro. Lá ela aponta o espelho. Há uma frase escrita nele, com batom vermelho: *Spencer vai querer que eu use a calcinha branca.*

Eu caio na risada — e é difícil parar de gargalhar, pois o que vejo me pega completamente de surpresa.

— E você ainda tem coragem de dizer que não é uma boa mentirosa... — digo, apontando um dedo para ela.

— Eu não menti — ela retruca, colocando a mão no peito. — O que está aí é verdade. Foi escrito com batom vermelho, dois minutos atrás. E eu estava certa, admita!

— Você está me gozando.

— Não. Estava *provando* a mim mesma que posso ser convincente como sua noiva — ela explica com um sorriso malicioso, batendo o quadril em mim. Na expressão em seu rosto, há uma mistura de orgulho e alegria. — Eu quis saber se conhecemos bem um ao outro. — Ela faz uma pausa e baixa a voz para terminar a frase. — Bem e intimamente.

Então Charlotte começa a vestir a calcinha.

Na minha frente.

Com os pés dentro dos sapatos de salto.

Ela passa o minúsculo tecido por um tornozelo, depois pelo outro, e então o faz subir lenta e sedutoramente por suas pernas lisas e torneadas. Meus olhos seguem cada movimento dela. Não tento desviar o olhar e sei que não conseguiria se tentasse... Começo a perceber que terei ereções inúteis o tempo todo na próxima semana. Isso deve ser normal, não é? Que homem com sangue nas veias conseguiria ficar tão perto de uma mulher espetacular que estivesse colocando uma calcinha transparente e não...

Meu pobre cérebro trava e para de processar palavras. Eu engulo em seco.

A calcinha está agora na altura dos joelhos dela. Começa a deslizar para cima, escorregando por suas coxas, seguindo seu caminho até a...

— Feche os olhos — ela sussurra.

E é o que eu faço, pois sou um cavalheiro. Vejo estrelas negras e prateadas por trás das pálpebras, mas fico imaginando tudo o que estou perdendo neste exato momento. Legal. É como ter um míssil em eterna decolagem dentro da calça. Eu não tenho escolha a não ser me conformar com uma ereção perpétua. Não posso lutar contra essas coisas. Não dá nem para tentar.

— Pode abrir os olhos agora — Charlotte pede e eu obedeço. Ela aponta o assento do vaso sanitário. — Sente-se aí, sócio. Vamos ajustar nossa história enquanto eu arrumo o cabelo e faço a maquiagem.

Capítulo 8

NÓS REPASSAMOS OS DETALHES PRINCIPAIS.

Ela rouba todo o lençol durante a noite. Eu durmo sem roupa. Ela não gosta de usar a pia do banheiro ao mesmo tempo que eu. E eu não dou a mínima se ela cospe pasta dental na pia enquanto eu escovo os dentes. Ela tem mais de duas dúzias de loções para o corpo e não repete nenhuma durante a semana.

— Eu não uso loção, obviamente — eu digo, gesticulando na direção da pequena estante de seu banheiro, repleta de loções de frutas vermelhas, flor de ameixa, leite com mel e todos os tipos e essências de cremes para o corpo existentes no planeta. — E repito, eu não sei por que alguém me perguntaria que tipo de loção você usa.

— Eu sei disso — ela responde, ligando na tomada o secador de cabelo. — O ponto é que *eu* quero sentir que sabemos essas coisas um sobre o outro, para podermos agir mais naturalmente como noivos. É para parecer autêntico. Por exemplo, eu levo cinco minutos para secar o cabelo.

Eu ligo o cronômetro do meu celular e leio um capítulo de um e-book enquanto ela usa o secador no cabelo. Existe algo muito caseiro neste breve momento. Como se nós fôssemos um casal de verdade e eu estivesse esperando minha mulher se aprontar para sairmos.

Hmmm.

Talvez porque seja precisamente isso o que está acontecendo.

A não ser por um detalhe: nós não somos um casal de verdade.

Quando o alarme do meu cronômetro dispara, Charlotte está pronta e eu então ponho o meu celular no bolso. Depois de enrolar o fio do secador, ela estala os dedos.

— Esquecemos de uma coisa muito importante.

— O quê?

— Como nós descobrimos?

— Como descobrimos o quê?

— Dãã. Que estamos apaixonados, ora. — Ela diz isso com tanta doçura, de modo tão sereno, que por um momento não me dou conta do significado de suas palavras. Eu esqueço que estamos criando os detalhes e simplesmente começo a vasculhar minhas lembranças em busca da resposta. Quando, por fim, a realidade se restaura e me dou conta do meu devaneio, eu rio de mim mesmo. Nós não estamos apaixonados, só vamos fingir que sim. Então, enquanto saímos do banheiro, eu conto a ela a mesma história que contei ao meu pai nesta manhã — a história do nosso amor e de como terminamos juntos.

— Isso não é o suficiente — ela comenta. Percorremos a curta distância até sua diminuta cozinha e os saltos dos sapatos dela produzem um ruído seco ao baterem no piso de madeira dura.

— Por que não? — pergunto. Charlotte apanha uma jarra de chá gelado na geladeira e eu pego dois copos no armário. Ela é exigente quanto ao chá gelado que consome; adora os saquinhos de chá da loja Peets que compra no site da Amazon, pois não há uma unidade da Peets em Nova York.

— Precisamos de mais detalhes — ela diz e toma um gole da bebida. — Eu aposto que as filhas do sr. Offerman vão ser as primeiras a sentir o cheiro da mentira. Garotas são muito espertas. E se as filhas dele suspeitarem, você pode apostar que vão contar ao papai. Nós precisamos trabalhar bem essa parte. Vamos ver se eu entendi. Certa noite, no bar, nós percebemos que tínhamos um sentimento forte um pelo outro, é isso?

— Sim. Faz apenas algumas semanas. Tudo aconteceu bem rápido.

— Mas como foi que começou? Especificamente. Qual foi o detalhe especial que fez nosso romance surgir?

— Charlotte, eu contei essa história para o meu pai. Ele não me perguntou.

— Mas as mulheres vão — ela ressaltou e então balançou seu anelar vazio. — Assim que eu colocar o anel no dedo, todas as mulheres vão começar a falar nele e vão querer saber como nos apaixonamos, com detalhes. Provavelmente amanhã mesmo, no jantar. Nós precisamos de uma história — Charlotte diz enfaticamente enquanto caminha pela pequena cozinha. Então, de repente, os olhos dela brilham de excitação. — Já sei! Em uma quinta-feira à noite, no The Lucky Spot, bebendo um copo de vinho depois de fecharmos o bar, você fez uma piada sobre como todos pensam que nós somos um casal e eu disse: "talvez nós devêssemos ser mesmo um casal". E então veio um... *silêncio constrangedor* — ela diz, num tom de voz suave, como se estivesse se recordando dessa noite decisiva.

Eu pego a deixa e dou asas à imaginação, colaborando para construir as bases da nossa história:

— Só que o silêncio não foi constrangedor. Foi simplesmente bem-vindo — eu a corrijo, brindando-a com o meu melhor sorriso cego de amor. — E então nós confessamos o que sentíamos um pelo outro.

— E nós nos beijamos e foi o beijo mais intenso das nossas vidas. Mas isso é óbvio.

— Beijo mais intenso? Naah. Foi mais que isso. Nós fizemos o sexo mais intenso das nossas vidas — eu digo, porque *é claro* que vou levar as coisas por esse caminho.

O rosto de Charlotte fica vermelho. Ela não diz nada e termina de beber seu chá gelado. Eu também tomo outro gole e depois coloco os dois copos na lavadora de louças, alinhando-os na fileira superior, do jeito que ela prefere.

— Para simplificar as coisas, vamos fazer de conta que você me fez a proposta ontem no bar, porque foi lá que tudo começou. Você fez a proposta depois que todos saíram. Ajoelhou e disse que mal podia esperar para colocar um anel no meu dedo, que eu tinha de ser sua.

— Perfeito — respondo. — Muito bom. Fácil de lembrar.

Eu fecho a lavadora e ela olha para mim com atenção. Eu noto ternura e emoção em seus olhos castanhos.

— Ah, Spencer. Obrigada.

Eu a observo sem entender nada.

— Por colocar os copos na lavadora?

— Não, por ter paciência pra lidar comigo. — Ela ergue os braços, com as palmas das mãos para cima. — Eu estava testando você um pouco, mas eu precisava confiar que a gente consegue dar conta do recado.

— E agora você confia? Sente que está pronta para encarnar a sra. Holiday?

Ela ri.

— Que engraçado. Essas são duas palavras que nunca mais serão pronunciadas juntas — ela diz, passando a mão distraidamente pelo meu braço enquanto saímos da cozinha. — Você é o solteirão mais convicto que já existiu.

Faço que sim com a cabeça, confirmando o que ela disse. Um completo casanova. Cem por cento mulherengo. Livre para voar e sem a menor necessidade de uma gaiola.

— Está coberta de razão — confirmo.

Charlotte estende a mão para pegar sua bolsa, que está sobre a mesa da sala.

— Espere um pouco — ela diz. — Eu tenho mais um teste, só mais um.

— Vai me fazer andar descalço sobre brasas mais uma vez? Nossa. Você quer ver sangue.

Ela bufa.

— Até parece que escolher minha calcinha foi uma missão heroica! Seja lá como for, este teste é para mim, para me fazer ter certeza de que estou pronta para a nossa primeira aparição em público como o sr. Holiday e sua noiva feliz na loja do seu pai.

Eu cruzo os braços, esperando para ver o que ela tem em mente.

Ela me olha bem nos olhos, com os lábios imóveis em uma expressão muito séria.

— Quero que você tente arrancar a verdade de mim com cócegas.

Reajo com ceticismo, arqueando as sobrancelhas.

— Quer isso mesmo? Sério?

— Sim, sem dúvida. Você sabe que é meu ponto fraco — ela responde, inclinando-se sobre seu sofá cinza e tombando no meio de diversas almofadas azuis, vermelhas e roxas. Ela adora cores que lembram pedras preciosas. Agora ela está estendida no sofá e as madeixas louras de seu cabelo se espalham sobre uma almofada azul-marinho. — Vamos lá, faça o que tem de fazer — ela ordena. — Eu preciso ter certeza de que não vou entregar os pontos. Tenho de provar a mim mesma que nem a tortura das cócegas me faria dedurar meu melhor amigo.

Eu desabotoo os punhos da camisa e arregaço as mangas até os cotovelos.

— Nada de pegar leve comigo — ela avisa.

— Isso nem me passou pela cabeça.

— Faça com que eu me contorça toda. Que seja tortura pura. Faça com que eu queira confessar. É o único jeito de sabermos se eu consigo mesmo levar essa mentira durante uma semana toda.

Ergo as mãos no ar e as agito, para indicar a Charlotte o que está por vir.

— Tudo o que eu posso dizer é que você vai sofrer, Passarinha.

Venço a distância de alguns passos que me separa do sofá e dou início ao espetáculo. Sou cruel em matéria de fazer cócegas e sou um competidor obstinado. Embora a minha vítima seja Charlotte, eu não pretendo facilitar. Lanço-me sobre ela e passo a fazer cócegas em sua cintura; quase que imediatamente, ela começa a se contorcer.

— Fale a verdade! Você não ficou noiva de Spencer Holiday coisa nenhuma, não é? — eu a interrogo como se fosse um advogado de acusação.

— Ele vai ser meu marido, eu juro — Charlotte grita e eu aumento a pressão dos meus dedos no corpo dela.

— Não acredito em você. Diga a verdade. Isso tudo é encenação. Ele te convenceu a fazer isso.

Aos gritos, ela bate, empurra e se move freneticamente para frente e para trás, na tentativa desesperada de me evitar. E ri incontrolavelmente.

— Eu sou louca por ele! Sempre fui e sempre serei!

— Não adianta insistir, porque não acredito em você! — eu ralho enquanto tento atacá-la nos quadris. Charlotte luta tanto para se desvencilhar, que mais parece uma enguia escapulindo de um lado para outro; praticamente se enterra nas almofadas do sofá para escapar das cócegas torturantes que faço nela. Mas eu sou forte e por fim a encurralo. Minhas mãos avançam pelos lados do corpo dela e ela se arqueia inteira.

— Ai, meu Deus, não! — ela grita.

Caramba, como ela é sensível a cócegas! Estão acabando com ela. O rosto dela está torcido, seu nariz todo franzido e a boca escancarada em gargalhadas intermináveis.

— Por quê? Por que você é louca por ele? — Eu a interrogo enquanto tento minar suas forças com um ataque em suas costelas. Como um reflexo, Charlotte força o joelho contra o meu estômago na tentativa de me fazer parar. Eu aparo o golpe e a lateral do joelho dela apenas resvala em meu quadril.

— Porque... — ela começa, quase sem fôlego, enquanto meus dedos correm sem parar pelas laterais de seu corpo. — Ele me faz rir.

— E o que mais? — Eu estou quase alcançando as axilas dela agora.

— Ele abre as portas para mim! — ela responde, pronunciando a última palavra aos gritos quando alcanço um ponto particularmente sensível de seu corpo.

— Mais um motivo — exijo, imobilizando-a com a minha pelve e prendendo uma perna dela entre as minhas.

Charlotte para de rir subitamente e os olhos dela se arregalam.

— Ele é enorme — ela diz num sussurro.

Nós dois ficamos em silêncio por alguns segundos. Então eu balanço a cabeça em sinal de aprovação e dou fim à tortura.

— Você provou sua lealdade à causa — digo.

Charlotte está sob o meu corpo e eu olho para ela. Seu cabelo está todo desgrenhado, e sua camisa, erguida até a altura do estômago, deixa descobertos alguns centímetros de pele macia. A respiração dela está muito ofegante. E o bom senso pede que eu saia logo de cima dela. Sem dúvida, é o que eu deveria fazer. Ela não está mais se debatendo, não está lutando comigo. Essa deveria ser a deixa para que eu me levantasse, desse a mão a ela e a levasse para escolher o anel.

Mas os olhos dela estão diferentes. Eu nunca notei nada parecido neles antes. Há algo de vulnerável emanando deles.

— Nós temos que praticar — Charlotte diz num tom de voz suave e suas palavras dançam no ar como folhas ao vento.

— Praticar? — eu repito, porque, embora eu saiba muito bem do que ela está falando, eu não tenho a intenção de assumir nada.

Sua boca se abre ligeiramente e ela desliza a língua pelo lábio inferior.

— O mesmo que nós fizemos na rua. Para parecer real.

— Vamos incluir beijos na nossa encenação?

Ela faz que sim com a cabeça.

— Se acabamos de ficar noivos, o que vão pensar se não nos beijarmos pelo menos uma vez no jantar de amanhã? Imagina o quanto vai parecer estranho? Beijos fariam parecer mais real, você não acha? E não podemos passar a impressão de que estamos nos beijando pela primeira vez.

— Entendi. Vamos treinar para fingir de modo convincente, como um beijo técnico. Quem olha pensa que estamos nos beijando apaixonadamente, mas na verdade nossas bocas mal se encostam. É isso o que você quer dizer, não é?

Ela sorri debaixo de mim e então morde o canto do lábio, assim como havia feito na cafeteria. Naquela ocasião eu resisti ao impulso de me aproximar. Agora, porém, cedo à tentação. Encosto meus lábios no canto da boca de Charlotte e a beijo.

Um beijo leve.

Depois, levanto a cabeça e olho para Charlotte. Ela inspira profundamente e solta o ar. Há um brilho estranho em seus olhos.

— Era isso que você queria?

— Não — ela responde.

— No que você estava pensando, então?

— Em um beijo de verdade. Quero saber como o meu noivo beija para valer. Não só uma beijoca boba no meio da rua.

— Um beijo de verdade. Tem certeza disso?

— Sim. Por que eu não teria? Por acaso você beija mal? — Ela leva a mão à frente da boca. — Ah, meu Deus. É isso. Seu beijo deve ser esquisito — Charlotte me desafia, afastando a mão novamente.

— Acho que agora vou ter de provar que está completamente enganada. Prepare-se, porque vou te beijar da única maneira como você deveria ser beijada. Eu juro.

— E como é?

Eu olho bem nos olhos dela, movimento meu quadril contra a coxa dela para que ela possa sentir mais de mim, e então digo:

— Um beijo de verdade tem que deixar você excitada.

Ela engasga, e sem mais palavras eu mergulho minha boca na dela.

Em nosso primeiro beijo, na rua, Charlotte foi a protagonista. Ela me apanhou de surpresa numa manobra incrível. Agora, porém, este beijo é meu. Eu estou no controle, sou o líder. E pretendo provocá-la, fazê-la contorcer-se novamente, só que desta vez de prazer. Agora ela vai se contorcer para ficar mais perto de mim, não para escapar. Eu introduzo lentamente a minha língua entre os seus lábios e ela os abre, convidando-me para um beijo mais profundo. Não dou atenção aos desejos dela. Em vez disso, deslizo até seu queixo e a beijo ali, deixando minha boca escorregar por sua pele macia e subir até a orelha. A pele de Charlotte tem um gosto maravilhoso, como cerejas sob o sol. Talvez seja a loção hidratante que ela passou alguns minutos atrás ou talvez esse seja seu aroma característico. De um modo ou de outro, está me deixando louco. Até mesmo meus ossos vibram de desejo enquanto passeio por ali. Encosto levemente a língua no lóbulo de sua orelha e ela geme.

— Ohhhh...

Não é o mesmo som que a ouvi fazer na rua. É mais alto. Mais genuíno. Selvagem.

E eu adoro demais ouvi-lo!

Ela empurra o quadril contra o meu corpo, tentando intensificar nosso contato.

Percebo que os olhos dela estão fechados e vejo o rubor em suas bochechas e a vermelhidão em seus lábios. Ela é um pedaço de bolo de chocolate diante de mim e eu tenho que consumi-lo. Inteiro. Agora, já. Sem deixar sobrar nenhum pedaço.

Eu corro as mãos pelo cabelo dela e as madeixas louras envolvem meus dedos num caos dourado. Com todo esse cabelo fantástico nas mãos, não consigo resistir e o puxo. Assim que faço isso, ela deixa escapar um lamento ardente, que se transforma em um leve gemido. Meus dedos envolvem sua cabeça e eu a agarro com força, prendendo-a no lugar.

Volto a me concentrar na boca de Charlotte e paro de provocá-la.

Em vez disso, intensifico o contato.

Ponho o volume no máximo.

Beijo-a sem piedade.

Eu a devoro.

Nossas línguas se embaraçam, nossos dentes se chocam e eu posso jurar que ela está se dissolvendo debaixo de mim. Nós estamos nos fundindo e nos tornando um só. Minhas veias pulsam de desejo, eu estou rijo dentro da calça e minha mente está focada em um único objetivo — um beijo que faça Charlotte ficar com tesão.

Tenho de fazer um esforço gigantesco para que a minha mão não suba pela coxa dela, deslize sob sua saia e alcance o tecido daquela calcinha branca transparente. Porém, eu não preciso tocá-la tão intimamente para constatar que ela está excitada além da conta. Os sinais estão presentes e eu os reconheço: os pequenos murmúrios que ela deixa escapar, o modo como seus braços se insinuam em torno do meu pescoço, os dedos dela se enroscando nas pontas do meu cabelo. O modo como Charlotte tenta me estimular é a confirmação definitiva de que ela está no clima. Ela projeta o quadril, mexe-se e o esfrega em mim e eu não vou conseguir me controlar por muito tempo.

Num movimento rápido, eu me posiciono com firmeza entre as pernas dela e empurro o quadril contra sua virilha. Um gemido sexy escapa de seus lábios. As mãos dela se materializam em meu traseiro. Meu autocontrole sofre mais um golpe quando ela abre as pernas para mim, dando-me acesso, convidando-me para fazer sexo sem tirar as roupas.

Ah, diabos, como recusar um convite desses? Se eu for em frente e topar, dentro de poucos segundos as pernas de Charlotte estarão cruzadas atrás dos meus quadris e eu vou querer transar com ela. Por mais amigos que sejamos, como eu poderia não querer essa mulher? Ela é muito gostosa e está bem diante de mim, disponível e super afim.

Quero arrancar aquela calcinha e mergulhar fundo no calor dela.

Mas ela é minha melhor amiga e eu não posso fazer isso.

De algum modo, meu bom senso toma a dianteira e assume o controle que antes estava com o meu pênis.

Eu interrompo o beijo, pulo para longe dela e fico em pé em questão de segundos. Preciso de ar. Preciso de espaço. Um segundo a mais e eu teria ultrapassado todos os limites. Mas não quero que ela saiba que estou travando uma batalha dentro da minha cabeça, então me esforço para parecer descontraído.

— Nem preciso perguntar se o treinamento deixou você excitada.

Ela pisca.

Ela dá uma risadinha zombeteira.

Ela se senta no sofá e se endireita, acomodando os ombros.

— Mas aposto que você está curioso pra saber, seu safado metido — ela diz, enquanto alisa a camisa, ajustando-a e depois fazendo o mesmo com a saia.

A situação é bem embaraçosa. Nós estávamos dando um amasso devastador, muito perto de ir além disso, e agora estamos trocando comentários sarcásticos, enquanto eu continuo cheio de desejo por ela. Isso não pode acontecer de novo. Nós fizemos o teste, constatamos que Charlotte não se sentirá desconfortável fingindo estar comigo, e isso é tudo o que precisamos. No final das contas, o que passou, passou, e o show tem de continuar.

Um show para a família, não um filme pornô, caramba!

Charlotte se levanta e se retira rapidamente para o seu quarto. Eu aproveito para me arrumar, respirar fundo e imaginar um vestiário cheio de homens peludos.

Porra, acho que vou vomitar.

Mas o truque funciona. Minha ereção cede, enfim.

Charlotte volta, e quando ela se inclina para apanhar a bolsa, não posso deixar de notar que agora ela está usando a calcinha fio-dental preta.

Olho para o outro lado, pois não quero que o sorriso em meu rosto confirme que eu não passo mesmo de um safado metido.

Capítulo 9

— E ENTÃO, O QUE ESTÁ ACHANDO DOS METS?

A porta do elevador se abre no andar de Charlotte e eu direciono a conversa para longe do treinamento prático no sofá dela. O *último* treinamento prático. Chega de ensaiar beijos. É perigoso demais.

— Eles estão fazendo uma boa temporada. — Ela puxa a alça da bolsa mais para cima a fim de ajustá-la no ombro, sem morder inteiramente a isca.

— Nada como um bom lançamento, não é? — eu comento, pressionando o botão do andar térreo e me perguntando qual foi a última vez que falamos sobre beisebol para encobrir um momento constrangedor. Charlotte é uma grande fã de beisebol, em boa parte graças ao fato de ser imbatível na liga de beisebol fantasia, um game em que os competidores montam seus times com jogadores da vida real. Eu já disse a ela várias vezes que, se os nossos bares fracassarem, ela deveria tentar a sorte como agente de jogadores, mas ela sempre ri e me diz que ama beisebol e prefere não tirar a pureza desse amor.

Bem, não há nada de puro no beisebol agora. Não passa de uma porcaria de desculpa para escapar de uma situação realmente desagradável.

— Mas e aí, quais são os melhores jogadores na sua escalação?

Ela se volta para mim e me olha de um modo extremamente sério.

— Eu não estava brincando quando disse que não quero te ver pegando mulheres por aí na semana em que estivermos juntos. Quero ter certeza de que você não vai se importar com isso.

É, pelo visto a conversa-mole sobre esportes não colou.

— Claro que não vou — eu respondo rápido, mexendo na minha gravata e fingindo estar ofendido. — Acha mesmo que eu não consigo ficar uma semana sem sexo? Não acredito nisso.

Ela balança a cabeça numa negativa. O elevador começa a se mover.

— Pode parecer idiotice para você, já que estamos só fingindo, mas depois do que aconteceu com o Bradley...

— Charlotte, confie em mim. Juro que vou manter abstinência sexual completa enquanto estivermos juntos, não importa que seja um noivado falso — afirmo, estendendo três dedos no ar. — Palavra de escoteiro.

— Você nunca foi escoteiro.

— É verdade. Mas eu não traio, nem em relacionamentos verdadeiros, nem nos falsos.

Ela arqueia as sobrancelhas.

— Você já teve um relacionamento verdadeiro? Spencer Holiday em um relacionamento de verdade?

— Mas é claro. Se eu me lembro do sobrenome da garota, então tive um relacionamento verdadeiro. É isso o que você quer dizer com relacionamento verdadeiro, não é? — eu dou de louco, fazendo cara de paisagem.

— Vou perguntar de novo. — Ela cruza os braços. — Alguma vez você já teve um relacionamento que tenha durado mais do que duas semanas?

Eu a olho com ar arrogante.

— Por que duas semanas? Você não acha que está exagerando um pouco?

— E a Amanda da faculdade não conta.

— Por que não? Eu saí com ela por quatro meses. Mas a resposta é sim. Sim, eu já tive um relacionamento longo — eu asseguro, embora tenha quase certeza de que não tive, não. Mas também não é a minha capacidade de manter um relacionamento duradouro que está em discussão aqui. O que está em discussão é se meu pênis consegue praticar monogamia em série. — Eu vou ficar com o zíper da calça bem fechado enquanto nosso acordo durar, eu já disse. E espero que você faça o mesmo.

— Você pode ficar tranquilo quanto a isso. Nem precisa se preocupar.

— Quer dizer que isso não vai atrapalhar a sua vida amorosa? — pergunto. O elevador começa a parar no andar térreo.

— Como se o problema fosse esse — ela responde, olhando-me com ironia.

— Não tem nenhum encontro romântico na agenda da próxima semana?

Charlotte ergue as mãos e exibe todos os seus dez dedos.

— Não tive nenhum encontro na agenda dos últimos dez meses — ela diz em tom áspero no instante em que a porta do elevador se abre.

Nós atravessamos o saguão e saímos do prédio. Um carro do Uber que eu havia solicitado já nos aguarda na Lexington. Abro a porta para ela, que entra no veículo. Faço o mesmo. Nós prendemos os cintos. As coisas parecem ter se normalizado entre nós, como se tivéssemos nos livrado daquele mundo paralelo e voltássemos a ser nós mesmos.

— Você quer dizer dez meses sem um relacionamento sério? — pergunto, pois sei que Charlotte não se envolveu com mais ninguém desde o último rompimento. Porém, pensando bem, ela também não mencionou nenhum encontro. Charlotte não tem o hábito de falar sobre suas aventuras amorosas; mesmo assim, se tivesse saído com alguém interessante, ela provavelmente teria dito alguma coisa.

Ela nega com a cabeça.

— Nenhum relacionamento. Nenhum encontro. Nada de beijos. Nada de nada.

Dez meses sem sexo. Isso parece uma vida inteira para mim. Acho que nunca fiquei mais de dez dias sem sexo. Talvez catorze dias, no máximo, mas foram duas semanas difíceis. Charlotte deve estar usando seus brinquedos mais do que nunca.

Ah, que merda. Agora começo a imaginá-la na cama com um vibrador roxo de coelhinho, as pernas abertas, a mão mexendo no controle de velocidade, a respiração acelerada.

Obrigado, cérebro, por me empurrar essa imagem fantástica goela abaixo e sabotar todo e qualquer pensamento inteligente.

Algumas vezes eu me pergunto como nós, homens, conseguimos executar nossas tarefas quando pensamos em sexo o tempo todo. De fato, é um verdadeiro milagre que nós consigamos amarrar os sapatos e pentear o cabelo.

De repente, a minha ficha cai. Aquele beijo no sofá. E o beijo na rua. Foram os primeiros beijos que ela trocou com alguém depois de quase um ano. E esse alguém sou *eu*. Ora, ora. *Meus* beijos. Saber que eu fui o primeiro cara que Charlotte beijou depois de tanto tempo me deixa feliz, tenho de reconhecer. Ainda que não faça sentido ficar feliz por causa disso. Também não faz sentido esse sentimento de posse sobre Charlotte que começo a notar em mim. Eu não quero que ninguém mais a beije.

Isto é, não quero que ninguém mais a beije *durante a próxima semana*, é claro. O sentimento de posse se restringe a isso.

— A propósito, Spencer — ela diz quando o carro chega na loja —, como isso termina?

— Nós?

— Sim. Nosso falso noivado.

— Acho que precisamos de um rompimento forjado — eu respondo, embora ainda não tenha pensado muito nessa questão do final. Na verdade eu não planejei nem o início dessa aventura. Tudo está acontecendo de modo improvisado, sem preparação, e eu estou me deixando levar pelo instinto.

— No final da semana? — ela indaga.

Nós alcançamos e abrimos as reluzentes portas de vidro da loja do meu pai, o ponto da cidade de Nova York que faz parte da minha vida desde sempre.

— Sim. Um verdadeiro rompimento forjado — eu digo antes de comprar o anel que vai selar o nosso acordo. Um anel que tem data de validade, assim como esse compromisso para o qual já estamos planejando um final.

NÓS PASSAMOS UMA HORA NA KATHARINE'S E EU APRENDI ALGUMAS coisas sobre Charlotte:

Ela gosta de ficar de mãos dadas.

Ela gosta de abraçar minha cintura.

Ela gosta de acariciar meu cabelo.

Ela se mostra muito carinhosa quando estamos desempenhando nossos papéis — seu comprometimento com a atuação é impressionante.

Além disso, Charlotte tem um gosto impecável e escolhe um diamante de dois quilates, com lapidação princesa, cravado em um aro de platina.

— Este é o anel que eu sempre quis! — ela declara a Nina, a melhor funcionária do meu pai na loja; e eu posso jurar que Charlotte está nas nuvens de tanta felicidade. A mulher parece uma perfeita noiva envergonhada.

Nina abre um grande sorriso. Ela é alta e está impecavelmente vestida com blusa de seda e saia cinza. Seu cabelo está penteado para cima, em um coque.

— Então vamos providenciar que o sapatinho de cristal sirva perfeitamente em você — Nina diz e se retira para o fundo da loja, a fim de fazer ajustes na peça.

— Você é uma atriz e tanto — digo a Charlotte assim que Nina se distancia de nós. Ela abana a mão num gesto de desdém, mas eu insisto. — Não, estou falando sério. Você merecia um Oscar por arrasar no papel de noiva em êxtase.

Ela passa os dedos em uma vitrine e balança os ombros, como se o seu desempenho não tivesse sido nada demais.

— Eu gosto de diamantes, Spence. Isso deixa tudo mais fácil para mim.

— Ah, então Charlotte Verdadeira entrou em cena? E Charlotte Verdadeira adora joias?

Ela faz que sim com a cabeça.

— Charlotte Verdadeira gosta muito da combinação de diamante e platina. Ano passado, quando minha amiga Kristen ficou noiva, eu vibrei com o quanto ela estava feliz e não conseguia parar de olhar para o diamante de princesa dela. Era esplêndido, mas o mais importante de tudo é que Kristen estava loucamente feliz e apaixonada. Ficar entusiasmada com um anel de noivado não é uma coisa que eu tenha que fingir — ela diz, olhando-me direto nos olhos. Posso ver a sinceridade estampada no olhar dela. Já não tenho dúvida de que ela está sendo completamente honesta.

Ela adora a ideia de estar comprometida. Não comigo, talvez. Eu me refiro à situação de estar comprometida, de maneira geral.

O impacto dessa informação é quase insuportável para mim. Melhor fazer uma piada para dissipar o clima tenso.

— Mas e se fosse um anel de dedinho, hein? — pergunto. — E se eu lhe desse um anel de dedinho, dourado e com uma pedrona redonda? Não faria o seu estilo?

Ela se inclina para mais perto de mim e mexe as sobrancelhas para cima e para baixo.

— Obrigada pela dica, tontinho. Agora eu sei exatamente o que te dar como presente de casamento...

Nina volta para nos avisar que o anel deve ficar pronto em quinze minutos.

— Obrigada! Eu mal posso esperar — Charlotte comemora e agora eu sei que ela está falando sério. O que ela diz a Nina não deixa de ser verdade.

Mas eu estou mentindo e me sinto meio babaca por isso. Conheço Nina há anos. Ela até tomou conta de mim e de Harper como babá, quando éramos pequenos. Quando a Katharine's iniciou suas operações em uma pequena loja na Park Avenue, Nina foi a primeira funcionária do meu pai. Vendedora, a princípio, ela construiu sua carreira ao longo dos anos e se tornou vice-presidente quando a loja se tornou uma empresa internacional. Meu pai sempre diz que Nina e minha mãe o ajudaram a tomar as decisões mais importantes dos últimos trinta anos. Elas são as principais assessoras dele.

— Estou muito emocionada por vocês dois e tão feliz por ter sido você a mulher que conquistou Spencer — Nina diz a Charlotte, que timidamente desvia o olhar. Nina apoia o quadril em uma vitrine de braceletes de diamante e se volta para mim, dando um tapinha brincalhão em meu braço. — Eu ainda não consigo acreditar que você vai se casar.

— Nem eu acredito, às vezes. Tenho que me beliscar para lembrar que é verdade — eu digo e belisco meu antebraço, esforçando-me para ignorar a sensação incômoda de culpa. Não posso deixar que ela me consuma. Foi por uma boa causa que me envolvi nessa farsa e ninguém vai sair prejudicado. Além do mais, não sou o primeiro cara na história da humanidade que precisou de uma noiva em uma situação de urgência.

— Eu ainda me lembro de você pequeno, aquele menino terrível de cinco anos... Lembro como se tivesse sido ontem — Nina diz, com um brilho de nostalgia nos olhos.

— Eu não consigo acreditar que meu pai me deixava entrar na loja quando eu era aquele garoto maluco de cinco anos — eu brinco, recordando-me dos momentos que passei naquele prédio luxuoso. Conheço o lugar como a palma da minha mão. Cinco andares de sofisticação, brilho e glamour. Diamantes cintilam atrás de reluzentes mostruários de vidro ou no alto de pedestais de mármore e o carpete da Borgonha é tão macio que faz você querer se aconchegar nele para dormir.

Ou correr em círculos em cima dele, como era o meu caso quando eu era criança.

— Você não parava quieto nem por um minuto — Nina recorda, balançando o dedo indicador na minha direção. Ela sorri e isso faz os cantos dos seus olhos se enrugarem.

— Quão terrível ele era exatamente? — Charlotte pergunta. Eu detecto uma nota de curiosidade travessa no tom de voz dela. Ela me lança um rápido olhar e eu sei o que ela está fazendo: reunindo munição para usar contra mim quando eu estiver distraído.

— Nosso pequeno Spencer deu um trabalho enorme — Nina responde, rindo de puro prazer. — Uma vez, quando a mãe dele viajou para visitar alguns parentes, o sr. Holiday trouxe Spencer para a loja uma hora antes de abrirmos e o diabinho começou a correr por toda parte sem parar — ela conta, desenhando um caminho no ar para demonstrar.

Eu me encolho e Charlotte dá uma gargalhada.

— Eu posso imaginar isso perfeitamente — Charlotte comenta.

— Ah, mas isso foi só o começo do caos que ele causou. Ele já derrubou um estojo com rubis enquanto corria pela loja. Outra vez, ele arrancou o revestimento interno de um mostruário para usar como uma capa de veludo — ela diz, e Charlotte faz um biquinho com os lábios, deliciada.

— Mas — Nina continua, estreitando os olhos e erguendo um dedo — eu encontrei uma solução.

— Benadryl? — Charlotte pergunta em tom de brincadeira e aperta a minha mão.

Eu respiro fundo e dou um sorriso sem graça, pois já sei o que está por vir.

— Pode apostar que tudo o que eu queria era colocá-lo para dormir enquanto o pai dele estava em reunião, mas não. Eu fui a uma pet shop que ficava no fim da rua, comprei uma guia para cães e prendi no passador da calça de veludo cotelê dele.

Charlotte leva a mão à boca e eu baixo a cabeça, batendo a testa na palma da minha mão. Está feito. Agora ela nunca mais vai parar de jogar essa história na minha cara. E eu não sei o que é pior — a guia ou o veludo cotelê.

— Você levou Spencer para passear pela loja com uma guia? — Charlotte pergunta, saboreando cada palavra, mas deixando evidente o espanto na voz.

Nina faz que sim com a cabeça, orgulhosa de sua solução. Ela dá uns tapinhas na lateral da perna, como se estivesse chamando um cachorro, e então assobia baixinho.

— *Aqui, garoto, aqui!* — ela diz entre risadas. — Ele adorava. Ia direto para a guia, como se fosse um Cocker Spaniel.

— Incrível! Quase como se ele soubesse que tinha um cachorro esperando para se revelar dentro dele — Charlotte diz, divertindo-se à minha custa, com um sorriso maroto no rosto.

Eu faço pouco caso, mas as mulheres continuam com a gozação.

— Mas os homens não são todos assim? — Nina dispara.

— Pois é. Ainda bem que eu gosto de cães! — Charlotte responde.

— Além do mais, se eu não tivesse colocado o pestinha na coleira, ele acabaria quebrando vitrines e mostruários. Mas ele amadureceu e se tornou essa pessoa tão boa que é hoje — Nina diz, dando-me um tapinha na bochecha. — Aliás, agora ele está se tornando uma pessoa ainda melhor, não é? — Nina dirige estas últimas palavras a Charlotte, que engole em seco e se mostra tensa. Ela arregala os olhos e eu fico sem ação.

Que merda.

Isso não é nada bom. Charlotte não costuma hesitar assim.

— Você não acha? — Nina continua, incentivando Charlotte, que ainda se mantém calada.

O rubor começa a aparecer nas bochechas dela e ela está prestes a entregar toda a verdade. Prestes a despejar tudo, numa grande confissão embalada para presente com um ridículo laço branco. Charlotte se saiu muito bem na seleção da joia, mas isso foi fácil para o seu coração que ama pedras preciosas. Agora, no entanto, diante de um teste mais difícil, ela está se perdendo. Que droga, o terror nos olhos dela deixa tudo tão evidente!

Os lábios de Charlotte começam a se mover, mas não emitem nenhum som. Eu aperto a mão dela para lembrá-la de que ela precisa falar. Se ela não conseguir articular as palavras, eu vou precisar me meter. De algum modo, Charlotte esboça um sorriso nervoso, pisca para Nina e, por fim, lhe dá uma resposta:

— Ele continua sendo uma peste, para dizer a verdade. Então, se você ainda tiver aquela guia, eu acho que posso fazer bom uso dela.

Nina joga a cabeça para trás e ri com vontade.

— Ah, como eu gosto dessa energia maliciosa de começo de relacionamento! — Nina sussurra, colocando a mão no braço de Charlotte. Então ela pede licença para ir checar o anel e Charlotte me olha com uma expressão aflita.

— Foi por pouco, não foi? Eu quase estraguei o nosso disfarce.

— Você ficou pertinho assim de jogar tudo para o alto, não ficou? — Eu faço um gesto para indicar a proximidade, mostrando o polegar e o indicador.

— Não. Talvez eu só goste da ideia de ver você sofrer um pouco... — Ela me olha com ar zombeteiro.

— Mulher malvada — eu resmungo, estreitando os olhos.

Charlotte desliza os dedos pelo meu braço.

— Ou talvez eu só esteja processando a imagem fantástica de você preso em uma guia — ela comenta, com um olhar de gato que comeu não só o canário como também toda a família dele. — Você sabe que ela acabou de dar a munição mais pesada de todas. Daria até um conto:

"Spencer Vai Passear na Guia"! E quando eu pensava que não tinha como ficar melhor, ela compara você a um Cocker Spaniel... — Charlotte diz, curvando o canto dos lábios em um sorriso cínico.

— Como vou me defender? Eu acho que era um cachorro já naquela época.

— Você ainda gosta disso? De passear em uma guia? — ela provoca.

— Essa é a sua maneira de me convidar para brincadeiras pervertidas?

— Não. É a minha maneira de perguntar sobre o fim dessa história fantástica, porque não quero perder nada. Provavelmente vou querer tocar nesse assunto quando estivermos no bar ou quando sairmos com Nick, Kristen ou a sua irmã, então preciso ter certeza de que entendi tudo direitinho — ela diz, movendo as mãos como se estivesse levando um cachorro pela coleira.

Mas não é assim que eu enxergo as coisas, não mesmo. Para que ela descubra o meu modo de pensar sobre o assunto, eu me inclino para mais perto dela, afasto seu cabelo a fim de poder falar em seu ouvido, e sussurro:

— Se alguém vai acabar amarrado aqui, esse alguém é você. E não vai ser com uma guia. Vai ser com lenços ou meias ou com essa loucura de calcinha preta que você vestiu porque eu te deixei tão excitada que você teve que trocar. Vou enrolar isso nos seus punhos, bem gostoso e apertado, depois vou prendê-los atrás das suas costas até você me implorar para tocá-la.

Charlotte perde a respiração.

Ela estremece e um calafrio percorre todo o seu corpo. Ela agarra a minha camisa, fechando os dedos em torno de um botão. Ah, caramba... Ela gosta da ideia de ser amarrada! Posso sentir isso no ar. Na maneira como prótons e elétrons estão zunindo sem parar. Na energia sexual que irradia do corpo dela.

Eu aspiro profundamente.

Sinto o cheiro de química.

Mas o que fazer a respeito disso? Por onde começar? Não faço a menor ideia.

Eu nem mesmo sei por que disse uma coisa dessas a ela. Eu nem deveria estar pensando em transar com ela, quanto mais em amarrá-la na cama.

Felizmente, Nina retorna alguns instante depois, trazendo o anel.

— Pronto, aqui está. Uma joia especial para os meus clientes mais especiais — ela diz sorrindo.

Charlotte estende a mão e eu coloco o anel em seu dedo anular, olhando-a nos olhos por um segundo. Tento interpretar o olhar dela, na intenção de saber se ela acha isso tão bizarro quanto eu acho — eu, o garanhão de Nova York, colocando um anel no dedo dela.

Ainda que seja um anel temporário.

Talvez isso seja estranho para Charlotte também.

A expressão dela está séria. Observando-a, não posso dizer com certeza como ela está se sentindo ao colocar um anel de noivado pela primeira vez. Então, de repente, eu vejo um vestígio de tristeza turvar seus grandes olhos castanhos. Meu coração se aperta e eu imagino que Charlotte esteja se lembrando de que, dez meses atrás, ela quase se comprometeu com um homem que acabou partindo seu coração.

Felizmente eu nunca serei o responsável por tanta tristeza nos olhos dela. Eu não tenho o poder de magoá-la a esse ponto.

Dou um beijo breve na bochecha dela, então apanho o meu cartão de crédito e gasto quase dez mil dólares em um anel. Quando chegamos ao trabalho naquela noite, Charlotte não está com ele.

Capítulo 10

NA TARDE SEGUINTE, EU OBSERVO A TRAJETÓRIA DE UMA pequena bola branca que sobe a uma grande altura no ar e então cai e aterrissa pesadamente sobre a grama artificial, a mais ou menos cinco metros de distância do seu alvo.

— Cara, você é ruim demais — eu digo a Nick.

— Como se eu não soubesse disso.

Ele apanha outra bola, coloca-a sobre o suporte e balança seu taco. Quando bate na bola, ela voa bem alto, quase atinge o topo de uma rede preta, e então acaba caindo sobre a longa faixa de gramado verde que se estende mais abaixo como uma doca sobre o rio Hudson. Dois navios de cruzeiro brancos estão atracados perto da área de treinamento de golfe e acima de nós nada mais se vê além de céu azul. Nós estamos no Chelsea Piers, onde Nick tenta aprimorar sua técnica no esporte.

— Odeio ter que te dizer isso, mas eu duvido que o seu novo chefe vai ficar impressionado com o seu talento nesse jogo. Talvez você consiga convencê-lo a jogar softbol com a gente em vez de golfe.

Ele bufa, fazendo pouco da minha sugestão.

— Provavelmente não. O velho é obcecado por golfe. Dizem que ele joga com os favoritos e reserva os melhores horários da grade de programação aos produtores que conseguem jogar com ele de igual pra igual.

— Isso é loucura. Mas se for verdade, você precisa mexer menos os ombros. E o movimento dos seus quadris não está bom — eu digo a ele, valendo-me da experiência que tive com golfe no ensino médio. Não costumo falar muito sobre isso. Faz com que eu pareça arrogante demais. Ou velho demais. Mas se for para ajudar o meu amigo, vale a pena desenterrar alguns dos meus velhos truques de golfe.

Nick ergue o rosto e olha para mim por detrás dos seus óculos modernos de aro preto, com o cabelo castanho caindo sobre a testa.

— Nem pense em encostar nos meus quadris para me mostrar como se faz, Spencer.

Eu dou risada, levantando as mãos como se estivesse me rendendo.

— Pode apostar que isso nunca vai acontecer — respondo e saio do caminho para não atrapalhá-lo em sua nova tacada.

Ele se sai melhor desta vez e a bola descreve uma trajetória suave e eficiente sobre o gramado.

— Que beleza! — eu comemoro. — Coloque isso em seu próximo episódio: "Um amigo do Sr. Orgasmo o livra de passar vergonha jogando golfe com seu novo chefe".

Nick Hammer é uma celebridade da televisão. No ensino médio, ele era o tipo de cara calado e viciado em computadores, sempre grudado em seu notebook, desenhando histórias em quadrinhos obscenas para postar on-line. Dez anos depois, Nick transformou seu talento e sua ideia em uma animação para TV — *As Aventuras do Sr. Orgasmo* -, um programa engraçado e indecente que vai ao ar tarde da noite pelo canal a cabo Comedy Nation. O personagem principal é uma espécie de super-herói cheio de energia, que leva o prazer do orgasmo às mulheres ao redor do mundo. Posso apostar que isso é a realização de um desejo que Nick alimentava desde a escola. Agora, a arte imita a vida e vice-versa. Nick ainda é um pouco calado, mas as mulheres o notam. Ele malha desde a nossa adolescência, tatuou os braços com desenhos que ele mesmo criou e finalmente reuniu coragem para começar a falar com as mulheres. O resultado disso? Pura mágica. Digamos que ele não tem mais motivos para reclamar de sua vida sexual. O homem é um pegador e eu suspeito que os óculos e o despretensioso ar de "já fui um geek, mas hoje sou uma celebridade" o ajuda a cair nas graças das mulheres.

— E de que maneira exatamente o nosso herói salvaria o dia nessa sua trama? — ele pergunta em tom seco.

Dou um tapinha no ombro dele.

— Sei lá. É por isso que você é o roteirista, meu chapa. É seu trabalho descobrir como o Sr. Orgasmo vai desempenhar suas funções. Aliás, por falar em trama, eu preciso da sua ajuda com uma coisa — digo, abordando o verdadeiro motivo de vir encontrar Nick esta tarde.

Ele abaixa o taco e ergue um dedo no ar.

— O nome é Ponto G. Não se sabe onde exatamente ele se localiza em uma mulher. Quando você o encontra e o toca no ângulo certo, a mulher sente um prazer indescritível e tem um orgasmo desesperador, que não pode ser definido em palavras. Precisa de mais alguma coisa ou é só isso?

Eu finjo tocar bateria no ar para acompanhá-lo com a trilha sonora da piada: *ba-dum-tsss*. Então conto a ele a respeito do meu novo relacionamento temporário.

Depois de quase morrer de rir da minha situação, Nick pergunta:

— Você pretende me convidar para ser seu padrinho? Vai ter casamento de mentira também?

Eu dou risada e balanço a cabeça numa negativa.

— Não vai ter casamento nenhum. Nunca. Vou dizer o que preciso que você faça. Meu pai vai estar com o comprador dele no nosso jogo de softbol do próximo fim de semana. Tudo o que eu quero é que você aja como se soubesse que eu e Charlotte estamos juntos. Quando chegar a hora, você não pode parecer surpreso nem desconfiado. — Meu pai mantém um time de softbol patrocinado pela Katharine's e eu e Nick fomos recrutados por ele para integrar o time neste ano. Nick joga softbol mil vezes melhor do que golfe.

Ele balança a cabeça para cima e para baixo várias vezes, como se estivesse entendendo as minhas instruções.

— Certo, Spence, vamos ver se eu consegui acompanhar direito. — Ele passa a mão pelo queixo. — Você está dizendo que eu devo ser perfeitamente capaz de dar respaldo a essa merda toda que vocês inventaram. Tá bom. Acho que posso fazer isso.

— Muito engraçado. Mas é por isso que eu confio em você. Você é uma fonte inesgotável de sarcasmo.

— Combina com você, é por isso que nos damos bem — ele retruca com um sorriso matreiro.

— Bom, agora eu preciso me mandar, porque tenho aquele compromisso hoje à noite. O jantar.

Eu começo a me afastar para ir embora, mas Nick me chama.

— Ei, isso significa que não posso investir na Charlotte agora?

Meus ombros ficam tensos por um momento e o meu sentimento de posse retorna ainda mais feroz, como uma águia descendo subitamente do céu e brandindo as garras mortais. Eu respiro fundo e me lembro de que Nick está brincando. É o que ele faz de melhor. Além do mais, eu não sou nem um pouco ciumento nem possessivo. A águia acaba se transformando em um pombo.

— Só enquanto durar o nosso teatro, Nick. Não deve levar mais de uma semana — eu digo. — Depois ela é toda sua.

Mas essas palavras que acabam de sair da minha boca não me agradam nada. Charlotte pode não ser minha, mas não significa que ela precise ser *dele* por isso. E eu não sou nenhuma porcaria de símbolo da paz.

— Eu sempre achei que vocês formavam um casal muito gracinha — ele dispara com voz melosa.

Enquanto bato em retirada, ele zomba de mim até não poder mais, imitando sons de beijos e cantando músicas infantis sobre namoradinhos. Essa é a minha deixa para entrar no carro e largá-lo para trás.

Afinal, preciso me preparar para encarnar um personagem esta noite.

Porque isso tudo não passa de encenação.

É só encenação e nada mais.

Capítulo 11

O FILÉ E A SALADA CÉSAR ESTÃO DELICIOSOS, E O VINHO, suave e saboroso.

Assim como a conversa.

Tudo corre bem até agora. Falamos sobre joias, escolas particulares, ligas de softbol e o clima, que está ótimo. Ainda é cedo para saber se vou conseguir me safar dessa sem ser apanhado, mas estou no rumo certo.

Ah, sim: depois que chegamos ao restaurante, todos os Offerman deram os devidos parabéns à minha noiva e a mim, enquanto Charlotte exibia com orgulho o seu anel e as mulheres derramavam elogios sobre ele. Até mesmo a minha irmã. Aliás, as congratulações que vieram dela foram as mais entusiasmadas de todas; ao menos até ela me puxar para um forte abraço fraterno e sussurrar ao meu ouvido:

— Você não me engana, mas eu não vou entregar você.

Acho que não se pode enganar um mágico. Minha irmã foi treinada para detectar truques e ela identificou minhas artimanhas em poucos segundos.

— Obrigado, eu lhe devo uma.

— Deve mesmo. Principalmente porque eu ainda não perdoei você por aquele incidente com o Papai Noel, quando eu tinha dez anos — ela disse em tom irritado, antes de interromper o abraço e abrir um sorriso para a câmera.

Mas o repórter da *Metropolis Life and Times* não pareceu ter ouvido nada, nem se demorou muito em nosso espaço privativo no McCoy. Desconfio que fosse um estagiário, o que reforça a ideia de que isso não passa de matéria paga ou coisa do tipo. O rapaz, muito jovem, leu algumas perguntas ao meu pai e ao sr. Offerman a respeito da transferência dos negócios de família, depois tirou fotografias do grupo e se foi. Provavelmente nem perdeu a hora de ir para a cama.

Fácil, fácil. Brincadeira de criança.

Agora estamos terminando nossa refeição neste restaurante especializado em carnes localizado no centro da cidade, um estabelecimento que esbanja classe e prestígio, com suas toalhas de mesa impecavelmente brancas, mesas de madeira maciça, iluminação suave e garçons uniformizados com terno. Eu deslizo minha faca sobre o filé-mignon e antes de levar um pedaço à boca, percebo que algo estranho entra em meu campo de visão. A filha mais velha do sr. Offerman, Emily, está sentada na minha frente. Ela brinca com uma mexa de seu longo cabelo negro e olha para mim.

Epa, epa, epa.

Sei muito bem que olhar é esse. É do tipo que as mulheres lançam quando estão flertando com você em um bar. Um sinal amarelo se acende dentro da minha cabeça. Espere aí, é impressão minha ou ela acaba de piscar para mim?

Desvio o olhar, mordo um pedaço da carne, mastigo e engulo com dificuldade. Agarro meu copo de vinho e bebo um belo gole do líquido vermelho. Sinto alguma coisa se esfregando na ponta do meu sapato.

Alguma coisa muito parecida com o pé de uma garota.

Mil vezes não.

Isso não pode estar acontecendo.

Emily está mesmo me provocando com os pés?

Sinto o meu peito se apertar.

Eu recolho bruscamente o meu pé.

Minha irmã dá uma sonora gargalhada.

O pequeno demônio de saias. Ela está sentada ao lado de Emily.

Minha mãe se volta para Harper e sorri alegremente.

— O que é tão engraçado, filha?

— Eu só lembrei de uma piada que me contaram — responde Harper, tentando controlar a risada.

— Quer compartilhar conosco? Ou não é apropriada? — minha mãe pergunta, com seu jeito sempre gentil. Ela também quer que tudo corra bem neste jantar por causa do meu pai. Ela não é uma pessoa chata nem conservadora. Se Harper tem uma piada legal e adequada para contar, minha mãe vai querer ouvi-la. A mulher adora rir.

— Que nada, a piada não poderia ser mais apropriada — minha irmã responde, abaixando o garfo. — Na verdade, é perfeita para Spencer agora — Harper diz, olhando para mim de modo enigmático. Ela limpa a garganta. Os olhos de todos na mesa estão voltados para ela. Tenso na cadeira, eu me sinto desconfortável, nervoso e cheio de expectativa, porque não faço ideia do que a minha irmã esteja planejando. Harper disse que não revelaria meu segredo, mas sei que ela quer se vingar de mim desde a época em que lhe contei que Papai Noel não existe e que ela já era velha demais para acreditar nisso; afinal, estava cursando a quinta série. Com o rosto coberto de lágrimas e muito decepcionada, ela jurou que me daria o troco por arruinar o maior sonho de sua vida.

Tomara que ela não queira executar sua vingança justamente agora. Se Harper fizer isso, aí sim darei a ela motivo para chorar até o próximo século! Vou pendurá-la de cabeça para baixo no corrimão até ela pedir penico. Não, não é bem assim. Esse é um pensamento que o Spencer de dez anos de idade teria. O Spencer adulto e maduro *jamais* faria uma coisa dessas. Ele apenas se lembraria de pegar o velho álbum de fotos da família na próxima vez que ela levasse um namoradinho para casa. E mostraria o corte de cabelo que minha irmã usava na segunda série. O corte que ela mesma fez.

— Mal posso esperar para ouvir — eu comento, recostando-me em minha cadeira.

Vamos lá, irmãzinha, vamos ver o que você tem a dizer.

Ela ergue o queixo e começa a contar sua piada.

— Por que Ray Charles não pode ver seus amigos?

— Por quê? — a sra. Offerman pergunta com curiosidade, arregalando os olhos. — Hum... porque ele é cego? — ela própria responde em voz baixa e parece satisfeita por ter sido a primeira a dar uma solução.

Minha irmã faz um pouco de suspense, inclina a cabeça e olha diretamente para mim.

— Porque ele é casado.

A mesa inteira ri da brincadeira de Harper. Bem, pelo menos o público de mais de vinte anos de idade. As filhas do sr. Offerman não parecem ter achado muita graça, mas Harper não precisa da aprovação delas. O fato é que as duas já estão comendo em sua mão desde o início da noite, quando minha irmã conversou com elas sobre música pop e dicas para tirar *selfies* perfeitas, incluindo algumas sobre — acredite se quiser — vídeos de *selfies*.

— Acha que isso vai acontecer com você, Spencer? — Harper me pergunta, piscando os dois olhos rapidamente, com o queixo apoiado nas mãos.

Como essa garota é ruim!

— Que nada, Charlotte é legal — eu digo, e então movo o meu pé para mais perto de Harper debaixo da mesa e tento acertá-la. Apenas um pequeno cutucão no pé dela, de leve. Mas algo dá errado, porque quem grita é Emily.

— Ai! Isso doeu — ela reclama.

Merda! Garota errada.

— O que houve, querida? — pergunta a sra. Offerman, voltando imediatamente a atenção para a filha mais velha. Ela é uma mulher pequena e passou quase todo o jantar importunando sua família com cuidados excessivos.

— Alguém acabou de me chutar — Emily responde, irritada.

A mãe da menina aponta seus vigilantes olhos azuis para o meu lado da mesa, em busca do responsável pelo pontapé. Eu engulo em seco. Não acredito que já consegui estragar as coisas e tudo por causa da minha irmã idiota.

Tento pensar rápido para encontrar uma justificativa, mas Charlotte toma a palavra antes que eu consiga algo plausível, colocando a mão sobre o peito para se desculpar.

— Me desculpe, Emily. Fui eu. Quando Spencer sai da linha, eu costumo chutá-lo. Eu o adoro, mas ele sempre me tira do sério. Sabe como são os homens. Só que dessa vez eu errei e acabei chutando você. Por favor, me desculpe — ela pede com um sorriso tão doce que sinto vontade de beijá-la. Caramba, como eu quero beijá-la agora.

Então é o que eu faço. Eu colo a minha mão na bochecha de Charlotte.

— Eu bem que mereci. Eu adoro quando você me mantém na linha, amorzinho — digo, e então a beijo suavemente nos lábios.

Ela retribui o beijo de um modo comportado, inocente, e assim permanecemos por alguns segundos. No entanto, isso é quase o bastante para me fazer esquecer que estamos em uma mesa cheia de gente. Tudo o que eu quero é mais desse beijo falso. Mais língua, mais lábios, mais dentes.

Mais contato.

Mais *Charlotte*.

Exatamente o que eu não deveria querer.

Aplausos começam a soar. Eu termino o beijo a tempo de ver minha irmã comandando a ovação.

— Ah, vocês dois formam um casal tão lindo! Quando vai ser o casamento?

Oh, não.

O bendito detalhe.

Os olhos da minha mãe brilham de excitação.

— Sim! Vocês pretendem se casar no verão?

— Nós estamos pensando na primavera — Charlotte responde, mais uma vez assumindo sutilmente o controle. — Em maio, quem sabe. Talvez em uma galeria de arte. Ou em um museu. O Museu de Arte Moderna tem um jardim maravilhoso com esculturas, perfeito para um casamento.

— Oh, esse lugar seria mesmo esplêndido — a sra. Offerman comenta, animada, e agora o incidente do pontapé não parece ser mais do que uma lembrança remota, algo que aconteceu séculos atrás. Ela disfarça e cobre um lado da boca com a mão para não ser escutada pelas filhas. — Eu já estou à procura de lugares para as núpcias, mesmo que ainda demorem anos para se casar. Nunca é cedo demais para começar!

O sr. Offerman cobre as mãos dela com as suas.

— É um bom passatempo para você, querida. Assim você sai um pouco da cozinha.

Eu me remexo na cadeira. Como assim, "você sai um pouco da cozinha"? Essa gente ainda vive em 1950?

Meu pai imediatamente entra no assunto, antes que o sarcasmo saia da minha boca como se tivesse vida própria.

— Kate, o que você acha do jardim de esculturas? — ele pergunta à minha mãe, e esse é o sinal para que eu fique calado. — Você sempre adorou o Museu de Arte Moderna.

— É um lugar fantástico. Na verdade, acho que o casamento de Charlotte e Spencer será lindo onde quer que eles escolham fazê-lo. Charlotte, sei que você é muito próxima da sua mãe, mas pode contar comigo se precisar de ajuda para o planejamento. Eu adoro casamentos.

A sra. Offerman se intromete novamente, olhando com interesse para Charlotte:

— Sua mãe deve estar tão emocionada. Ela está cuidando dos preparativos para você?

Charlotte olha com perplexidade para a sra. Offerman, franzindo as sobrancelhas enquanto responde:

— Eu tenho certeza de que ela vai ajudar.

— Mas é claro que ela irá ajudar, querida. Mais do que apenas ajudar. Sua mãe mora perto de você?

— Meus pais moram em Connecticut.

— O que ela está fazendo que é mais importante do que planejar a data mais especial da sua vida? — questiona a sra. Offerman com uma expressão de completa surpresa estampada no rosto, como se só existisse uma realidade possível para ela: a mãe de Charlotte usar cada minuto de seu tempo dando ordens a floristas e gritando orientações em salões de festa requintados.

— O trabalho dela é muito corrido — Charlotte explica.

— Trabalho? — isso parece confundir a mulher. — O que ela faz?

— É cirurgiã em um hospital em New Haven.

As pestanas da sra. Offerman saltam para o topo dos olhos, que parecem bolas de basquete de tão arregalados.

— Que interessante — ela comenta. — E o seu pai?

— Ele é enfermeiro — Charlotte responde e o tom de sua voz é tão frio que me faz querer rir, mas abafo o som a tempo e me recolho de novo ao meu silêncio.

— É mesmo? Eu pensei que ele também fosse médico — minha mãe diz, genuinamente surpresa; e não poderia ser diferente, pois Charlotte está contando uma puta mentira. Eu estou sufocando, morrendo por dentro por não poder liberar a gargalhada que está presa em minha garganta.

Charlotte dá um tapa em sua própria testa.

— Minha culpa, eu não expliquei direito — Charlotte responde. — Ele começou como enfermeiro, mas resolveu investir na carreira com o estímulo da minha mãe, e se tornou médico também.

Desta vez ela diz a verdade toda e o olhar no rosto da sra. Offerman é impagável. É como se ela jamais tivesse ouvido falar em um enfermeiro do sexo masculino, ou pelo menos não um enfermeiro que acabou se tornando médico graças ao apoio da esposa. O sr. Offerman parece ainda mais perplexo.

Subitamente o silêncio toma conta da mesa. Todos se calam por um momento. Na sala privativa, tudo que se escuta é o som dos copos retinindo e o ruído estridente dos garfos se arrastando sobre a porcelana.

— Um brinde à felicidade do casal — meu pai declara, levantando seu copo, e assim livra a mesa de mais falatório sobre cargos de homens e mulheres.

— Isso mesmo, à felicidade dos dois! Quem não gosta de um bom casamento? É mais do que especial para nós, não é? — o sr. Offerman diz ao meu pai com uma piscadela, sugerindo alguma coisa como "agora somos dois homens celebrando o que mantém nosso negócio funcionando".

Suas filhas levantam seus copos de refrigerante e eu seguro minha taça de vinho no ar, fazendo tim-tim primeiramente com Charlotte. Um ruído oco vem de debaixo da mesa, um barulho semelhante a um leve baque. Ela sorri para mim e há algo muito peculiar em sua expressão, algo insinuando que ela tem um segredo. De repente eu compreendo. Porque desta vez, fica bem claro quem está tocando quem. Ela esfrega a ponta do pé em meu sapato. Em seguida, começa a subir pela minha perna. Sobe cada vez mais. E é loucura, pura loucura descobrir o quanto é bom sentir os dedos de Charlotte passeando pela minha perna.

Tão bom que me dá vontade de pegá-la pela mão, levá-la até o banheiro, colocá-la contra a parede e levantar aquela saia. Tão bom que quero descobrir que tipo de calcinha ela está vestindo esta noite e se ela já está excitada enquanto me provoca.

Não. De jeito nenhum. Isso simplesmente não pode acontecer!

— Por que não vamos ao Museu de Arte Moderna amanhã? — a sra. Offerman propõe à minha mãe. — Emily pretende estudar história da arte na faculdade, ano que vem. — Emily franze as sobrancelhas ao ouvir isso, como se a ideia a desagradasse. — E você pode dar uma olhada nos jardins, Kate.

— Mas que ideia adorável — minha mãe responde, sempre diplomática.

— Gostaria de ir conosco? — A sra. Offerman pergunta a Charlotte.

— Mas é claro que sim — Charlotte aperta a minha mão. — Eu e Spencer estaremos lá.

— Mal posso esperar — eu concordo, porque, se desse a resposta errada, seria desmembrado sem piedade.

Termino o meu copo de vinho. A conversa acaba tomando outro rumo e o pé de Charlotte também, de volta para o sapato dela. Fico aliviado, porque se o simples toque de um pé me deixa a mil, preciso considerar seriamente a possibilidade de ter retornado aos níveis de fetiche sexual da adolescência.

Depois da sobremesa e do café, eu me afasto da mesa com a minha irmã, levando-a para um lugar onde não possamos ser ouvidos pelos outros. Preciso ter uma conversinha com ela.

— Pelo amor de Deus, Harper. Pensei que você estivesse do meu lado. Por pouco você não pôs tudo a perder!

— Ah, sem essa. Eu não fiz nada, só estava me divertindo um pouco. Sabe que estou do seu lado e sempre estarei — ela diz, como se eu estivesse louco por pensar diferente. Mas a loucura tem sido minha companhia constante neste fim de semana.

— Eu sei. Só peço que você me ajude em vez de sabotar — eu digo, com uma nota de desespero na voz. Mas por que me enganar? Não é uma nota: é a porra de uma sinfonia inteira!

Harper ri.

— Você fica tão patético quando precisa de alguma coisa. Onde está o Spencer que me pendurou no corrimão quando eu tinha oito anos?

Eu coloco no rosto uma expressão de espanto.

— Você não tinha seis quando isso aconteceu?

— Pior ainda — mesmo assim, ela me puxa para um abraço. — Mas está tudo bem, eu não vou entregar você. Só espero que saiba o que está fazendo.

— Não se preocupe. Vai dar certo.

— Melhor que dê mesmo. E é bom você ter cuidado — então a voz dela se torna um sussurro ameaçador e ela agarra a minha camisa. — Porque um dia desses, quando você menos esperar, eu vou me vingar pelo Papai Noel. — Ela diminui o puxão em minha camisa e sua voz volta ao normal. — Sabe o que mais? Emily está de olho em você agora. Acho que ela já está caidinha.

Emily se levanta da mesa, olhando para o telefone celular em sua mão.

— Não está — eu retruco, interrompendo nosso abraço. — Ela está enfiada no celular, provavelmente falando com as amigas.

Porém não demora para que eu perceba que minha irmã está certa, porque agora Emily está sem sombra de dúvida olhando na minha direção. Ela crava os olhos em mim e então começa a passar a língua pelos lábios.

Harper ri, brandindo garras imaginárias no ar.

— Miaauu... Já estou vendo as gatas se pegando... — ela faz graça.

Balanço a cabeça em sinal de desdém. Charlotte jamais se envolveria numa briga com outra mulher; isso não faz o estilo dela.

Minha noiva de mentira passa ao lado de Emily e a garota mais nova olha para Charlotte de alto a baixo, como se a avaliasse, preparando-se para atacar. A mão dela se projeta e ela agarra o braço de Charlotte. Merda! Harper tinha razão! A pancadaria está prestes a começar. Fico momentaneamente dividido entre o fascínio de ver os próximos episódios e o impulso de evitar aquela briga.

— Minha nossa, eu amei os seus sapatos! — Emily diz, com um enorme sorriso de admiração no rosto. — Onde foi que você comprou?

Uh! Emily só estava interessada nos calçados de Charlotte. As duas se envolvem em uma conversa sobre moda, roupas e designers, e Charlotte esbanja segurança para lidar com a situação.

Eu não sei por que ela não estava muito certa de que conseguiria dar conta do recado.

Ela está simplesmente arrasando! É a noiva de mentira feita sob medida para mim.

Capítulo 12

CHARLOTTE LIBERA UM LONGO SUSPIRO. E ESFREGA A TESTA com a mão.

— Depois desse show todo e desse dia longo, eu preciso de um drinque — ela diz quando entramos no táxi. — Ou dois.

— Eu também preciso de uma bebida. — Dou dois tapinhas brincalhões no joelho dela e então peço ao motorista que siga para o centro da cidade. — A propósito... *Enfermeiro*? Aquilo foi brilhante!

Nós batemos nossos punhos em comemoração.

— E eu nem precisei mentir — ela observa. — Como eu posso dizer? Eu só demorei um pouco para contar a verdade...

— Honestamente, tenho que ter dar nota "A" pelo desempenho desta noite. Foi mais que perfeita.

— Ei, agora sim — ela diz em tom de brincadeira. — Eu estava procurando o meu boletim.

Finjo entregá-lo a Charlotte.

Ela, por sua vez, faz que está abrindo e depois o lendo.

— Parece que ganhei "A" em tudo.

Concordo, acenando com a cabeça.

— "A+", na verdade. O comentário sobre o enfermeiro conta como crédito extra. Tá vendo aqui? — Movo o dedo indicador no ar como se estivesse tocando o boletim invisível.

Ela dá risada e segura o meu braço.

— Eu não consegui evitar — Charlotte diz. — Os comentários da sra. Offerman são tão conservadores.

Minha mãe ficou em casa para cuidar de mim e de Harper quando éramos crianças, então não vejo nenhum problema se uma mãe resolve trabalhar fora ou decide tomar conta dos filhos. No caso da minha mãe, ela se encarregou da nossa criação enquanto também assessorava meu pai no negócio dele. Fosse como fosse, meu pai a tratava como uma rainha em algumas situações, mas sempre a tratava de igual para igual. É assim que as coisas devem ser, independentemente da escolha da mulher.

— Falando em ser conservador, que tal se nós fôssemos ao Gin Joint? — proponho. Trata-se de um novo bar em Chelsea que tem recebido críticas entusiasmadas, principalmente à receita do famoso drinque Old Fashioned, que eles preparam com gin.

— Sim. Eu estou de pé desde as seis da manhã — ela responde e projeta os lábios para frente, como uma estrela de cinema do passado, então fala num tom de voz rouco e sexy. — Mas ainda estou no clima para uma saideira.

Pouco tempo depois, nós atravessamos uma porta vermelha. Entramos em um bar com música suave e sensual, saindo de caixas de som embutidas no teto e sofás de veludo vermelho, roxo e azul-marinho. O lugar tem um estilo que lembra New Orleans — elaborado, escuro e melancólico.

Charlotte se joga em um sofá, deixando a bolsa cair ao seu lado, e se acomoda de modo totalmente relaxado. Retiro-me para fazer nossos pedidos e volto com um Old Fashioned para ela e um bourbon com gelo para mim.

— À Charlotte Sincera — eu brindo, erguendo meu copo.

— Ao Spencer Cocker Spaniel — ela diz antes de dar um gole. Então geme quando experimenta a bebida e olha para o copo com um sorriso no rosto. — Isso é divino. Prove.

Ela me entrega o copo e eu bebo um pouco. Um sabor delicioso explode em minha boca. Minhas papilas gustativas devem estar dançando agora.

— Santo Deus. Será que conseguimos roubar a receita?

Charlotte ri.

— Como na vez em que fomos ao Speakeasy — ela diz, e seus olhos brilham quando ela se lembra dos eventos que nos levaram a abrir um negócio juntos. Estávamos comemorando a venda do meu aplicativo Namorado Antenado na inauguração de um bar no centro da cidade. Nós pedimos o coquetel que era a especialidade da casa, o Purple Snow Globe, que viria a se tornar um grande sucesso na forma engarrafada vendida em supermercados. Era tão absurdamente bom que nós dois apontamos para os nossos copos ao mesmo tempo e dissemos: "Vamos roubar essa receita."

Foi então que resolvemos definitivamente colocar em prática os nossos planos. Na faculdade, nós éramos conhecedores de cerveja e costumávamos brincar durante as festas que iríamos abrir nosso próprio bar algum dia e que arrasaríamos porque sabíamos dizer se uma cerveja era de qualidade ou não. Não que isso seja uma habilidade tão especial assim, mas acabou sendo o nosso ponto de partida.

Depois que nos formamos, seguimos rumos diferentes no mercado de trabalho, embora continuássemos grandes amigos. Eu lancei o meu aplicativo e Charlotte descolou o cargo de desenvolvedora de negócios em uma grande companhia do país. Porém sua rotina de trabalho era brutal, o ambiente era horrível e a insatisfação dela era completa. Foram tempos miseráveis para Charlotte, mas ela estava determinada a sair dessa situação; então, começou a fazer planos para se dedicar ao que mais gostava — tocar um negócio baseado em se divertir, socializar e sair com os amigos. Um belo dia, ela me perguntou se eu estava pronto para pôr em prática o que havíamos conversado na noite em que juramos nunca mais beber cerveja ruim:

— Eu tenho economizado dinheiro. Guardei minhas bonificações anuais. Você quer abrir um bar no centro da cidade comigo?

Com dinheiro para investir depois da venda do meu aplicativo e pronto para embarcar em uma nova aventura, eu disse "sim" quase que imediatamente.

— Podemos dar os nomes dos cachorros que tivemos na infância para o bar? — perguntei.

— Claro, por que não?

E o resto ficou para a história. O The Lucky Spot é lucrativo e nós já expandimos nosso negócio: hoje temos três unidades. Além do mais, nós nos divertimos demais trabalhando juntos.

Charlotte e eu estamos relembrando a época em que iniciamos nossa sociedade, enquanto o Gin Joint vai se enchendo de gente. A porta do bar se abre e por ela entra um grupo de várias garotas lindas, usando calças jeans muito justas e sapatos com os maiores saltos que já vi na vida. Numa reação automática, vinda das profundezas da minha mente, uma parte de mim pede que eu dê uma boa olhada nelas, mas o pensamento desaparece tão logo quanto surgiu.

Charlotte e eu terminamos nossas bebidas quase ao mesmo tempo. Partimos para a segunda rodada e passamos a falar sobre os clientes mais interessantes que tivemos ao longo dos anos. A conversa é leve e agradável e isso me faz lembrar o motivo de trabalharmos tão bem como amigos e por que será muito mais benéfico à nossa amizade se não voltarmos a praticar beijos novamente. O fato é que eu não quero abrir mão do que temos. Com Charlotte eu posso ser simplesmente eu mesmo, e não tenho isso com mais ninguém. Gosto de estar aqui com ela, em uma conversa descontraída. Nós não fizemos muito isso quando Bradley Dipstick estava por perto.

Como se fosse capaz de ler a minha mente, Charlotte suspira com felicidade e diz:

— E pensar que perdi tantos momentos como este quando estava com aquele idiota.

— Eu estava pensando a mesma coisa.

— É mesmo? — Ela inclina a cabeça e olha para mim com as sobrancelhas franzidas. A expressão em seu rosto é um misto de curiosidade e surpresa. — Quer dizer que funciona, então?

— O que é que funciona? — pergunto, curioso.

Charlotte passa um dedo pela lateral do meu cabelo.

— Ora, o dispositivo que implantei na sua cabeça para poder ler a sua mente — ela responde com uma seriedade sarcástica.

Eu rio e dou um apertão no ombro dela.

— Você me pegou. A próxima rodada é por minha conta.

— É bom que todas as rodadas sejam por sua conta.

— A propósito, eu também senti falta disso. Quer dizer, senti falta de passarmos um tempo juntos quando você estava com ele.

— Ir para a sua casa e passar o tempo vendo televisão, comendo balas de goma ou tortas de limão e bebendo tequila ou vinho, dependendo do que achamos que vai combinar melhor.

— É, nós sabemos casar bebidas e doces como ninguém.

— É verdade. — Charlotte me olha com carinho e chega mais perto de mim, quase como se tivesse a intenção de me abraçar. — Sabe, eu estou feliz por ter apanhado Bradley fazendo sexo com aquela mulher. Sei que isso parece estranho, mas é assim que eu me sinto. Comprar um apartamento com ele teria sido um erro enorme. Foi como se alguém estivesse me protegendo, cuidando de mim de um jeito estranho. Isso parece loucura?

— Não, de jeito nenhum.

— Se eu estivesse com ele, se fôssemos comprometidos e se eu morasse com ele, eu não poderia fazer essas coisas com você.

Quando ela diz "fazer essas coisas com você", a princípio eu penso que ela está se referindo ao fato de nos divertirmos juntos como amigos. Mas quando sinto a mão dela roçar na minha perna, eu me pergunto se ela se refere a algo mais.

Olho para baixo e vejo a mão de Charlotte espalmada em minha coxa. *Que interessante.* Eu sinceramente não sei bem quando isso aconteceu, nem por que eu não percebi isso antes, mas a mão dela é quente. É bom senti-la e acho que estou me acostumando com os toques dela. Talvez por isso eu não tenha percebido que Charlotte está me tocando já faz alguns minutos, enquanto conversamos. Estou me acostumando rapidamente com as mãos dela em meu corpo.

Quando a garçonete passa perto de nós, Charlotte a chama e pede um gin com tônica. Cinco minutos mais tarde, quando sua bebida é entregue, a mão dela já não está mais pousada em minha coxa. Está em movimento, acariciando minha perna de uma maneira que só posso descrever como íntima. Trata-se de algo inteiramente novo entre nós.

Sou pego de surpresa, completamente despreparado para conhecer este lado de Charlotte — a Charlotte noturna, boêmia, tocando-me como se fôssemos um casal, muito embora não haja plateia nenhuma agora.

— Spencer — ela diz, com voz muito leve e animada —, estou tão feliz por termos construído um negócio juntos!

Ah, sim, isso faz sentido. Ela está compartilhando um momento de emoção e otimismo, cheio de energia positiva, boas vibrações e gratidão porque a vida tem sido boa. Com isso eu consigo lidar. Ela bebe um gole de seu drinque, põe o copo mesa e vem para mais perto de mim. Quando ela se aproxima, os dedos dela fazem o mesmo, deslocando-se mais para o alto da minha perna.

Caramba.

Não estava nos planos toda essa atividade manual, nem o caminho sutil que a mão dela está tomando.

— Uhum. Eu também, Charlotte.

Os dedos dela estão roçando o tecido da minha calça. Ela está muito carinhosa. Carinhosa até demais. *Será que esses drinques são tão fortes assim?*

— Eu estava tão miserável antes de abrirmos o bar, e agora eu amo o que faço — ela diz e a mão dela em minha perna adquire vida própria de repente. Ou hormônios próprios. Porque ela está trilhando um caminho que leva direto ao meu pênis. Eu começo a sentir calor e me pergunto se alguém mexeu no sistema de ar-condicionado do bar. — Mas não é só por isso que estou feliz por não estar com Bradley. Existe um outro motivo... Quer saber qual?

— Sim. Qual é? — pergunto com cautela, enquanto seus dedos ávidos avançam mais e mais. Eu estou simplesmente *em chamas.* Meu pescoço está vermelho. Meu cabelo deve estar pegando fogo. Eu poderia fritar um ovo na minha cabeça sem nenhuma dificuldade.

— Porque eu estou me divertindo muito fingindo que sou sua — ela diz e o seio direito dela comprime o meu braço. Ela é tão macia! Eu estou louco para sentir os seios dela nas minhas mãos, para saber como ela reagiria se os meus dedos brincassem sobre os seus pontos mais sensíveis, para ouvi-la gemer quando eu sugasse um mamilo.

E como os mamilos dela ficariam duros em minha boca...

E aqui estou eu de novo.

Fazendo justamente o que eu não deveria fazer.

Os dedos dela já não estão mais a centímetros de distância do meu membro — agora a distância é de milímetros!

Eu sei o que fazer, mas ao mesmo tempo não tenho ideia do que fazer. Meus instintos me guiam e me mostram como tocar, como beijar, como transar. Mas é como se faltasse uma página no meu manual. Uma página não, um maldito capítulo inteiro! Porque a mulher que está aqui comigo é Charlotte e nossa situação é bizarra — para dizer o mínimo. Nós somos amigos e sócios. Não somos amantes de verdade e não transamos. Ontem estávamos sóbrios e "treinamos" beijos e no jantar de hoje nós atuamos para uma plateia.

Agora, porém, nada disso está em jogo. Ninguém está nos observando e estamos nos apalpando mesmo assim.

Nenhum de nós está operando com completa capacidade cerebral. Eu estou meio embriagado, mas Charlotte está bêbada feito um gambá. Deve ser por isso que ela não para de encostar as mãos em mim. É como se o bar estivesse tentando nos seduzir, lançar um encanto sobre nós. É escuro e todos ao nosso redor estão se apalpando: braços ao redor de cinturas, mãos bobas, lábios no pescoço. A vibração sexual é quase palpável no Gin Joint. O bar está fervendo com as expectativas de uma noite de sexo.

Sinto o ar abandonar meus pulmões quando os dedos dela tocam meu pênis ereto. Os olhos dela se iluminam, como se ela estivesse abrindo um presente, e é exatamente essa reação que eu espero de uma mulher — mas não de Charlotte. Essa é justamente a reação que ela não deveria ter.

— Charlotte — eu digo em tom de advertência, mas minha voz soa rouca.

— Spencer — ela sussurra, e seus lábios ficam entreabertos de modo provocante, como se tivessem se congelado quando ela pronunciou a última letra do meu nome. Quando vejo Charlotte fazer isso, tudo o que consigo imaginar são os lábios dela no meu pênis, seu cabelo loiro roçando minhas pernas, sua cabeça descendo e subindo. Essa imagem gloriosa enche a minha mente. É uma imagem gloriosa, sim, mas também terrivelmente ameaçadora.

De repente, num piscar de olhos, tudo muda de novo. Sem aviso, Charlotte simplesmente recosta a cabeça em meu ombro e volta a colocar as mãos em seu próprio colo.

Como se tivesse girado o interruptor.

— Eu gosto tanto de ficar perto de você — ela diz, com os olhos vibrando, parecendo sonolenta.

— Também gosto da sua companhia — respondo com voz áspera, como se tivesse um travo na garganta. — E você está cansada.

— Eu sei. Foi um dia longo e cansativo. Meu travesseiro está me chamando.

Ah, que ótimo. Que grande maravilha. Eu estou excitado e querendo mais e ela está quase caindo no sono. As mãos dela pararam de se mover, suas demonstrações de carinho cessaram... e aqui estou eu, com uma ereção inútil, abraçado ao corpo fantástico da minha melhor amiga em um sofá de veludo.

Quinze minutos depois, nós entramos em um táxi. Dou ao motorista o endereço de Charlotte, porque quero ter certeza de que minha amiga feliz, cansada e embriagada chegará em casa em segurança. Depois que a palavra "Lexington" sai da minha boca, eu me volto a fim de olhar para ela e o que acontece em seguida me deixa completamente sem ação.

Capítulo 13

OS BRAÇOS DE CHARLOTTE ESTÃO EM VOLTA DO MEU pescoço e os lábios dela procuram os meus. Ela me beija furiosamente, como uma tempestade; uma tempestade com relâmpagos no céu, explodindo em calor, faíscas e trovoadas.

Charlotte está caindo de bêbada. Consigo sentir isso pelo jeito frouxo e lânguido com que ela se movimenta, pelo amolecimento do seu corpo e por sua respiração arfante. Sinto o gosto de gin nos lábios dela, e o gin nunca me pareceu tão bom quanto agora que está combinado com o beijo de Charlotte. Tudo o que vem dela bombardeia os meus sentidos — seu gosto, seu cheiro, seu hálito. A pele de Charlotte cheira a mel; ela está usando um dos cremes do estoque que me mostrou. Saber esse pequeno detalhe sobre Charlotte, isto é, saber de onde vem o aroma inebriante que exala dela faz o sangue rugir em minhas veias. Faz com que eu queira saber qual perfume o corpo dela terá amanhã. E qual será o sabor dela no dia seguinte. Qual fragrância ela espalhará pelo corpo quando sair do banho e se essa fragrância também vai me tirar do sério.

Esse cheiro de mel é espetacular. Estonteante, fascinante e feito para ela. Seja qual for a essência que ela use amanhã, depois de amanhã, e depois, e depois, eu sei que vai mexer comigo com a mesma intensidade, porque ela é uma tentação total.

Especialmente enquanto devora a minha boca desse jeito. Grunhindo baixo, eu a envolvo nos braços e a puxo para mais perto de mim. Ela monta em cima do meu quadril com as pernas abertas, na traseira do táxi que agora já transita pela Lexington Avenue, deixando para trás um a um os postes de luz que brilham no começo da madrugada de Manhattan.

Charlotte pronuncia novamente meu nome num vago chamado. A palavra soa como um orgasmo quando sai de seus lábios vermelhos:

— *Spencer...* eu quero você — ela sussurra em meu ouvido. — Nosso beijo de ontem me deixou tão excitada. E agora estou morrendo de vontade de novo. Tudo o que você faz me deixa acesa.

Ah, meu Pai. E agora, quem é que vai me salvar de mim mesmo?

Isso não pode continuar. Eu preciso pisar no freio. Esse carro está correndo fora de controle. Tenho de dar um basta nisso ou a colisão será inevitável.

— Charlotte! — eu digo em tom de advertência e tento tirá-la de cima de mim... mas o que ela está fazendo agora? Está levantando a saia e se posicionando bem ao alcance do meu pênis, e essa é a tortura mais doce e cruel que pode existir. A cena diante dos meus olhos me faz bufar de prazer. O táxi reduz a velocidade ao se aproximar de um semáforo e nenhum de nós dois dá a mínima para o fato de que o motorista está logo à nossa frente. Eu não percebo nada mais à minha volta, exceto por como a minha pele ferve quando ela roça em mim. Sua calcinha úmida está se esfregando em meu membro rijo e seus lábios exploram todo o meu corpo; é um verdadeiro massacre sensual e eu estou bem perto de sucumbir. Sinto a boca de Charlotte em meu pescoço, em meu peito, em minha mandíbula e então deslizando até minha orelha. Ela passa os dentes em meu lóbulo e o mordisca.

Eu libero um gemido e agarro seus quadris com mais força. Porra, como isso é gostoso! Eu adoro tudo o que ela faz. Ela roça levemente a ponta da língua na concha da minha orelha e tudo o que me resta a fazer é levantar a bandeira branca e aceitar a derrota, porque ela encontrou meu ponto fraco e parece saber disso. Charlotte me beija exatamente ali e cada movimento da sua língua me enlouquece mais, me faz querer carregá-la para seu apartamento, jogá-la na cama e partir para cima dela. Me faz querer mostrar que se ela consegue me desnortear com um beijo, eu posso fazê-la gritar de prazer com o meu pênis.

Ela faz um movimento de vaivém com o quadril sobre o meu, subindo e então deixando o corpo cair com vigor, sussurrando:

— Quando eu senti você no meu sofá, fiquei louca. Completamente louca.

A mão dela começa a descer, serpenteando no ar, e com isso ela me agarra forte por cima da calça.

No instante em que Charlotte toca o meu membro, cada centímetro do meu corpo se eletrifica com a passagem de milhares de watts de energia. Os olhos dela brilham com a mais pura e desenfreada luxúria, como se ela acabasse de perceber o quanto sou grande e, espero eu, o quanto ela me deseja. Ah, porra, eu quero dar o pacote completo a ela!

Agora mesmo.

— Eu quero sentir você dentro de mim — ela murmura. — Quero saber como é.

Mil respostas passam pela minha cabeça. *Vai ser a melhor coisa que você já experimentou na vida. Abra o zíper da minha calça, segure o meu membro e vem comigo numa viagem ao paraíso. Você vai ver estrelas, vamos mover montanhas e a Terra vai estremecer.*

No entanto, a resposta mais simples de todas está na ponta da língua e é a que estou morrendo de vontade de dar a ela.

Eu quero tanto te comer aqui mesmo!

Felizmente, não são essas as palavras que saem dos meus lábios. De alguma maneira, a parte racional do meu cérebro levou a melhor. O cavalheiro dentro de mim despertou, abriu caminho à força e arrancou o controle das mãos do tarado.

Charlotte está bêbada demais e eu não vou tirar vantagem da Charlotte Embriagada.

— Você está bêbada, Passarinha. Hora de vestir seu pijama e ir para a cama — digo, segurando-a pelos quadris para levantá-la e tirá-la de cima de mim.

Mas ela não espera. Ela se move rapidamente, voltando para o seu lado no assento com mais agilidade do que eu esperava. Depois me olha com desdém.

— Eu não estou bêbada — sua voz soa surpreendentemente clara e enérgica.

Eu não vou discutir essa questão agora. Bêbada ou não, estamos correndo um risco muito grande. Próximo do nosso destino, o táxi diminui a velocidade. Charlotte boceja, cobrindo a boca com a mão. Sua cabeça tomba em meu ombro.

Pouco tempo depois, eu estou abrindo a porta do apartamento dela, carregando-a até a cama e tirando seus sapatos. Com dificuldade para manter os olhos abertos, ela murmura alguma coisa.

— Água — eu digo. — Você precisa de água.

— Hmmm. Água é bom — ela responde, sonolenta.

Sigo até a cozinha, encho um copo grande e o levo para Charlotte.

— Sente-se — eu peço, e ela obedece com alguma hesitação. Entrego-lhe o copo. Ela bebe quase tudo. — Beba tudo. Vou deixar outro copo aqui para você beber quando for ao banheiro no meio da noite.

Fazendo que sim com a cabeça, Charlotte põe o copo na mesa de cabeceira. Então ela me agarra com os dois braços e me puxa para a cama.

— Eu preciso ir, Charlotte.

— Fique aqui comigo, por favor — ela pede, batendo de leve na cama macia e confortável. — Só durma aqui do meu lado. É só o que eu quero.

Dormir ao lado dela? Com o pênis em pé desse jeito? Com as mãos atrevidas dela passeando pelo meu corpo? Não, nem pensar. Eu não sou tão forte assim. Não sou nenhum herói.

— Tenho mesmo que ir embora. Preciso dar comida pro meu gato. — Isso parece a desculpa mais esfarrapada do mundo, mas é meio que verdade.

Um laivo de dor surge nos olhos dela. Ou talvez seja de desapontamento. Então desaparece e ela esboça um sorriso:

— Boa noite, Capitão Noivão. Faça umas cócegas naquele pestinha por mim.

— Sim, pode deixar.

A cabeça dela afunda no travesseiro e em questão de segundos ela está roncando. E como são bonitinhos os sons que ela faz ao dormir! Eu coço a cabeça. Como é possível que os roncos de Charlotte sejam adoráveis? Pois eles são. Eu me levanto e olho para ela no escuro. A luz da lua atravessa a cortina e banha o quarto, desenhando listras nas cobertas. Seu cabelo loiro está esparramado sobre o travesseiro branco. Sua blusa escorrega ligeiramente na altura do ombro, revelando um sutiã vermelho, e sua saia está na altura das coxas. Eu poderia despi-la como se faz nos filmes, ou posso deixá-la dormir vestida.

A ideia de tirar a roupa de Charlotte soa como uma violação, um abuso. Em vez disso, eu faço o que disse a ela que faria. Encho seu copo com água e o deixo na mesa de cabeceira. Abro sua gaveta de remédios, apanho duas aspirinas e as coloco ao lado do copo, só para garantir. Saio à procura de um pedaço de papel e encontro um bloco de Post-It e uma caneta na cozinha.

Eu escrevo: *Tome duas aspirinas de manhã e me ligue quando se levantar. Vamos curar sua ressaca.*

Vou embora, por fim. Eu mereço ganhar uma condecoração por bravura no exercício do autocontrole. Se autocontrole fosse uma modalidade olímpica, eu já teria garantido a medalha de ouro. E certamente bateria todos os recordes, tendo em vista o nível de dificuldade aqui.

Um táxi vem em minha direção na Lexington, mas eu não faço sinal, então ele passa por mim. Hoje eu prefiro caminhar até minha casa, ainda que esteja a muitas e muitas quadras de distância da dela. Preciso de tempo, de espaço e de afastamento daqueles cinco minutos em que quase fiz sexo selvagem com a minha melhor amiga dentro de outro carro igual a esse.

Não existe nada melhor do que o contato com as coisas da cidade para me fazer parar de pensar em Charlotte, então eu mergulho nelas — as bancas vendendo frutas e flores, os restaurantes chineses preparando macarrão frito, as farmácias abertas dia e noite com todo tipo de produto. Percorrendo a avenida, eu vou passando por muita gente; há uma multidão circulando pelas ruas, mesmo a essa hora da noite.

Mas quando abro a porta da minha casa, à uma da manhã, eu continuo excitado. A caminhada não funcionou. Estou com um tesão dos infernos, eu me sinto como se tivesse tomado Viagra. Isso é um castigo cruel e bizarro por cobiçar tão loucamente a minha melhor amiga.

Fido aparece miando e então se estica todo para me cumprimentar, com as patas na minha perna.

— Tá com fome?

Seu rabo se ergue e balança no ar. Vou para a cozinha, abro o pote de comida dele e separo uma porção. É aquela comida orgânica, completamente natural e com todos os nutrientes que o seu gato precisa etc. Harper me deu quando eu trouxe Fido para casa, dizendo que a ração industrializada não dá conta do recado. Seja como for, meu garoto é viciado nesta comida; talvez ela o faça se sentir como um tigre.

Coloco a tigela no chão e Fido a ataca. Ele ronrona enquanto come. O cara está tão contente com uma tigela de ração que chega a me dar certa inveja. Só me faltava essa! Agora estou com inveja do meu gato porque a vida dele é mais simples do que a minha. Preciso me lembrar de passar no mercado amanhã e comprar um punhado de perspectivas para mim, porque estou perdendo as minhas...

Vou até o banheiro. Lavo o rosto, escovo os dentes e tento deixar os acontecimentos da noite para trás. Não é difícil resistir aos avanços de uma garota bêbada, simplesmente porque não é certo tirar proveito de uma situação dessas. No entanto, por alguma maldita razão, foi muito difícil resistir a *ela.* Aquelas coisas que ela me disse. Aquelas palavras mágicas e indecentes que saíram daquela boca tentadora. Foi inevitável que elas incendiassem meu corpo. Que despertassem alguma coisa dentro de mim. Um desejo. Uma necessidade.

Aquele beijo na rua foi uma coisa.

A experiência no sofá dela foi outra coisa inteiramente diferente.

Mas o que aconteceu no táxi foi totalmente inesperado. Charlotte simplesmente explodiu em chamas, como um foguete de luxúria, lançando labaredas em todas as direções, pulando em mim, me escalando, esfregando seu corpo ao meu.

E foi tão bom!

Eu quis todo aquele êxtase. Eu quis Charlotte.

Ainda quero.

Eu tiro minhas roupas e as jogo em um cesto dentro do armário. Nu, eu me deito na cama, apago as luzes e coloco as duas mãos atrás da cabeça. Eu moro no sexto andar, mas ainda assim os ruídos da madrugada de sábado em Nova York chegam à minha janela. Sapatos se chocando contra o chão de paralelepípedos, amigos rindo, táxis parando para deixar clientes em seu destino e sair em busca de uma nova corrida.

Mesmo depois de separar e classificar todos os sons vindos da rua, eu continuo loucamente excitado.

O que é que eu vou fazer com a desgraça dessa ereção? Martelar pregos? Isso é algum tipo de punição. Ela tem vontade própria.

Eu fecho os olhos, fecho com bastante força, e pressiono as mãos atrás da minha cabeça, resistindo.

Porque eu não posso ir até o fim.

Não posso me masturbar pensando nela. Não posso fazer isso. E não vou fazer isso. Não vou arruinar a nossa amizade indo tão longe assim. Nós já fizemos mais do que devíamos e se formos além podemos acabar perdendo tudo o que prezamos no nosso relacionamento. Hoje mesmo ela falou sobre tudo isso. Ela é a minha amiga constante, confiável, fantástica. Ela me faz rir e me faz chorar. Não posso correr o risco de perdê-la por fazer sexo com ela.

Ou nem mesmo imaginar que estou fazendo sexo com ela.

Mas pelo amor de Deus, eu estou morrendo aqui! Estou pegando fogo e o meu cérebro só fica repetindo "*sexo, sexo, sexo*" sem parar!

Eu preciso tomar alguma providência quanto a essa ereção persistente, que não dá o menor sinal de que vai ceder nas próximas vinte e quatro horas. Batendo os pés no chão, eu caminho até a sala, pego meu laptop e volto para a cama. Então, o abro.

Mulheres. Mulheres aos montes. Pornô lésbico explosivo. É disso que eu preciso. Alguma coisa que me faça tirar da cabeça os últimos dois dias de luxúria desenfreada. Alguma coisa como duas gostosas transando, vestidas com nada mais do que meias longas até os joelhos. E não quero saber de gifs, obrigado. Eu preciso de um vídeo e sei onde encontrá-lo.

Em questão de instantes, uma linda ruiva usando meias pretas e cinta-liga aparece na tela, caminhando por uma sala pouco iluminada. Perfeito. Eu acomodo o laptop sobre as cobertas e me estendo nu na cama, com dois travesseiros debaixo da cabeça para mantê-la erguida. Agora é só assistir ao espetáculo de camarote.

Uma deliciosa morena surge em cena, fumando, enquanto se junta à primeira garota, vestindo apenas botas brancas de cano longo e salto alto. Agora, sim, meu problema está resolvido! Eu começo a manipular meu membro com carinho. Com a mão em torno dele, faço movimentos lentos a princípio, subindo e descendo até as bolas, que estão inchadas e doloridas.

As coisas estão indo bem. Vou aproveitar cada segundo desta brincadeira. Eu aperto meu pênis com mais força e ele pulsa forte na palma da minha mão. Entusiasmado, eu sinto que estou a caminho de um alívio que já se aproxima. Então, as mulheres vão para o sofá e começam a transar.

Isso é perfeito, porque nenhuma delas se parece com Charlotte. As duas se beijam e a temperatura do meu corpo aumenta mais e mais enquanto eu vejo essas duas beldades em ação. Elas devoram uma à outra e as mãos da garota ruiva estão espalmadas sobre os generosos seios redondos da morena. A morena geme e desliza os dedos pelos lábios vaginais da ruiva. Minha ereção fica ainda mais dura quando a morena começa a enfiar o dedo na vagina da companheira.

Minha respiração se acelera e eu solto um gemido.

Um gemido alto.

Penso em como aquela xoxota deve estar quente e úmida.

Linda, gostosa e brilhante de excitação, em toda a sua glória.

Exatamente como seria se fossem os meus dedos que estivessem ali.

Eu movimento os quadris e minha mão trabalha mais rápido. Minha outra mão sobe pelo meu abdome. As pontas dos meus dedos brincam com meu mamilo. Estou tão absolutamente concentrado no que faço que não percebo mais nada à minha volta. Tudo o que existe neste momento é isto — eu e o meu corpo, as mulheres na tela e eu fodendo o meu punho como se não houvesse amanhã.

A ruiva logo está de joelhos, afastando bem as pernas de sua parceira. A morena se reclina no sofá e sua boca se abre num gemido interminável enquanto a ruiva faz sexo oral nela. Longas e deliciosas carícias com a língua.

— Isso! — eu vibro num grunhido, com os olhos grudados na tela do computador. Eu estou no céu do sexo solitário graças a essas gatas. Meu pênis estava pronto para a corrida e agora estou grato por estar tão próximo da linha de chegada.

Eu me imagino ali junto com as garotas, prestando serviços às duas, caindo de boca em uma e comendo a outra. Não existe nada melhor do que isso.

Nada até o momento em que tudo fica astronomicamente mais excitante, quando uma terceira garota entra em cena.

Ela tem cabelo louro, olhos castanhos e é divina. Toda a minha atenção se volta para ela e eu deixo as outras duas de lado, porque só tenho olhos para a loura. Uma gata sexy, forte e absolutamente atraente. Não consigo ver mais nada diante de mim. Então eu vejo que essa garota... é a minha garota... ela é Charlotte e está nua na minha frente. Eu logo não vejo mais as outras mulheres. Elas desapareceram da minha noite quando eu fecho os olhos e me masturbo com mais vigor, mais velocidade e não consigo lutar contra isso.

Estou perdendo a batalha porque só consigo ver Charlotte.

Não é a Charlotte de ontem à tarde e não é a Charlotte da noite de hoje. Esta Charlotte é nova e está nua, subindo em minha cama, arrastando-se de quatro até mim — seus lábios sensuais e carnudos, seu ventre macio, suas pernas fortes e sua vagina maravilhosa, úmida e quente.

Esperando por mim.

Ardendo por mim.

No instante seguinte eu a penetro e isso basta.

Minhas bolas se enrijecem, meu membro se incendeia e eu fecho os olhos com força enquanto meu corpo todo estremece. Com um gemido descomunal, eu gozo dentro de Charlotte com toda a força. Um orgasmo que me deixa completamente acabado.

Eu estou ofegante.

Quando abro os olhos, vejo Fido ao pé da cama, lambendo a pata. Ele a esfrega no focinho e atrás da orelha. Então ele interrompe o banho pós-refeição para me olhar atentamente e há desdém em seus olhos amarelos brilhantes.

É dessa maneira que termina a minha noite de sábado. Com o meu gato me observando enquanto eu transava com uma visão da minha melhor amiga.

— Não diga uma palavra — eu aviso, mal-humorado.

Ele desvia o olhar, erguendo o queixo em um gesto arrogante.

Mas ele vai guardar meu segredo.

E eu vou guardar o seu também, seu pequeno voyeur sacana.

Capítulo 14

Vamos fingir que eu não fiz aquilo.

Vamos imaginar que sou dono de um autocontrole incrível e que não me masturbei pensando na minha sócia ontem à noite.

Agora de manhã, enquanto ela faz seu pedido no Wendy's Diner — ovos mexidos, batatas, torrada e café —, eu me pergunto se ela faz ideia de que foi a atriz principal das minhas fantasias, cavalgando-me como uma vaqueira.

E também me cavalgou ao contrário no meio da noite, com o cabelo caindo nas costas e as minhas mãos em sua bunda.

Voltou a acontecer debaixo do chuveiro, hoje, mais cedo. Eu fiz sexo oral em Charlotte e foi absolutamente divino sentir o gosto dela em minha língua quando ela chegou ao clímax. É sempre assim. Pode haver consequências quando você resolve andar em uma rampa escorregadia: você dá o primeiro passo e quando se dá conta já executou uma trinca masturbatória em homenagem à sua melhor amiga.

Mas eu parei com isso agora. Retomei o controle. Essas três vezes foram mais que suficientes e eu já tirei Charlotte da cabeça. Cem por cento. Palavra de escoteiro.

Ela está usando saia cinza curta e camiseta roxa e seu cabelo está preso em um rabo-de-cavalo frouxo. Não sei o que ela está usando por baixo e, na verdade, nem estou pensando no sutiã e na calcinha dela. Viu? Eu estou curado.

— E para você? — a garçonete me pergunta.

— Pode me trazer a mesma coisa, mas quero os ovos bem cozidos — digo à mulher. Ela anota o pedido e se retira, voltando para a cozinha aberta.

O cara na mesa ao lado da nossa vira uma página do *New York Post*. Na cozinha, um funcionário espalha manteiga na frigideira e ela chia. A iluminação do ambiente é intensa, revelando cada marca na tábua revestida de fórmica verde e cada risco no piso de ladrilhos bege.

Quando a porta se abre com um sino, um quarteto de amigos entra. Eles são alguns anos mais jovens do que eu. Devem ter feito farra a noite inteira e estão numa grande ressaca — isso fica óbvio nos olhos deles.

O Wendy's Diner é bem diferente do Gin Joint e seu fascínio noturno. O interior do restaurante parece tomado por uma vibração de arrependimento. Não sei se isso vem das outras pessoas ou de Charlotte.

Ela está brincando com seu guardanapo.

— Dor de cabeça? — eu pergunto, percebendo que ela está em silêncio hoje.

Charlotte faz um movimento negativo.

— Tudo bem comigo — ela responde.

— A água ajudou?

— Sim, sempre ajuda.

— Ótimo. Mas para garantir, é melhor ter o pacote completo para prevenir a ressaca — eu digo, pois foi por essa razão que a trouxe para cá. — Depois de passar uma noite bebendo, não tem cura melhor do que uma boa refeição matinal. Isso foi provado cientificamente.

Ela sorri sem muita vontade e a garçonete volta rapidamente com a jarra de café, enchendo duas xícaras. Charlotte segura a sua com as duas mãos.

— Agora, porque eu acho que não bebi tanto assim? — O tom de voz dela não é dos mais animados.

Não vou deixar que isso me afete. Quanto mais eu falar, mais nos distrairemos e melhores serão as chances de voltarmos a ser como éramos antes.

— Saiu um estudo na semana passada, se não me engano, na revis...

— Estou falando sobre ontem à noite, Spencer — ela começa, e o carro que leva a nossa conversa freia bruscamente com esse comentário.

Mas eu sou rápido. Sei como me esquivar e seguir adiante. Levanto uma mão para indicar que ela pare e balanço a cabeça.

— Não se preocupe com isso.

— Mas...

— Sem "mas". Está tudo bem.

— O que eu quero dizer é...

— Charlotte, nós dois bebemos um pouco e eu entendo, acredite. Eu pareço mais irresistível quando você está usando os seus óculos de cerveja. — Eu pisco, com ar brincalhão. Apelo para o humor autodepreciativo, porque não quero em hipótese alguma que ela se sinta mal pelo que aconteceu ontem à noite.

O canto dos lábios dela se curva levemente como resposta. Charlotte não está usando batom esta manhã. Na verdade, está usando pouquíssima maquiagem, quase nenhuma. Ainda assim parece linda. Ela sempre parece linda, seja dia ou seja noite, faça chuva ou faça sol.

— Eram óculos de gin, mas mesmo sem eles eu te...

Eu estendo o braço e seguro a mão dela, num gesto amigável e caloroso. Tenho de tranquilizá-la.

— Charlotte, nós somos amigos. Nada pode mudar isso. Nada vai se intrometer na nossa amizade. Quer dizer, a menos que você se case com um total babaca um dia. Então não faça isso, por favor — eu peço, abrindo o meu sorriso de canto mais característico e tentando desesperadamente conduzir a conversa para longe do assunto *"nós"*, pois tenho medo de que ela descubra o que a minha mão andou fazendo três vezes nas últimas doze horas.

— É você que não pode se casar com uma vadia insuportável — ela responde, estreitando os olhos.

Esta é a minha Charlotte. Ela está de volta e pensa como eu. Ela não vai permitir que os acontecimentos estranhos de ontem no táxi arruínem o melhor relacionamento que nós dois já tivemos na vida. Se bem que "estranhos" talvez não seja a palavra que melhor defina o que aconteceu no táxi. Seria mais justo dizer "excitantes", "duros" e "quentes". Aliás, estas são exatamente as palavras que eu não deveria usar quando penso nela.

— Mas — Charlotte continua —, eu queria justamente falar sobre a nossa amizade e o que aconteceu ontem.

— Eu também! — digo com entusiasmo exagerado, mas ela acaba de pronunciar as palavras mágicas. *Nossa. Amizade.* Eu preciso compreendê-las para que não percamos de vista o que nós somos. — Nossa amizade é a coisa mais importante para mim, por isso vamos simplesmente continuar sendo amigos.

As feições dela se congelam, como se ela estivesse usando uma máscara. Ela mexe no anel e a coisa mais estranha é que o meu coração parece bater mais rápido quando a vejo fazer isso. Ela não precisava usar o anel neste momento, mas está usando.

— Sim, isso. Amigos. É a coisa mais importante — ela diz de maneira monótona, sem muita convicção.

— Como nós conversamos ontem, não é mesmo? — eu comento para refrescar a memória dela, pois talvez o gin tenha lhe causado um apagão. — Matar o tempo vendo televisão, comendo doces e bebendo tequila ou vinho.

— Certo. Sim, absolutamente certo — ela diz e sorri, mas seu sorriso não é dos mais entusiasmados.

— Nós temos de fazer isso de novo. O que nos impede? — eu digo, como um jogador de pôquer empurrando suas fichas e apostando que posso ser apenas amigo dela e nada mais.

— Claro, vamos fazer.

— Que tal hoje à noite? — eu proponho, aumentando a aposta novamente. Estou encantado com minha própria capacidade de ser um bom amigo.

— Por mim, tudo bem.

— Na minha casa? — De novo aumento os riscos. Adiante, sem medo!

— Mesmo? — Charlotte arqueia as sobrancelhas, intrigada. — Você quer mesmo só passar o tempo e mais nada?

— É claro que sim. Foi o que nós dissemos ontem. É disso que gostamos e precisamos.

Ela balança a cabeça para cima e para baixo e eu não tenho certeza se é por alívio ou se é algum tipo de resignação. Depois respira fundo e ajeita seu rabo-de-cavalo.

— Vamos, então — ela responde. — Amigos não deixam amigos comerem ursinhos de gelatina sozinhos. Eu levo as balas.

— Eu vou comer as verdes, não se preocupe.

— Odeio as balas verdes! — ela faz cara de nojo.

— Eu me encarrego do vinho. Se não estou enganado, você prefere um Chardonnay com suas balas?

— Prefiro, sim. Mas que tal margaritas virgens esta noite, para variar?

Eu jogo o meu guardanapo na mesa com um floreio.

— Tocadas pela primeiríssima vez! — respondo, e mais uma vez tenho a impressão de que a minha boca foi mais rápida do que o meu cérebro. Talvez eu não devesse ter invocado a Madonna para uma piada sexual nessa conversa.

Felizmente, para mim, a garçonete aparece.

— Aqui estão os seus ovos — a funcionária diz, colocando os pratos na mesa. — Bem cozidos. Do jeito que você pediu.

Estas últimas palavras ecoam em minha mente quando eu percebo o que acabei de fazer. O que eu *pedi* com a minha boca grande. Com as minhas ideias sensacionais. Com a minha atitude de cara que sempre tem a solução para tudo.

Eu acabei de convidar Charlotte para ir à minha casa esta noite. Difícil imaginar situação mais perigosa que essa. Todos os jogadores de basquete suados do mundo não serão suficientes para me salvar.

NÓS PASSAMOS O RESTO DA REFEIÇÃO PLANEJANDO A SEMANA DE trabalho no The Lucky Spot. Nenhum de nós fala mais nada sobre esta noite, nem sobre a noite passada. Também não falamos do nosso relacionamento de mentira. Depois vamos ao nosso bar e passamos algumas horas trabalhando antes que Jenny chegue para o seu turno da tarde de domingo — e antes de irmos ao museu. Durante o tempo que ficamos no bar, nós voltamos a nos comportar como amigos e sócios muito tranquilamente, como se a noite de ontem jamais tivesse acontecido.

Assim que colocamos os pés no museu, no entanto, alguma coisa muda.

Charlotte Carinhosa não dá as caras desta vez. Claro, ela ainda está fingindo ser minha noiva, mas não tão comprometida com o papel como durante o jantar. Eu, Charlotte, minha mãe e a sra. Offerman estamos diante de uma pintura de Edward Hopper. Não sei se minha mãe ou a sra. Offerman percebem algo, mas eu faço o que posso para que ninguém note nada.

— A pintura é linda — a sra. Offerman diz.

— Sim, sem dúvida — eu comento. Passo o braço alegremente pela cintura da minha noiva de mentira e dou um beijo rápido em sua bochecha. — Como você. A propósito, eu já disse o quanto você está linda hoje?

Charlotte não se mostra receptiva, mas me agradece.

Minha mãe olha para nós e sorri.

Emily, contudo, não está sorrindo. A garota não parece ter o menor interesse em obras de arte, embora seja a área em que supostamente pretende ingressar.

Mas tudo bem, eu estou colocando as coisas nos eixos novamente, fazendo o meu jogo. Enquanto nós passeamos e apreciamos quadros de Chagall, de Matisse e de tantos outros, eu faço comentários espirituosos e todas as mulheres riem, inclusive Charlotte. Quando chegamos ao jardim de esculturas, estou seguro de que Charlotte e eu estamos bastante bons em representar nossos papéis.

Até que Emily resolve fazer perguntas a Charlotte.

— Há quanto tempo você é apaixonada pelo Spencer? — a garota indaga.

Charlotte fica imóvel e a cor vermelha começa a tomar conta de todo o seu rosto.

— Quero dizer, você já se sentia atraída por ele antes de começarem a namorar? — Emily prossegue. — Porque vocês sempre foram melhores amigos, não é? Então foi só um tipo de...

— Emily, filha! Certas coisas são muito pessoais — diz a sra. Offerman, interrompendo a garota.

A adolescente faz um gesto de desdém com as mãos, como se não tivesse feito nada demais.

— Só estou curiosa. Os dois foram para a faculdade juntos. Não acho tão estranho assim querer saber se eles já estavam afim um do outro naquela época.

Charlotte ergue o queixo.

— Nós sempre fomos amigos — ela diz, e então pressiona a mão contra a testa. — Com licença.

E ela simplesmente se vai.

Minha mãe me olha com irritação e eu só consigo pensar em uma coisa: que ela sabe. Os olhos dela seguem o trajeto de Charlotte, que abre as portas de vidro e volta para o interior do museu. Logo em seguida, minha mãe gesticula para mim. Eu me aproximo mais e ela fala baixo, movendo apenas o canto da boca:

— Alguma coisa a aborreceu. Vá atrás dela. Vá confortá-la.

Mas é claro. Capitão Noivão vai entrar em ação. Mães sempre sabem das coisas.

Eu corro na mesma direção que Charlotte, passo pela porta e sigo apressado para o saguão. Consigo avistá-la quando ela chega ao banheiro feminino. Eu a chamo, mas mesmo assim ela abre a porta.

Ela entra e a porta se fecha. Eu paro.

Por um segundo.

O saguão está em silêncio. Fica a uma boa distância da parte mais movimentada do museu. Eu abro a porta do banheiro e a sigo. Ela está diante da pia, jogando água no rosto.

— Você está bem? — pergunto com hesitação enquanto procuro me aproximar dela. Há três cabines no recinto, mas estão vazias. Sons de passos chegam do salão e então vão diminuindo de intensidade até desaparecerem.

Charlotte balança a cabeça. Já bem próximo dela, eu ponho a mão em sua cintura e a aperto gentilmente. Ela se sobressalta e se afasta um pouco de mim.

— Não está se sentindo bem? — insisto. — Está com dor de cabeça por causa de ontem ou alguma coisa?

A porta range e nós ficamos paralisados. Ela se fecha novamente, mas eu não ouço ninguém entrar. O banheiro feminino está em silêncio; somos apenas nós dois.

Charlotte se volta para mim, agarra a minha camisa e me puxa para dentro de uma das cabines.

— Não consigo mais fingir — ela declara.

Meus ombros murcham. Fico sem ação. Eu a pressionei demais.

— Sobre o noivado?

— Não. Não é isso. Fingir a respeito do noivado não é o problema — ela diz, olhando diretamente para mim. Eu nunca vi tanta determinação nos olhos castanhos de Charlotte; é como se ela estivesse prestes a escalar uma encosta íngreme. Ela nem mesmo pisca.

— O que é, então? — pergunto, franzindo as sobrancelhas. Estou genuinamente curioso, porque se o problema não é o nosso relacionamento de mentira, eu nem imagino a que ela se referiu quando disse que não pode mais fingir.

Ela agarra a minha camisa com mais força. A expressão em seu rosto é tensa. Ela está bufando pelo nariz. Eu jamais a vi agir assim.

— Mas o que foi que eu fiz de errado, Charlotte?

— Ontem. À noite! — ela resmunga, pronunciando cada palavra enfaticamente.

— Ontem à noite o quê?

Os olhos dela se fecham, mas Charlotte parece aflita. Ela respira fundo e volta a abrir os olhos. O delineador parece um pouco borrado.

— Você está agindo como se nada tivesse acontecido!

— Não! — eu digo rápido, tentando me defender. — Eu não estou fazendo nada disso.

A verdade, no entanto, é que eu fiz isso o dia inteiro. É exatamente disso que venho tentando me convencer.

— Sim, você *está* fazendo isso! Foi o que você fez no café da manhã. Nós estamos varrendo a sujeira para debaixo do tapete e eu não sou assim — ela retruca num tom de voz duro e eu me lembro de que essa é uma das coisas que mais admiro nela: seu espírito combativo, sua tenacidade. — Você não me deixou falar e eu preciso saber. Eu avisei que sou uma péssima mentirosa, não avisei? Sou horrível em mentir. Eu disse aquilo sobre o meu pai durante o jantar, disse que ele era enfermeiro. Mas isso nem chega a ser uma mentira.

Esta é outra coisa que me agrada em Charlotte — ela é de uma honestidade absurda.

— Tudo bem. Então me diz, o que você precisa saber? — eu pergunto, com os nervos à flor da pele. Melhor dizendo: meus nervos não estão apenas à flor da pele, estão chutando e queimando a droga da minha pele!

Ela suspira e olha para mim como se eu fosse um grande burro.

— Não consegue mesmo chegar a essa conclusão sozinho, Spencer?

— Parece que não — respondo, erguendo as mãos com as palmas para cima. — Por que você simplesmente não esclarece as coisas para mim? O que você precisa saber?

Ela torce o tecido da minha camisa na mão, puxando-me para mais perto dela, e em uma fração de segundo o espaço entre nós diminui. Até um instante atrás, nós estávamos a um palmo de distância um do outro — o suficiente para controlar os hormônios. Agora, porém, eles voltam a se rebelar. Girando em círculos. Unindo-se e articulando-se a fim de começarem seu incêndio. A temperatura volta a subir.

— Você não sente atração por mim, Spencer?

Meu queixo cai. Uma campainha soa na minha cabeça. Ela deve ter enlouquecido.

— Está falando sério, Charlotte?

Ela faz que sim com a cabeça.

— Responda a pergunta, Spence. É por isso que você insiste nesse papo de manter o foco na nossa amizade?

— Você é linda. É maravilhosa. Estonteante — eu digo, disparando elogios como um vendedor ambulante. — Eu também não quero destruir a nossa amizade. É importante demais.

— Você ainda não respondeu minha pergunta.

— Eu disse que você é linda.

— Você disse isso sobre o quadro de Edward Hopper também. Por acaso você sente atração pela pintura?

Eu engulo em seco. Tento articular as palavras, mas em minha mente não há nada além das imagens daquele vídeo da noite passada. Do que eu fiz com ela quando estava sozinho em casa, acompanhado da minha mão e das minhas fantasias. E de tantas merdas malucas que eu quero fazer com a melhor amiga que tenho. Porque eu estou ferozmente atraído por ela — eu entendi isso ao longo das últimas quarenta e oito horas. É uma atração selvagem. Não, é ainda pior: uma atração selvagem, insana, estratosférica.

— Eu pareço maluco? — digo e a minha voz soa tensa. Eu odeio a pergunta que ela me fez e ao mesmo tempo amo a pergunta que ela me fez. Estou completamente perdido agora, porque este deveria ser um dia todo dedicado à nossa amizade.

— Quer mesmo que eu responda isso?

— Quero.

— Não. Você não parece maluco. Parece irritado, assim como eu. Então eu acho que nós dois estamos bravos.

— Não, eu não estou bravo. — Eu seguro as mãos dela e faço seus dedos se abrirem, entrelaçando-se com os meus, e então colo meu corpo ao dela num movimento vigoroso. — Não estou bravo, estou é com um puta tesão. Porque eu precisaria ser maluco para não sentir atração por você — digo a ela em um sussurro intenso.

Os olhos dela se iluminam como diamantes, como se eu lhe tivesse dito palavras mágicas. A expressão em seu rosto é um misto de alegria e diabrura.

— Verdade, Spence?

Todo aquele rancor de momentos atrás desaparece da voz dela. Agora branda e leve, a voz de Charlotte chega aos meus ouvidos como música e me faz querê-la ainda mais. E esse tom de voz me faz querer ouvir outras coisas saindo da boca dela também.

— Sim — eu digo com a boca entreaberta e os dentes cerrados. Com a mão ao redor da cintura dela, eu a aperto mais e os nossos corpos ficam ainda mais colados. Deixo meu dedo percorrer o contorno de seu queixo. — Mas eu não devia sentir tanta atração pela minha melhor amiga. Não é assim que funciona. Provavelmente vou ter que buscar ajuda médica para conseguir lidar com a quantidade gigantesca de atração que tenho por você. Vou pedir aos médicos para arrancarem de dentro de mim e eles vão me responder: "Sentimos muito, senhor, mas tomou conta de todo o seu corpo e não pode ser eliminado."

O sorriso dela se intensifica.

— Sério mesmo? — Charlotte pergunta, mas por seu tom de voz já parece saber a resposta.

Agora que ela me provocou, eu não vou retroceder. Não é da minha natureza.

— Não me obrigue a provar — eu digo, atiçando-a.

Os olhos dela brilham.

— Prove!

— Desafio aceito!

Quase imediatamente, a minha mão escorrega para dentro da saia de Charlotte e ela engasga quando se dá conta do que eu estou fazendo. Meus dedos escalam a carne macia de suas coxas e, quando alcanço a calcinha, eu passo o dedo indicador sobre o tecido de algodão no centro das coxas. Sinto a umidade com o dedo. Meu pênis parece uma réplica do Empire State Building. Eu deixo escapar um grunhido. Sem tirar os olhos de Charlotte nem por um instante, eu deslizo um dedo para dentro da calcinha dela. Seus ombros tremem e o meu sangue ferve quando eu percorro com o dedo sua vagina úmida, quente e lisa. Levo o dedo aos meus lábios e começo a chupá-lo. O gosto dela é delicioso, bem como eu havia sonhado. Dessa vez, meu grunhido soa alto, ecoa por todo o banheiro feminino. E Charlotte estremece em meus braços.

Ela me observa enquanto eu abocanho meu dedo lambuzado com o doce mel do sexo dela. A esta altura todas as perguntas e dúvidas já desapareceram e tudo fica muito claro.

— Sabe... — ela diz com os lábios entreabertos. — Eu também tenho algo a provar para você. Hoje à noite.

— O que é?

Antes que ela possa responder, a porta do banheiro se abre com um rangido. Eu me separo de Charlotte e ela ajeita a camisa, depois o vestido. Apenas para que ela saiba, para que não reste mais nenhuma dúvida, eu volto a colocar o dedo na boca e o chupo outra vez. Olhando-a direto nos olhos, eu sussurro *"que tesão"*.

Os lábios dela estão tremendo. Eu passo o dedo sobre seu lábio inferior e então o encosto em seus dentes. No mesmo instante, ela o coloca dentro da boca e suga a ponta dele.

Sempre olhando para Charlotte, eu me sinto incendiar da cabeça aos pés. Tiro meu dedo de sua boca, belisco sua bochecha, destranco a porta do reservado e saio. Passo pela sra. Offerman e faço um rápido aceno para ela.

Ela pisca, então sorri sem jeito e acena de volta.

Retorno para a família levando comigo ao menos uma certeza: a de que não tenho a menor ideia do que vai acontecer quando eu e Charlotte nos encontrarmos hoje à noite.

Capítulo 15

QUANDO ABRO A PORTA, ENTREGO A CHARLOTTE UMA MAR-garita virgem.

Ela agradece e bebe um gole enquanto entra no apartamento. Está vestindo jeans, sapatos sem salto e uma elegante bata cinza sem manga com uma espécie de decote rendado.

Droga. Ela está camuflada. Com base nessas roupas, é difícil dizer quais são as intenções dela. Talvez eu esteja simplificando demais as coisas, mas, se ela estivesse usando um vestido preto curto e sapatos vermelhos com aqueles saltos enormes, eu teria muito menos dúvidas. Por outro lado, eu estou usando jeans e camiseta preta, então não sei ao certo se as minhas roupas passam a ela a mensagem de que estou disponível para o que ela quiser. Espero que sim.

Ela balança no ar um pacote de ursos de gelatina.

— Cem por cento natural e saudável — ela diz.

— E as calorias? Conferiu as calorias?

— Obviamente. Perdi várias calorias calculando as calorias!

— Nem sei por que perguntei — respondo, rindo. Gostamos de fazer piada com o modo politicamente correto de comer. Fico feliz por constatar que pelo menos ainda posso brincar com ela.

Baixando o tom de voz, ela se dirige a mim num sussurro conspiratório:

— Essas balas vêm do Brooklin. Sabe, tem uma coisa que eu não entendo: se já conseguiram até enviar o homem à lua, como não são capazes de remover as balas verdes do pacote?

— Eis um dos grandes mistérios da vida. — Eu fecho a porta e faço um gesto indicando a direção da sala. Charlotte então segue à minha frente e eu não consigo evitar: olho direto para a bunda dela enquanto ela caminha pelo piso de madeira até meu sofá. Ela me deu esse tipo de liberdade hoje à tarde, se não me engano.

— Junto com a existência de aspargos gigantes — ela diz sarcasticamente.

— Eu nunca vou compreender a utilidade de vegetais gigantes. Mas você foi mesmo até o Brooklin para comprar balas de gelatina? — pergunto.

Ela se acomoda em meu sofá bege. As portas de correr que levam à varanda estão abertas, deixando penetrar no ambiente um pouco desta noite quente de junho.

Charlotte faz que não com a cabeça, tira os sapatos e coloca os pés no sofá.

— A loja no Brooklin que faz estas balas abriu outro ponto em Murray Hill.

— O importante é que você conseguiu encontrar essa ótima bala de gelatina que não é feita com gelatina — comento, juntando-me a ela no sofá. Charlotte jamais toca em doces que são feitos com gelatina, porque a gelatina é feita com partes de animais, ou seja, vem da carne; ela costuma dizer que se quisesse carne em seu doce comeria doce de bife, uma coisa que não pretende fazer. Simplesmente porque seria nojento.

E é por isso que doce de bife não existe.

Eu aponto o meu laptop.

— E então, o que vai ser? Netflix? *Castle*? Comédia romântica? Filme de espionagem? Canal de esportes para ver as últimas do basquete?

Ela rasga o pacote de doce e coloca na boca uma bala de urso amarela. A bala escorrega por entre seus lábios. Ursinho de sorte.

— Que tal *Castle*? — ela sugere. — Vamos ver aquele episódio com o gângster irlandês.

Sei exatamente a que episódio Charlotte se refere, pois nós já assistimos a quase todos os episódios juntos. Eu encontro o do gângster rapidamente, dando graças a Deus por ter me lembrado de remover o vídeo pornô da noite passada. Fido perambula pela sala, arregala os olhos e mia. Tenho certeza de que ele está me dedurando para Charlotte na linguagem felina, mas — novamente graças a Deus — ainda deve levar algum tempo para inventarem um programa que traduza a língua dos gatos.

Nós entramos na rotina que temos repetido ao longo dos anos. Ela está em uma ponta do sofá, afundada nas almofadas. Eu estou na outra ponta. E o laptop está na mesa de centro, transpondo o programa para a tela da televisão. Nós acabamos com metade do pacote de balas de gelatina, mas Charlotte rejeita as verdes, que eu trato de devorar. Nós tomamos nossas margaritas e, a certa altura, enquanto assistimos ao episódio, ela coloca os pés sobre as minhas coxas.

Esse movimento me faz lembrar da noite em que jantamos com os Offerman, quando, debaixo da mesa, Charlotte esfregou o pé na minha perna. Algo então me ocorre: será que eu tenho algum fetiche por pés? Eu nunca pensei que tivesse, mas, quando os meus olhos se fixam nos pés dela e nas doces unhas pintadas, que simplesmente monopolizam a minha atenção, eu percebo que perdi quase todo o diálogo em que Castle revela a Beckett a sua opinião a respeito do assassinato deste episódio.

Volto a me concentrar na tela da televisão, mas não consigo tirar Charlotte do pensamento. Agora, a consciência de que ela está bem ao meu lado parece ser mais forte que tudo. Charlotte ajeita os ombros sobre uma almofada; eu capto a cena olhando de lado e me pergunto se ela gosta de ser beijada na região dos ombros. Com a mão, ela retira alguns fios de cabelo do rosto e isso me desperta o desejo de saber se ela gosta que lhe puxem o cabelo. Castle e Beckett estão bem perto de encontrar o assassino quando Charlotte resolve mastigar uma bala de gelatina vermelha e eu então sou invadido pela curiosidade de experimentar o gosto de cereja na boca dessa mulher.

Charlotte cutuca a minha barriga com o dedão do pé. Fico desconfortável por um breve instante, perguntando-me se de alguma maneira ela é capaz de adivinhar meus pensamentos. Mas ela, por sua vez, está claramente concentrada na televisão, já que não desvia o olhar dos nossos intrépidos heróis.

Não consigo entender isso — eu tinha certeza de que nós já estaríamos nus a essa altura. Eu estou longe de dominar a arte de interpretar os sinais de Charlotte. A única certeza que tenho sobre ela, no momento, é que ela quer uma massagem no pé. Começo então a lhe massagear o pé, o que não é nenhuma novidade para mim, pois já fiz isso várias vezes.

Enquanto faço movimentos de pressão desde a sola até o calcanhar do pé dela, tento evitar pensamentos indecentes envolvendo essa parte da sua anatomia. Não, não são pensamentos em que eu coloco os dedos dos pés de Charlotte em minha boca e os lambo, porque eu não tenho esse tipo de fetiche. São pensamentos nos quais eu seguro os calcanhares dela nas minhas mãos, abro suas pernas e faço sexo com ela.

No momento seguinte, meu pênis resolve despertar e se transforma em uma enorme tábua. O filho da puta traiçoeiro. Eu juro que se ele fosse uma pessoa ele trabalharia como informante, sempre entregando os meus segredos.

— Saco — eu me queixo num murmúrio.

Charlotte se vira na minha direção.

— Tudo bem com você? — ela pergunta.

— Ah, tudo bem. Acabou a minha bebida — respondo, pegando o copo de cima da mesa. É uma boa desculpa para poder ganhar tempo e me recompor. — Continue assistindo. Eu volto já.

— Não tem problema, eu posso esperar. — Ela aperta o botão de pausa, infelizmente, para mim, porque a última coisa de que eu preciso é que ela observe os meus passos enquanto eu vou à cozinha para pegar a bebida que não quero de verdade. Corro os dedos pelo meu cabelo e olho a jarra de margarita virgem, que está me irritando com a sua suavidade. Foda-se. Apanho uma garrafa de tequila do armário e desvirgino o meu drinque. Eu me abaixo, puxo a porta do freezer e o vasculho em busca de mais gelo.

Para o meu rosto.

Alguns segundos em contato com o gelo já me ajudam a acalmar os ânimos.

Volto para o sofá e ergo o meu copo diante de Charlotte.

— Eu reforcei o meu drinque — admito, e então bebo um grande gole, com vontade.

Charlotte estende a mão na minha direção em um gesto interessado. Entrego a ela o meu copo e ela bebe um pouco.

— Hmmm, delícia — ela diz.

Eu ponho o copo na mesa e nós voltamos ao episódio na parte em que eles elucidam o assassinato — porém eu devo dizer que, francamente, não dou a mínima para isso neste momento. Não sei ao certo o que fazer com relação ao encontro ardente que tivemos à tarde no banheiro do Museu de Arte Moderna; para falar a verdade, começo a me dar conta de que não sei o que fazer com relação a muita coisa que tem acontecido entre mim e Charlotte nos últimos dias. Eu adoraria ter um dispositivo que me possibilitasse ler a mente dela, porque assim eu conseguiria descobrir o que ela quer me provar.

Quando os créditos aparecem na tela, ela se volta para mim com uma sugestão:

— Quer assistir ao programa do Nick?

Não! Eu não quero ver televisão! Quero tirar a sua roupa e lamber cada centímetro de você. Mas você está agindo como se nada tivesse acontecido e isso me deixa confuso.

— Claro — respondo sem muito entusiasmo. — Já devo ter assistido a todos os episódios umas vinte vezes. Qual deles você quer ver?

— Vou escolher — Charlotte diz, inclinando-se por cima das minhas pernas para pegar o laptop. Ela abre o aplicativo do canal Comedy Nation para procurar *As Aventuras do Sr. Orgasmo*. Não demora muito para que comece a tocar o tema musical familiar, anunciando as aventuras. Eu fecho os olhos e deixo a cabeça tombar para trás no encosto do sofá quando percebo qual episódio ela escolheu.

É a história de uma mulher em busca de seu orgasmo desaparecido. Depois de passar um ano inteiro sem um orgasmo, ela contrata o Sr. Orgasmo para descobrir o paradeiro de seu clímax perdido.

O episódio é hilariante e Charlotte ri sem parar do início ao fim. Começo a entender o que ela está tentando provar, agindo como se nós fôssemos apenas bons companheiros quando, na verdade, nós dois sabemos que estamos loucos para transar, porque ela quer isso tanto quanto eu. Os sinais estavam bem diante do meu nariz o tempo todo e eu simplesmente me recusei a enxergá-los. Mas isso mudou. Eu também acho que já não posso mais esperar e que é hora de deixar que as coisas tomem seu rumo natural.

Estendo o braço e aperto o botão de pausa do programa. O toque de uma sirene vem de algum lugar da cidade e se mistura ao som da música que vem do bar situado na esquina da minha rua. Minha casa tem seu próprio som. O sussurro do desejo. Nós estamos muito próximos de alguma coisa. De uma coisa que eu não deveria querer. De uma coisa que eu quero desesperadamente.

— O que é que você queria provar? Você disse no museu que queria provar alguma coisa para mim.

Ela se endireita no sofá e se senta com as pernas cruzadas.

— Que nós podemos ser amigos — ela responde sem hesitar.

— Certo. E nós provamos isso de alguma maneira esta noite?

— Claro. — Ela faz que sim com a cabeça e parece satisfeita. — Nós comemos ursos de gelatina, bebemos margaritas, assistimos à televisão... fizemos todas as coisas que costumamos fazer.

— E por que você quis provar isso?

— Porque vou fazer uma proposta — ela diz sem rodeios, como se estivesse me oferecendo um emprego. — Como você deve saber, já faz um bom tempo que eu não faço umas coisas. — Charlotte olha para mim, bem nos meus olhos para que eu compreenda o que ela quer dizer. E eu compreendo. Confirmo com um aceno de cabeça. Ela então prossegue: — E parece que eu estou bastante atraída por você. Vai entender. — ela arregala os olhos ironicamente, como se isso fosse uma grande surpresa.

Eu dou risada.

— É, vai entender...

— Será que você pode me ajudar, Spence?

— Seja mais específica. Finja que sou um cara sem-noção e que você precisa me explicar tudo nos mínimos detalhes — eu peço, esforçando-me ao máximo para parecer tranquilo.

— Assim como você me fez uma proposta e me pediu para bancar a sua noiva por uma semana, eu peço que me retribua o favor também pelo prazo de uma semana, só que de um jeito um pouco diferente. Na proposta que eu tenho em mente, você termina o que nós começamos ontem à noite.

Eu já imaginava que nós estivéssemos seguindo nessa direção, mas, agora que ela expressa isso em palavras, eu me dou conta de que estava completamente despreparado para a reação do meu corpo. Eu estou excitado. Giraram a chave, deram a partida em mim e o meu motor está rugindo. Estou voando baixo na expectativa de reviver as minhas fantasias da noite anterior.

— Eu sei o que você está pensando — Charlotte continua e eu peço a Deus que ela não saiba de jeito nenhum o que se passa na minha mente, que neste momento insiste em imaginá-la nua e se aproximando do meu instrumento. — Tem medo de que isso comprometa a nossa amizade. É justamente por isso que eu disse que queria provar algo a você. Nós podemos continuar amigos. Não há nada de errado em ter as duas coisas.

Ah, que bom. Sim. Claro. Não digo que eu estava pensando nisso agora, mas já pensei nisso antes, então vamos em frente.

— Sim, isso passou pela minha cabeça — eu digo, mentindo só um pouco.

— Mas nós já demos uns amassos, não é? Umas três vezes, pelas minhas contas. E isso não abalou nem mudou a nossa amizade. Certo? — ela diz com uma grande convicção.

— Certo — respondo num tom de voz firme e forte, concordando plenamente com ela, porque não tenho a menor dúvida de que a gente tem que transar. Agora. E a noite inteira.

— Então me diz: o que você acha da gente chutar o balde durante a próxima semana? — ela pergunta, e depois me dá um pontapé de leve.

Acho que é uma ideia genial e estou pronto para pular sobre ela e deixá-la todinha nua, para realizar todas as fantasias que tive na noite passada e também todas as que Charlotte tem. Para dar a ela um puta orgasmo fabuloso! Não, vinte orgasmos! Como compensação pelos meses todos em que ela ficou na mão, por assim dizer. Acordos, porém, sempre são mais eficazes quando ambas as partes sabem o que esperar desde o início.

— Mas vamos estabelecer algumas regras básicas — eu proponho.

— Concordo. Regras básicas. Por exemplo, nada de sexo anal. Não é?

— Hum. Tudo bem, acho que posso viver com essa restrição — eu respondo, rindo.

— Ótimo — Charlotte diz e então uma expressão de dúvida surge em seu rosto. — Mas espera. O que você tem em mente com relação a essas regras básicas?

— Bom, eu estava pensando em definir a duração do nosso acordo, coisas desse tipo.

— Eu acredito que uma semana seja um bom prazo. Até o dia do nosso rompimento.

Hum, boa solução. Ela sem dúvida está levando o assunto a sério.

— Perfeito. Faz sentido.

— E então nós voltamos a ser amigos. Promete?

— Claro — eu digo, estendendo o dedo mindinho para selar a promessa. Eu não faço essas promessas usando o dedinho, porque isso não pega bem para um cara, para ser franco. Por outro lado, agora parece ser uma ótima hora para começar, então nós enganchamos nossos dedinhos um no outro.

— Isso é vital — Charlotte diz enfaticamente enquanto nós unimos os dedos e então os separamos. — No final do prazo, vamos retomar nossa convivência de amigos imediatamente.

— E nada de dormirmos juntos — eu acrescento. — Porque isso deixa as coisas muito esquisitas.

— Concordo. E outra: nada de situações esquisitas. Essa é mais uma regra.

Aceno veementemente que sim com a cabeça e faço um movimento de cortar o ar com a mão aberta.

— Eu odeio esquisitices. Vamos evitar esquisitices a todo custo.

— Além disso, não vamos mentir um para o outro.

— Totalmente de acordo com relação a isso.

— Muito bem, vejamos, então. — Charlotte faz as contas usando os dedos. — Nós não vamos ter anal, nem vamos dormir juntos, nada de esquisitices e nada de mentir. Fazemos isso por uma semana e depois voltamos a ser amigos.

— Esquecemos alguma coisa?

Ela me olha como se eu fosse louco.

— Bom... Tem mais uma coisa, sim, Spencer.

— Diga logo. O que é?

— O óbvio, ora. Não nos apaixonarmos. Dãã — ela responde, com desprezo absoluto pela ideia.

— Ah, é disso que está falando — comento, também com total desdém. — Como se uma coisa dessas fosse possível!

— Isso jamais vai acontecer. Jamais.

— Não existe a menor possibilidade. Absolutamente nenhuma.

Nós dois concordamos, balançando a cabeça afirmativamente em total acordo a respeito da questão. Então Charlotte leva as mãos à camiseta e faz menção de tirá-la.

— Ei, ei! — eu levanto uma mão indicando-lhe que pare.

— Você não está pronto?

— Em primeiro lugar, eu já nasci pronto. Em segundo, eu sempre estou mais do que pronto quando se trata de entrar em ação — eu digo, indicando com a cabeça o volume entre as minhas pernas para reforçar minhas palavras. — Aliás, eu já estou inacreditavelmente pronto há mais ou menos quarenta e oito horas. — isso a faz rir. — Mas você sabe, ainda resta providenciar alguns detalhes. Colocar uma música e coisa e tal.

— Ah, claro! — Ela dá um tapa na própria testa. — O clima. Temos que entrar no clima.

— Nós já estamos no clima. Mas pode dar a isso o nome que quiser.

Charlotte se levanta e agita um dedo no ar.

— Só vou fazer xixi e já volto — ela diz e sai apressada pelo corredor. Ela toma a direção do banheiro da minha suíte em vez de ir ao banheiro de visitas. Ah, que seja. Quem liga?

Eu dou um clique no meu aplicativo de música, deixo no ponto alguns títulos sensuais e ardentes — parecidos com os que tocavam no bar em que estivemos na noite passada —, pego a minha carteira e retiro dela um preservativo. Jogo o preservativo em cima da mesa e ele escapa por entre os meus dedos com facilidade.

Então eu percebo que as palmas das minhas mãos estão suadas.

Puta merda.

Eu estou nervoso!

Estou nervoso como o diabo e isso não é nada aceitável. Eu não sou do tipo que fica nervoso antes do sexo. Meu desempenho na cama é brilhante, eu sou um astro entre lençóis. Eu esbanjo confiança e habilidade e sou garantia de satisfação para as minhas parceiras. Vou proporcionar a Charlotte nada mais, nada menos que o meu melhor desempenho. Não espero nada menos do que isso. Respiro fundo e deixo que os meus pulmões se encham de ar. Endireito os ombros e digo a mim mesmo que eu sou um amante magnífico. Que isso é o que eu sei fazer de melhor, é o meu maior talento. Sou especialista no assunto. Vou apresentar a Charlotte um mundo de prazeres que ela jamais conheceu em toda a sua vida.

Vou até o interruptor de luz, diminuo a iluminação de teto e, quando me viro para voltar, vejo Charlotte na sala, encostada na parede.

Ela está vestindo uma das minhas camisas brancas de botões e nada mais que eu possa ver.

Eu fico paralisado.

Não consigo respirar. Não consigo nem mesmo piscar. Tudo o que consigo fazer é ficar parado, olhando fixamente para essa figura maravilhosa. Seu cabelo loiro caindo em ondas sobre a minha camisa. Suas mãos encostadas nos botões, como se não tivesse certeza do que fazer com eles. Suas pernas fortes, nuas, espetaculares. As bordas da camisa a cobrindo. Eu não sei se ela ainda está de calcinha, mas terei todo o tempo do mundo para descobrir.

Cada átomo do meu ser vibra e pulsa. Preciso tocar todo o incrível corpo dela. Beijar cada centímetro de sua pele. Lambê-la, prová-la, comê-la.

E *satisfazê-la*.

— Está tentando me seduzir? — pergunto, caminhando em sua direção.

— Sim — ela sussurra com voz sensual. — Está dando certo?

Faço que sim com a cabeça.

— Mas não é assim que as coisas funcionam.

Charlotte já estabeleceu regras e tomou decisões, mas agora chega. Nós estamos nos meus domínios. Percorro com o olhar todo o corpo dela, da cabeça aos pés, lentamente, descaradamente. Sua respiração se acelera e os olhos dela brilham de desejo.

— O que você quer dizer com isso?

— Não é você que deve me seduzir — respondo. Acaricio seu rosto com as costas dos dedos e ela estremece ao meu toque. Estou assumindo o controle. — Eu devo seduzir você.

Capítulo 16

GRANDES PODERES TRAZEM GRANDES RESPONSABILIDADES.

Já não é segredo o fato de que eu sou bem-dotado. Charlotte já notou isso e ela nem me viu sem roupa ainda. Mas essa é a chave do sucesso para quem possui um pênis muito maior do que a média: você não pode sair por aí balançando a sua coisa como se fosse um taco. Você tem de tratar seu pênis premiado como um técnico de futebol trata o artilheiro do time. Um pênis com poder de fogo superior é a sua arma secreta e vale ouro se você sabe como usar os outros integrantes da equipe. Em outras palavras: o pênis jamais deve ser a estrela do espetáculo.

A mulher é que deve ser o centro de tudo e ficar em evidência, e você tem de fazê-la sentir-se dessa maneira do princípio ao fim. Estimule-a do modo certo. Use todas as suas armas — mãos, dedos, boca, língua, palavras.

Felizmente eu sei empregar muito bem todos os recursos que acabo de citar e pretendo mostrar a Charlotte todas as minhas habilidades.

Começando pelas palavras.

— Tenho uma confissão a fazer — eu digo.

— Sim?

— Sei que você queria provar que ainda podemos ser amigos quando estávamos assistindo à televisão, mas eu não estava me sentindo tão seu amigo assim.

— Por que não? — ela pergunta, com uma expressão ligeiramente preocupada no rosto.

— Sabe, eu não senti a menor amizade por você quando me perguntei como seria sentir o gosto da sua boca — eu sussurro, e a preocupação nos olhos dela dá lugar a um brilho de excitação. Seu peito se estufa e se esvazia, subindo e descendo, como se cada respiração estivesse repleta de ansiedade pelo que está por vir.

Eu seguro o rosto dela em minhas mãos, encosto minha boca na dela e então a beijo.

Como uma provocação. Uma provocação suave, lenta e demorada, que fará exatamente o que eu prometi a ela que um beijo faria. Eu esfrego meus lábios nos dela, provando-a, tomando posse de sua boca, e só depois deslizo a língua por entre seus lábios vermelhos e ávidos.

Este não é o nosso primeiro beijo, mas é o primeiro que não está sujeito a ser abortado. É um beijo completo, que cumprirá o seu percurso até o fim.

Seus seios pressionam o tecido da minha camisa. Logo, logo eu darei atenção a eles. Vou conhecer bem de perto e nos mínimos detalhes os fabulosos peitos de Charlotte, e então dedicarei cada glorioso segundo do meu tempo a explorar minuciosamente o corpo dela.

É assim que eu a beijo. Como uma promessa do que está por vir.

Do que ela terá.

Várias vezes.

Quando interrompo o beijo, passo o dedo polegar pelo lábio superior dela, como se estivesse marcando meu território. Ela engasga quase imperceptivelmente.

— Você tem gosto de bala de cereja, tequila e pecado — eu lhe digo, enquanto minha mão passeia pelo pescoço dela e meus dedos alisam a pele macia e delicada de sua garganta. — E agora que provei o seu gosto, quero te ver toda, inteira. Quero ver você nua. Durante todos esses dias, fiquei o tempo todo imaginando o seu corpo nu.

— Tire minha roupa, então — ela murmura numa súplica.

— Pedindo assim, com tanta gentileza... — eu digo, deixando minha voz sumir no ar enquanto abro o primeiro botão da camisa, e depois o seguinte. Sinto-me meio atordoado com a expectativa de não apenas ver os seios dela, mas também de tocá-los, senti-los, beijá-los. Tudo ao meu redor parece vibrar. A antecipação tem seu próprio ritmo e é como uma alma aqui dentro do apartamento conosco. Eu quero que esse momento fique registrado na minha memória para sempre. Para jamais esquecer qual foi a sensação de tirar minha camisa de Charlotte.

Ela corre a língua pelos lábios e eu a vejo estremecer. Há fogo em seus olhos. Ela é como um lindo pássaro preso em uma gaiola, ansioso e agitando as asas, louco para ganhar a liberdade.

E eu serei o seu libertador. Vou garantir que ela escape e se entregue totalmente, numa experiência única para nós dois.

Eu solto mais um botão da camisa e roço as pontas dos dedos no contorno dos seus seios.

Charlotte engasga, eu deixo escapar um gemido e nós dois rimos ao mesmo tempo por termos percebido isso juntos — porque é mais que evidente que ela adora ser tocada por mim e que eu adoro tocá-la. Mesmo depois de soltar os botões na altura dos seios, eu não abro de vez a camisa. Vou esperar até que cada bendito botão esteja aberto. Quero que o momento seja uma verdadeira revelação de sua beleza nua, porque eu sei, mesmo sem tê-la visto ainda, que ela é uma mulher espetacular.

Quando alcanço o último botão, deixo meu dedo deslizar por sua pele macia e a ouço gemer baixinho.

Libero o último botão que prendia a camisa e dou um passo para trás a fim de admirar Charlotte. Estou completamente subjugado pela mulher diante de mim. Ela sempre foi linda, mas aqui, esta noite, com a luz da lua entrando pela minha sacada e iluminando-a enquanto ela está de pé, encostada à parede branca da minha sala, ela está mais do que linda.

Charlotte é um anjo que veio pecar comigo.

Minha camisa está semiaberta no corpo dela, revelando uma longa e sensual linha desde a garganta, passando pela região entre os seios, até chegar ao umbigo. A calcinha cor-de-rosa com laço que ela está usando é de cintura baixa. Com as mãos na altura do colarinho da camisa, começo a deslocar o tecido para os lados, desnudando seus ombros, e paro brevemente para beijar sua clavícula. Depois continuo baixando a camisa, e beijo seus braços, palmo a palmo. Paro para beijar a curva do cotovelo e prossigo assim até chegar aos pulsos dela.

Charlotte por fim descarta a camisa com um suspiro alegre. A roupa cai no chão e eu quase sofro uma parada cardíaca com a maravilha que vejo diante de mim. Meu Deus, despi-la é como desembrulhar um presente. Desatar o laço, começar a abrir a embalagem e descobrir que o que está em seu interior é ainda melhor do que você sonhava que seria na manhã de Natal.

A beleza de Charlotte é incomparável. Ela é simplesmente divina.

Seus seios são redondos e cheios e os bicos são duros, salientes. Seu abdome é liso e seu quadril foi feito para que eu o agarre quando mergulhar dentro dela. O simples pensamento de pegar esses quadris enquanto a penetro faz meu membro ficar duro como aço.

Porém os peitos dela estão bem ao meu alcance, agora, e são o centro da minha atenção imediata. Minhas mãos se fecham ao redor deles. Charlotte geme no segundo em que os toco, tombando a cabeça para trás.

— Quer saber quais são as outras coisas que me imaginei fazendo com você? Quero dizer, coisas que um amigo não deveria pensar em fazer? — digo ao ouvido dela num sussurro rouco, enquanto acaricio a carne macia ao redor dos seus mamilos.

— Quais são? — ela pergunta, com a voz alterada pela excitação de ser tocada num ponto tão sensível.

— Eu fiquei imaginando se você iria gostar da minha boca em seus seios, tanto quanto eu adoraria tê-los. Eu vou amar isso, com toda certeza. — Inclino-me para trás subitamente e olho direto nos olhos dela. — Você gostaria?

Ela faz que sim com a cabeça no mesmo instante. Esse desespero me atinge como uma descarga elétrica. A resposta dela é como um sonho e é justamente isso que eu quero que ela sinta — que esta noite ao meu lado será absolutamente única e incomparável. Muito melhor do que ela imaginava.

Eu quero que a realidade supere toda e qualquer fantasia que ela tenha criado.

Principalmente porque a Charlotte dos últimos dias não está aqui agora. Aquela que queria me provocar, que subiu em cima de mim no táxi, que sussurrou ao meu ouvido coisas obscenas e pesadas — aquela Charlotte não apareceu. Ah, ela não está longe, tenho certeza. Mas em seu lugar está uma Charlotte mais doce, mais vulnerável, e é isso que eu quero esta noite.

Assim eu posso conduzi-la.

Assim eu posso mostrar a ela.

Assim eu posso tê-la plenamente.

Aproximando a boca de um dos seus peitos, eu tomo o precioso bico em meus lábios. Ela deixa escapar um leve gemido e mergulha as mãos em meu cabelo. Seus dedos se enterram ainda mais fundo nele quando eu chupo o seu mamilo absolutamente delicioso e então o aperto delicadamente com meus dentes. Quando massageio seus peitos macios, uma série de imagens invade a minha mente e eu fico imaginando como seria bom encaixar o meu pênis no meio deles algum dia. Estes seios foram feitos para serem fodidos. Na verdade, essa é uma região muito sensível em Charlotte; basta tocar nela com a minha língua para que ela se derreta de prazer.

Eu poderia passar horas a fio fodendo essas belezas. Mas não esta noite, porque isso seria para o meu prazer. E hoje, a noite será toda dedicada ao prazer de Charlotte.

Mudando de posição, passo a dedicar minha atenção ao outro seio, dando-lhe o mesmo tratamento generoso, acariciando-o avidamente com a língua. Os ruídos que saem da boca de Charlotte são a resposta para a pergunta que eu havia feito a ela — se ela gostaria que eu fizesse isso. Ela diz "sim" cada vez que sua respiração se altera quando eu a lambo ou a beijo.

— Então você gosta mesmo disso tanto quanto eu gosto?

— *Siiiiiim!*

Isso é música para os meus ouvidos. Foi um sim convincente e consistente. E muito safado.

Colado ao corpo dela, eu me movimento lentamente, centímetro por centímetro, beijando sua barriga, passando a língua por seu quadril. Ela se mexe e geme ao meu toque, respirando de modo acelerado enquanto eu provo cada centímetro de sua pele.

Quando me delicio lambendo um círculo em torno do umbigo de Charlotte, cresce ainda mais em mim o desejo de tornar esta noite incrível para ela. Quero que ela se sinta venerada e comida ao mesmo tempo.

Descendo por seu corpo, minha língua explora a borda de sua minúscula calcinha cor-de-rosa. Charlotte estremece quando a toco abaixo da linha do cós. Estou muito próximo de sua vagina e este é o único lugar onde quero estar agora. O único lugar em toda a porra do universo. Eu passo os polegares através do fino cós da calcinha e então ela chama o meu nome.

— Spencer...

Eu olho para cima.

— Não quer tirar a sua camiseta?

Com um rápido movimento eu me livro dela e as mãos de Charlotte se pousam em meus ombros nus. Ser tocado por ela é uma sensação fantástica, mesmo que ela esteja apenas se apoiando em mim. É tudo o que eu quero ser — o cara que lhe dá equilíbrio enquanto a enlouquece com a língua. Eu abaixo a calcinha até a altura de suas coxas; pela primeira vez, vejo-a totalmente nua e saboreio cada maravilhoso segundo dessa revelação. Eu engulo em seco no momento mágico em que seu sexo surge diante dos meus olhos, com pelos claros sobre a pele rosada.

Pelos loiros naturais.

Mergulho o nariz neles e inalo seu perfume. Estou prestes a prová-la. Estou bem perto de percorrer com a língua a região íntima da minha melhor amiga e jamais, em toda a minha vida, senti tanto tesão quanto agora.

— Agora você acredita em mim?

— Acreditar em que, Spence? — A voz dela soa frouxa, instável.

— Que estou atraído por você.

— Eu acredito — ela responde, com a respiração ofegante.

— É mais do que atração, Charlotte. Estou louco para provar você, e é melhor você não duvidar disso nem por um segundo. É só olhar para mim aqui, de joelhos, tirando a sua calcinha para afundar o rosto no meio das suas pernas — digo, e ela projeta o quadril contra mim.

— Nunca mais vou duvidar disso. Juro, nunca mais! — ela diz, desesperada para que a sessão de carícias continue.

Eu a beijo no ponto logo acima do clitóris. Seus gemidos não deixam nenhuma dúvida: ela está queimando.

E eu também.

Faço a calcinha escorregar até os tornozelos dela e, com as mãos nos meus ombros, Charlotte se livra da peça com os pés. Ergo a cabeça e me deparo com o olhar dela, transbordante de desejo, assim como o meu. Chega de palavras. Chega de jogos. A espera terminou.

Eu espalmo minhas mãos entre as pernas dela, abrindo-as mais, e um grunhido de prazer escapa da minha garganta quando enfim o próprio paraíso surge diante dos meus olhos — a maravilhosa, deliciosa e úmida vagina de Charlotte.

E o seu lindo clitóris já anseia por mim, pulsante, inchado, quente.

Em instantes a minha língua já está sobre seu clitóris intumescido, estimulando-o com avidez, e Charlotte libera o mais glorioso gemido que eu já ouvi na minha vida. Eu agarro suas coxas, segurando-as enquanto beijo sua doce vagina. Eu poderia pegar mais pesado agora mesmo. Colocá-la em várias posições, como um amante faminto e descontrolado. Por mais que eu queira devorá-la, preciso respeitar o ritmo dela para saber se ela gosta de fazer rápida e furiosamente ou se prefere que a coisa se intensifique aos poucos. Com a minha língua explorando o clitóris de Charlotte, eu a toco no lugar onde ela mais quer ser tocada. A julgar pela força com que os dedos dela se enroscam no meu cabelo, ela não precisa de muito mais do que a ponta da minha língua para ser feliz.

Ela tem gosto de sexo, sonho e luxúria e está inundando a minha boca a cada investida que faço com a língua. Eu não estou apenas pegando fogo; eu sou um vulcão. Há lava correndo em minhas veias e meu corpo inteiro arde em desejo. Minha vara provavelmente já bateu o recorde mundial de rigidez e está forçando e empurrando o zíper do meu jeans.

Eu preciso me perder dentro dessa mulher. Preciso me impregnar com a essência dela. Quero que sua umidade cubra meu queixo, minha mandíbula, todo o meu rosto. Quero que lambuze todo o meu maldito nariz!

Usando os meus dedos, eu alargo a sua abertura e deixo a língua correr por suas dobras lubrificadas. Ela geme de prazer.

— Oh, Deus! Assim, Spence!

Ela não diz muito mais do que isso nos minutos seguintes, enquanto eu devoro a sua doce vagina pecaminosa e descubro o que a agrada. Colada em mim, Charlotte balança o corpo, remexendo os quadris com uma fúria que reflete o ritmo frenético de sua respiração irregular. Quando eu a penetro com a língua, ela crava as unhas nos meus ombros.

Quando volto a estimular o clitóris com a boca, Charlotte empurra o quadril para a frente e cola ainda mais em mim.

Eu introduzo um dedo em sua vagina. Ela canta.

Ela simplesmente canta, porra.

— Oh, Deus! Oh Deus, oh, oh, oh, oh Deus!

Charlotte praticamente só diz isso o tempo todo; não é capaz de articular nada mais elaborado que isso, o que é impressionante. É incrível saber que ela nem mesmo consegue falar quando faço sexo oral nela, que de tão transtornada de prazer ela só consegue produzir gemidos e lamentos.

Seus gemidos se transformam em um grito alucinado e ela transa freneticamente com o meu rosto. Ela solta meus ombros e agarra a minha cabeça, controlando-me enquanto eu sorvo com a língua até a última gota de sua doçura quando ela goza na minha boca.

Ela é bem melhor do que eu imaginei em meu sexo solitário sob o chuveiro.

Muito melhor do que nas minhas fantasias.

Ela é bem real e está inteira aqui, e o orgasmo dela está em meus lábios e em todo o meu queixo.

Estou feliz pra caramba e excitado como nunca!

Eu me levanto e passo um braço por trás de sua cabeça. Sinto o corpo dela sacudir. Charlotte está tremendo da cabeça aos pés.

Então eu digo a ela aquilo que não pude dizer na noite passada, dentro do táxi:

— Meu Deus, Charlotte, eu quero foder você até morrer! Quero tanto!

Ela me responde com as três palavras que um homem mais quer ouvir na vida: "Eu quero você". Não, espere aí. Eu contei errado. Na verdade são quatro palavras, porque ela adicionou mais uma: "Eu quero você demais".

Capítulo 17

EU ERGO O CORPO QUENTE E FLEXÍVEL DE CHARLOTTE E A carrego até a mesa da minha sala de jantar. Acredite em mim, essa não é uma decisão impensada, tomada no calor do momento.

A verdade é que eu considerei todas as posições possíveis e, por fim, escolhi essa.

A posição "papai e mamãe" — apesar de fantástica — não vai impressioná-la na nossa noite de estreia. Charlotte também não pode ficar por cima, porque eu preciso estar no controle. E está fora de cogitação comê-la por trás ou deixá-la de quatro quando for penetrá-la pela primeira vez. Quero ver o rosto dela enquanto a possuo. Quero ver os lábios dela se abrindo quando ela começar a perder o chão e quero ver seus olhos quando ela atingir o clímax.

Acomodo gentilmente seu traseiro nu na beirada da mesa e os olhos dela se arregalam quando ela começa a se dar conta do que irá acontecer. Por um segundo eu tenho vontade de lhe perguntar se ela e Bradley fizeram sexo em outro lugar que não fosse o quarto, mas a vontade passa rapidamente, porque eu não dou a mínima. Ela agora é minha e aquele cara nunca mais vai pôr as mãos nessa mulher maravilhosa e estonteante. Ele estragou tudo com Charlotte e eu nunca vou me cansar de agradecer por isso.

— Espere aqui — digo abruptamente antes de voltar à sala para pegar o preservativo.

— Tudo bem, eu não estava mesmo pensando em ir a lugar nenhum — ela comenta distraidamente, fazendo-me sorrir. Eu adoro o humor cínico que sempre a acompanha.

Quando volto, eu desabotoo minha calça jeans, abro o zíper, abaixo a calça até tirá-la e a jogo de lado. Charlotte mordisca o lábio inferior. Quase imediatamente, suas mãos ansiosas começam a abaixar minha cueca boxer.

Quando Charlotte tira o meu pênis para fora, ele bate continência para ela. Os olhos dela se arregalam. Muito.

— Uau, puta merda — ela murmura, tapando a boca com a mão.

Eu rio discretamente e então retiro os dedos dela de cima da sua boca.

— Sim, vai caber — eu digo, respondendo à pergunta que sei que está na ponta da língua dela.

— Como você sabia que eu ia perguntar isso?

Eu não respondo. Em vez disso, coloco a embalagem de preservativo perto dela na mesa e faço outra pergunta.

— Quer saber por que eu disse isso?

— Por quê?

— Porque você está tão lubrificada que ele vai entrar em você sem dificuldade — respondo sorrindo. — Por que não toca nele?

Charlotte suspira e, com uma expressão cheia de malícia, fecha a mão em torno da minha ereção. Eu deixo escapar um grunhido depravado de prazer. Ela percorre toda a extensão do meu membro com a mão, para cima e para baixo, e esse toque me enlouquece. Todo o meu corpo se incendeia quando ela o acaricia. Eu estou de pé, entre as pernas dela, e Charlotte está sentada na beira da mesa, nua e cheia de entusiasmo depois de seu primeiro orgasmo. Esse momento não poderia ser mais perfeito.

Nós brincamos assim por mais um minuto, com seus dedos ágeis explorando o meu mastro. A deliciosa fricção de suas mãos chega a arrancar rosnados das profundezas do meu peito. Quando Charlotte umedece a cabeça do meu membro, eu chego ao meu limite.

— Preciso penetrar você — eu digo, e passo a mão pelas coxas dela, abrindo-lhe mais as pernas. Pego o preservativo, abro a embalagem com cuidado e o coloco em mim.

Uso o quadril para afastar um pouco mais as pernas dela e começo a empurrar a cabeça contra sua vagina lubrificada. Seus olhos se arregalam e ela projeta o corpo para a frente, chamando-me.

Eu enrosco as mãos no cabelo dela, segurando a parte de trás de sua cabeça.

— Coloque dentro de você! — digo a Charlotte num tom de voz severo, apressado, incontestável.

Usando uma mão, ela esfrega a cabeça do meu pênis em seu clitóris e então começa a introduzi-lo dentro de si, centímetro por centímetro. Eu deixo que ela dite o ritmo. A certa altura, ela respira bem fundo.

— Está doendo? — pergunto.

Ela faz que não com a cabeça, solta o meu pênis e passa os braços em torno do meu pescoço.

— Não, não está doendo. Está bom demais.

Essa é a minha deixa. Daqui em diante eu a penetro devagar, com calma. Então paro de me mover para curtir a sensação de estar dentro dela.

Porque... Putz! Minha nossa!

Cacete!

Puro e absoluto êxtase.

Simplesmente demais.

Sim, é tudo real. Eu estou aqui, vivendo este momento.

Como ela é quente! Tudo, absolutamente *tudo isso* é inacreditavelmente bom.

Os dedos dela se enroscam em meu cabelo. Eu abraço o seu quadril e volto a me mover, com cuidado, dando-lhe tempo para se ajustar. Observo a concentração nos olhos castanhos de Charlotte enquanto ela vai se acostumando a mim. Seguindo os seus sinais, movimento meu membro de maneira lenta e cuidadosa dentro dela, até que ela relaxa completamente. Ela abaixa os joelhos, sua boca se descontrai e ela sorri.

Finalmente ela olha bem nos meus olhos e sussurra:

— Vem, me fode!

Estas três palavras me incendeiam imediatamente.

Começo a fodê-la de verdade e ela responde às minhas investidas projetando o corpo para a frente, investindo também. Penetro mais fundo nela e Charlotte ergue o quadril para me receber. Nós entramos no mesmo ritmo, em sincronia. Mais do que isso: nós agora nos movemos como um só.

Eu tento captar cada sensação em nossa primeira vez. O rubor que colore a pele do seu peito. O perfume da loção de baunilha em seus ombros. Os ruídos que ela produz, de mulher dando vazão aos seus instintos.

Seus lábios estão intumescidos e entreabertos, e implorando para serem beijados. Eu abaixo a cabeça e logo alcanço a sua boca, e colo meus lábios aos de Charlotte ao mesmo tempo que me movimento dentro dela em estocadas vigorosas. Nós nos beijamos — com fúria, com ferocidade, com entrega total. Seus suspiros me fazem acreditar que ela está em outro mundo, mas deve ser o mesmo mundo em que eu estou agora.

Deslizo as mãos por baixo das coxas dela e ela levanta mais as pernas.

— Cruze as pernas por trás de mim — eu peço.

Charlotte prende os tornozelos nas minhas costas.

— É assim que quer? — ela diz.

— É assim mesmo que eu quero — repito, e então fecho os olhos, sentindo que não conseguirei aguentar por muito mais tempo. Os músculos da minha coxa se contraem e eu só consigo pensar em uma coisa: como seria fantástico gozar dentro dela. Porém eu me controlo quando ela começa a mover os quadris mais rápido.

Eu a penetro com mais vigor e mais profundamente, acertando algum ponto dentro dela que desencadeia uma reação. Charlotte engasga e estremece. Ela me aperta mais forte com seus calcanhares cruzados e está feito. Ela está no seu limite e se aperta e se aninha contra mim. Grudada em meu corpo, ela se contorce e se sacode e começa a perder o controle.

— Oh, Deus! Oh, Deus! — ela exclama em gemidos cada vez mais selvagens, cada vez mais intensos, que ecoam em meus ouvidos.

O corpo de Charlotte é como água e também como fogo. Ela é todos os elementos, uma mulher por inteiro, vulnerável e forte ao mesmo tempo, transbordando feminilidade.

Ela grita — um grito longo, sem fim, baixo, porém poderoso. Como um lamento impressionante. Ela agarra fortemente o meu pescoço com as mãos, exigindo mais, buscando mais. De repente, sem aviso, seus lábios estão em meu ouvido e, como se precisasse de confirmação, ela sussurra:

— Estou gozando, estou gozando! Estou gozando!

Como um canto.

Porra, eu estava errado quando pensei que este momento não poderia ser mais sensual. Ele foi. Ele continua sendo. Ouvi-la dizer isso ao meu ouvido, ouvi-la dizer que chegou lá, mesmo que eu já soubesse disso, é a experiência mais intensa de todas. Porque ela simplesmente *precisou* dizer isso.

Eu me junto a Charlotte, fodendo-a com vigor redobrado, acelerando os movimentos até finalmente gozar dentro dela.

Um minuto depois, quando nossa respiração volta ao normal, eu me preparo para enfrentar o constrangimento que deve se instalar. Mas isso não acontece. Não acontece quando eu saio dela, tiro a camisinha e a jogo na lata de lixo. Não acontece quando me volto para Charlotte e beijo suas pálpebras. Não acontece quando ela vai ao banheiro para se limpar. E também não acontece quando eu lhe pergunto se ela quer ver outro episódio, assim que ela volta para a sala.

Ainda nua.

Nós assistimos a outro episódio em que Castle e Beckett tentam solucionar um assassinato.

Voltamos a ser quem éramos, mastigando ursos de gelatina, bebendo mais margaritas e tentando desvendar tramas, até que eu a puxo para mim e o Viagra inerente a Charlotte faz efeito novamente. Damos então início ao segundo round, desta vez no sofá, e não demora muito para que eu ouça minha nova canção favorita quando Charlotte faz outra vez aquele lance de encostar os lábios no meu ouvido para me avisar que está gozando.

Depois nós apagamos e eu acordo com Fido executando a sua ladainha, como um disco arranhado, para me avisar que está com fome. Charlotte está aninhada em meus braços e dormindo profundamente, enquanto o sol da manhã entra pela sacada.

Parece que nós já quebramos uma das nossas regras principais.

Capítulo 18

EU RECEBO O BAT-SINAL NO INÍCIO DA TARDE, DEPOIS DE dois dias gloriosos transando sem parar, ou quase sem parar, pois fizemos pausas ocasionais para trabalhar e para algumas poucas horas de sono.

O alerta chega a mim via mensagem de texto, quando estou correndo na avenida West Side:

Na academia do meu prédio. Dipstick está aqui. Está olhando para o meu anel.

Eu farejo a oportunidade, como um cão. Para começar, foi por causa de Bradley que Charlotte aceitou se passar por minha noiva, para se livrar dos presentes detestáveis dele e para iniciar sua astuta vingança. Ele a perdeu, graças a Deus. Ainda assim, ele não passa de escória e, pelo visto, eu vou ter de lhe esfregar o fracasso na cara.

Mudo de direção e começo a atravessar a cidade correndo, esquivando-me dos passantes: homens de terno, mulheres de vestido, operários da construção e tantos outros tipos que se encontram em Nova York nesta terça-feira à noite. Meu destino agora é Murray Hill. Quando chego ao prédio de Charlotte, com a respiração acelerada e filetes de suor descendo pelo peito, eu digo ao porteiro que vim vê-la. Ele me deixa entrar, pois estou na lista de visitantes que têm autorização para entrar a qualquer hora. Pego o elevador e sigo para o andar da academia.

Em questão de segundos eu a encontro. Ela está correndo em uma esteira elétrica, em baixa velocidade, e Bradley a observa enquanto pedala uma bicicleta ergométrica.

Faço contato visual com Bradley, aceno rapidamente com a cabeça na direção dele e vou até onde Charlotte está se exercitando. Depois que aperto o botão que faz a máquina parar, começo a beijá-la com vontade. Ela não está me esperando, mas não pergunta nada. Ela entra no jogo, retribuindo meus beijos com fome, com entrega. Estamos a um passo de partir para carícias mais íntimas quando Charlotte salta da esteira, me abraça e me convida para subir até seu apartamento para uma rapidinha antes de irmos ao The Lucky Spot.

É isso aí. Você sempre pode contar com o Capitão Noivão.

Antes de sair do recinto, dou uma olhada em Bradley. Ele está reclamando com as paredes e parece bem nervoso.

Bem... paciência.

O que eu posso fazer? A mulher me quer agora, poxa.

O BAT-SINAL SEGUINTE VEM DA MINHA MÃE, HORAS MAIS TARDE, QUANDO estou trabalhando no pequeno escritório nos fundos do nosso bar, cercado por caixas de guardanapo para aperitivo e por armários onde armazenamos nossas bebidas mais caras.

A princípio parece que ela está me enviando um convite por meio de mensagem de texto.

Olá, querido! Nós temos entradas para a reapresentação de Um Violinista no Telhado *amanhã à noite. Duas sobrando. Quer ir conosco e levar Charlotte? Nós todos podemos ir ao Sardi's antes.*

Dizer que eu não sou fã de musicais seria muito pouco. Na verdade, eu estou bem surpreso que minha mãe tenha me convidado, porque todos na família conhecem as desculpas deslavadas que sempre dei para escapar de convites para todo e qualquer evento que envolvesse números musicais; desculpas essas que vão de *"estou esperando a tinta dessa parede secar"* a *"estou ocupado reorganizando minhas gravatas"* ou até *"não dá, porque tenho, ahn, um trabalho voluntário a fazer em favor dos... bancários aposentados."*

Mas nenhuma dessas desculpas passa da minha cabeça aos meus dedos para ser digitada, porque a primeira coisa que me vem à mente é que Charlotte adora a Broadway. Saio do escritório e a encontro preparando drinques na ponta do balcão.

— Perguntinha sinistra — eu digo quando a abordo. — Você quer ver *Um Violinista no Telhado* amanhã? Comigo?

Ela olha bem para mim e então põe a mão na minha testa.

— Com febre você não está, Spencer.

— Estou falando sério.

— Talvez a gripe ainda esteja no começo.

— É verdade, sério mesmo.

— Melhor levar você ao médico para ser examinado ou esperamos até começarem os primeiros espirros e dores?

Dou uma leva batida no meu relógio com o dedo indicador.

— Esse convite expira em cinco segundos. Cinco, quatro, três...

— Sim! — ela diz rápido, batendo palmas. — Sim, eu quero ir. Vai ser incrível. Não vou nem perguntar onde foi parar a sua coleção de desculpas. Só sei que não quero perder a oportunidade.

— Ótimo — eu digo e me aproximo mais para dar um rápido beijo em sua bochecha. No meio do caminho, porém, eu me detenho.

Vejo o pânico se insinuar nos olhos de Charlotte. Ela faz um ligeiro aceno com a cabeça, como que me indicando alguma coisa. Jenny está aqui, assim como os garçons e garçonetes da casa, atendendo os clientes.

Merda.

O que é que eu estava fazendo? Eu não sou avesso a demonstrações públicas de afeto, mas não aqui no trabalho, com clientes, gerente e funcionários circulando.

— Desculpe — eu murmuro.

Em seu posto, preparando uma vodca com tônica, a morena Jenny ergue as sobrancelhas muito bem-feitas, mas não diz nada. Charlotte não está usando seu anel aqui, mas a reação de Jenny me leva a suspeitar que nossos funcionários possam ter percebido a mudança, assim como os animais conseguem detectar a aproximação de uma tempestade. Mas será que o nosso pessoal sabe que seus chefes estão transando? Será que eles podem adivinhar que é um lance temporário? Meu cérebro dispara uma pergunta após a outra: estou perto demais de Charlotte? Estou olhando para ela de um modo que não deveria? Pela maneira como olho para a minha sócia, será que fica óbvio que eu a estou imaginando nua e me implorando para cair de boca em cima dela agora?

Balanço a cabeça, expulsando os pensamentos lascivos. E tento minimizar a importância do meu deslize.

— Nós quase quebramos outra regra — eu comento apenas para Charlotte ouvir.

— Qual delas?

— Evitar esquisitices.

Ela ri e dá uns tapinhas de consolo no meu ombro.

— Não esquenta, Holiday. Não tem nada de esquisito nisso. — Ela baixa a voz e fala apenas para que eu ouça. — Foi adorável, na verdade.

Ah, que droga, agora eu estou ficando com vergonha. Porque...

Espere aí. *Que diabos está acontecendo?*

Eu devo mesmo estar com febre. Eu concordei em encarar toda aquela dor e sofrimento do teatro musical e agora me taxam de adorável. Isso não é legal. Não é aceitável. Quando eu estiver comendo Charlotte por trás, hoje à noite, ela vai descobrir que não sou nada "adorável". Eu sou simplesmente viril e rude.

— Que ótimo — eu respondo, batucando tranquilamente no balcão com as costas dos dedos, como se uma atitude descontraída pudesse retirar o meu nome da lama. — Então nós vamos amanhã, só porque você quer ir.

Meu celular vibra mais uma vez. Eu o apanho e meus ombros murcham quando leio:

Os Offerman vão estar lá também :)

Eu me volto para Charlotte.

— Foi uma cilada — digo, e então explico do que se trata.

— Tudo bem — ela comenta, sorrindo com confiança. — Eu não me importo com isso — ela se inclina para mais perto de mim e sussurra. — Deixe que venham com a gente. Na verdade, tem sido mais fácil bancar a sua noiva nos últimos dias.

— Por quê?

— Pelo jeito como você me fode a noite inteira — ela responde baixando ainda mais a voz.

Uma onda de luxúria me atinge e eu penso em levá-la para o escritório, trancar a porta e transar aqui no trabalho mesmo.

Mas Jenny a chama e eu volto para o computador levando apenas a minha mais nova ereção.

Enquanto respondo aos e-mails dos fornecedores, ocorre-me que o comentário de Charlotte sobre eu ser adorável devia ter feito com que eu me sentisse estranho. Porém, ele não me incomodou e eu me pergunto por quê.

Talvez porque Charlotte tenha parecido tão feliz por ir ao espetáculo. Diabos, levá-la à Broadway é o mínimo que posso fazer por ela, depois do desempenho fantástico que ela mostrou essa semana para ajudar a fechar o acordo com o comprador do meu pai.

Mistério solucionado. Eu gosto de fazer Charlotte feliz porque ela é minha amiga, e amigos ajudam uns aos outros.

É isso, não é? Eu hesitei, mas evitei quebrar outra regra básica.

Capítulo 19

O REPÓRTER SE JUNTA A NÓS NO RESTAURANTE SARDI'S. O nome dele é Abe. Suas feições lembram vagamente as de um cavalo e suas roupas poderiam pertencer a um irmão mais velho, pois elas parecem ser dois números mais largas. Duvido que ele possua uma carteira de motorista. Aliás, duvido até mesmo que ele já tenha começado a fazer a barba.

O rapaz bate fotos das duas famílias brindando e mordiscando aperitivos e é impressionante ver como essa reportagem especial é obviamente uma matéria paga. Deve ser por isso que a revista designou um aprendiz de repórter para o trabalho. Por outro lado, a *Metropolis Life and Times* é conhecida por ser a melhor puxa-saco do mundo do jornalismo. Prepare-se para a babação de ovo.

As fotos são tecnicamente óbvias, mas estamos bastante conscientes da presença da câmera enquanto fazemos pedidos, batemos papo e erguemos os copos para brindar a isso e àquilo, cercados pelas caricaturas em branco e preto de estrelas do teatro e do cinema, que enfeitam as paredes desta instituição da Broadway. Apenas os casais compareceram desta vez — o sr. Offerman e sua esposa, meu pai e minha mãe, eu e Charlotte. Normalmente eu provocaria a minha irmã, dizendo-lhe que ela foi banida desta noite, mas ela deve estar adorando ficar de fora deste evento prestigioso e escapar da brincadeira do "faz de conta que não sabemos que tem um repórter aqui".

Mas eu entendo por que o sr. Offerman preparou este cenário. Matérias desse tipo ajudam durante o processo de transição de um negócio, e exibir a transferência amigável de uma potência tão conhecida no ramo das joias como a Katharine's teria uma ótima repercussão entre os clientes. É claro que nós estamos tinindo de tão elegantes para as fotografias da revista. Eu estou vestindo uma camisa social verde-clara e uma gravata creme com desenhos de pandas e Charlotte está estonteante num vestido preto de manga curta com uma faixa cor-de-rosa na cintura.

— Você não trouxe as suas filhas esta noite — eu comento com o sr. Offerman depois de saborear uma azeitona. — Elas estão ocupadas com o fim do ano letivo, eu imagino? Ou não são fãs de teatro?

Ele agita uma mão no ar com desdém.

— Nós tínhamos somente seis entradas e pareceu mais importante trazer os homens.

Eu quase engasgo com outra azeitona.

— Perdão? — eu digo.

— Minhas meninas não se envolvem em questões de negócios — ele diz, bebendo de uma só vez o seu uísque antes de fazer sinal para o garçom trazer outro.

— Eu também não me envolvo nos negócios do meu pai e mesmo assim vocês me convidaram — eu argumento, chamando a atenção para a falha em sua lógica.

— É verdade, mas eu tenho certeza de que a sua opinião é mais importante do que, você sabe, a da sua...

Ele interrompe sua observação quando o repórter me dá um tapinha no ombro.

— Que tal uma fotografia sua e de Charlotte no balcão do bar? Os leitores da nossa seção social adorariam ver o casal feliz.

Sinto um nó no estômago quando me levanto da cadeira, pois sei que essa foto é uma farsa. Se for publicada on-line amanhã, logo vai perder a validade — assim que nós nos separarmos dentro de poucos dias, como combinamos. Ou talvez nunca seja publicada, porque... bem, porque nós não seremos esse "casal feliz" por muito tempo.

Enquanto nos afastamos da mesa, Charlotte me lança um olhar que indica que ela está pensando a mesma coisa. Que nós estamos passando dos limites. Nossa farsa parecia legal no início — uma maneira bem convincente de garantir que as minhas confusões românticas não prejudicariam os negócios do meu pai —, muito embora eu estivesse mentindo para a minha família. Porém mentir para todo o mundo, como eu venho fazendo, é uma manipulação deslavada e começa a me incomodar além da conta.

Mas o fim justifica os meios, digo a mim mesmo enquanto nos dirigimos ao bar. Quando falei com o meu pai pela manhã, ele me revelou que espera fechar o negócio perto do final de semana, quando a papelada toda do banco estiver pronta. Eu odeio pensar que o sr. Offerman poderia ter desistido da negociação se eu não me enquadrasse nos moldes que ele desejava. Mesmo assim, estou começando a me ver como um malandro safado e não gosto nada dessa minha faceta.

A notícia boa é que eu só precisarei mentir por mais uns poucos dias.

A notícia ruim é que Charlotte e eu só teremos mais uns poucos dias de compromisso falso.

— Sorriam para a câmera — Abe pede quando nos aproximamos do bar. As caricaturas de Tom Hanks e Ed Asner estão ao fundo.

Passo o braço em torno de Charlotte e abro um sorriso, então disfarço rapidamente e encosto o nariz no pescoço dela. Sinto o perfume de pêssegos. Dou um breve beijo em seu rosto e sua respiração se acelera. Ela se encosta mais em mim, e bingo! O que era falso se torna real novamente e esse sentimento nos arrebata. Há química entre nós. É possível até ouvir o ruído de fervura. A câmera deve ter registrado as faíscas.

Quando me afasto dela, olho para o repórter e dou um sorriso encabulado.

— Desculpa, mas não pude evitar. Ela é adorável demais — eu digo.

— É óbvio que você gosta dela — Abe diz, e então abaixa a câmera e retira um bloquinho do bolso. — Mas eu tenho que perguntar: quando isso se tornou exclusivo?

— O que disse? — eu pergunto, franzindo as sobrancelhas.

— É recente, não é? A exclusividade no relacionamento de vocês?

— É claro que somos exclusivos. Nós estamos noivos — Charlotte avisa de modo possessivo, agarrando meu braço.

— Sem dúvida que estão — o repórter responde, apontando para a joia no dedo de Charlotte. — Mas a minha pergunta foi *quando* o relacionamento de vocês se tornou exclusivo.

O rosto de Charlotte começa a ficar vermelho e eu me intrometo na conversa.

— O noivado é relativamente recente, se é o que quer saber — eu digo ao repórter.

— Bem, deve ser mesmo recente — Abe continua, como um cão farejando um osso, recusando-se a ir embora. — Você saiu na revista *South Beach Life* com uma chefe de cozinha de Miami e poucas semanas atrás eu acho que você foi visto com uma *personal trainer* famosa.

Eu e os meus malditos hábitos de playboy! Começo a ficar tenso e meus músculos se enrijecem, porque me vejo diante da situação que meu pai queria desesperadamente evitar.

— A gente só estava conversando — retruco, mantendo o sorriso no rosto. — Você sabe como essas coisas funcionam.

— Você e Cassidy, é isso que quer dizer? Foi só um lance com Cassidy Winters? — ele pergunta, introduzindo uma palavra de sua escolha, "lance", e tentando me induzir a concordar com o uso dela.

— Não, eu não disse que foi um lance. Disse que só conversamos. Significa que nada aconteceu ali — respondo sem hesitar, corrigindo o moleque atrevido.

Ele faz que sim com a cabeça e coça o queixo.

— Entendi. Mas não foi isso o que aconteceu com a chefe de cozinha. Porque em Miami, no mês passado, você foi marcado em uma foto no Facebook em que aparece dando um beijo no rosto dela.

O repórter pega seu celular, desliza o dedo gordo pela tela e me mostra a fotografia. Ele a tinha pronta e só esperava pelo momento certo de mostrá-la. Tinha preparado tudo para me encurralar. Eu reajo da maneira mais natural possível, enquanto a minha mente trabalha rápido em busca de uma solução para o impasse. Então uma ideia me ocorre. Eu vou até Abe e, com um bico nos lábios, lhe dou um quase beijo na bochecha. Luto contra a repulsa que sinto quando minha boca para a milímetros do rosto de criança dele, mas preciso fazer isso dar certo.

— Viu? — eu digo por fim. — Eu sou um sujeito carinhoso.

Ele esfrega a palma da mão em seu rosto.

— Então não houve nada com a chefe? — Abe indaga.

Eu faço que não com a cabeça e aponto o rosto dele.

— Assim como não houve nada agora — respondo, desejando lhe dar o tratamento que ele merece e ignorá-lo totalmente. Mas se eu virar as costas para ele ou se disser "sem comentários" ou coisa do tipo, isso vai apenas estimulá-lo. Responder com tranquilidade é a melhor maneira de acabar com essa chatice.

Abe concentra a sua atenção em Charlotte.

— Não a incomoda saber que, até algumas semanas atrás, Spencer Holiday era tido pela mídia como um famoso conquistador de Nova York?

— Não. Eu sei com quem ele vai para casa à noite.

— Não todas as noites — o repórter retruca.

Agora ele me deixou zangado. É o fim da linha para esse espertinho.

— Como é? O que foi que você disse, Abe? — pergunto rispidamente. Ser chato é uma coisa, mas ser um babaca já é uma coisa bem diferente.

O repórter ergue o queixo:

— Eu disse: todas as noites vocês vão cuidar do The Lucky Spot como marido e mulher?

Mentiroso.

Mas o mentiroso tocou em um ponto interessante e o seu comentário me faz lembrar que eu e Charlotte precisaremos de uma estratégia para conduzir esse nosso noivado falso no trabalho, pelo menos por alguns dias. Ou talvez nem seja necessário, pois logo tudo terá terminado.

Mais uma vez, esse pensamento faz o meu estômago revirar.

Antes que eu possa responder a pergunta de Abe sobre como nós dois tocaremos nosso negócio, a sra. Offerman aparece e se intromete na entrevista improvisada.

— Está tudo bem? — ela indaga.

Nunca imaginei que uma coisa dessas seria possível, mas, cara, eu me sinto feliz por ver essa mulher.

— Estamos apenas falando do relacionamento de Charlotte e Spencer e de como se tornou exclusivo rapidamente — o repórter diz à sra. Offerman. — Bem rapidamente.

Pela expressão de interesse no semblante da sra. Offerman, parece que sua curiosidade foi despertada.

— É mesmo? — ela comenta. — Eu sabia que havia sido rápido, mas não tinha consciência de que era *recente desse jeito.*

De repente eu já não estou mais feliz em vê-la. Nem um pouco, na verdade. Principalmente porque ela acaba de falar com tom de voz depreciativo.

Charlotte limpa a garganta, empurra um cacho de cabelo para atrás da orelha e olha para a sra. Offerman, e depois para Abe.

— O nosso compromisso é recente, como já dissemos várias vezes. Tudo aconteceu rapidamente. Mas às vezes as coisas são assim quando as pessoas se apaixonam, não são? — Charlotte diz, percorrendo com a ponta dos dedos a manga da minha camisa. Há uma camada de tecido entre nós, mas eu juro que o toque dela me inflama, deixando um rastro de faíscas por onde passa. Ela inclina a cabeça e o seu olhar encontra o meu. Minha respiração fica como que suspensa e por um instante o próprio restaurante parece ter desaparecido.

Eu faço que sim com a cabeça, engolindo em seco. Não sei ao certo a quem essa minha resposta se destina — se a Charlotte, a eles ou a nós.

Mas, pelo menos, o meu "sim" *soa* honesto e isso é o que importa.

Charlotte fica na ponta dos pés e me beija com suavidade nos lábios. Depois, passa o braço dela pelo meu e encara o repórter.

— Sabe, eu não dou a mínima se ele foi visto com outra pessoa algumas semanas atrás. Isso não muda nada para mim. Não muda em nada o que eu sinto por ele.

Abe não tem mais perguntas a fazer. Pelo menos por esta noite, ela conseguiu se livrar das suspeitas que pairam sobre o nosso relacionamento de mentira.

Eu me recordo da divertida vingança que exercemos sobre Bradley na academia do prédio dela na noite anterior. Claro que Charlotte se divertiu à beça com o espetáculo que armamos para o ex dela, mas aquele beijo na esteira para fazê-lo se morder de ciúme não foi nada comparado ao que ela acabou de bolar para livrar o meu pescoço. Ela me salvou mais uma vez.

Meu coração tropeça tentando correr para se manter próximo ao dela.

Alguma coisa está acontecendo. Alguma coisa estranha, completamente desconhecida. Meu coração está falando uma língua que eu não compreendo, enquanto tenta me arrastar para Charlotte.

Era só o que faltava. Agora, em vez de lutar contra um órgão todo santo dia, vou ter de lutar contra dois.

QUANDO CHEGA A HORA DE IR PARA O TEATRO, MEU PAI MONOPOLIZA A minha atenção durante a breve caminhada pela Rua 44 até a entrada do Shubert Theater.

— Está tudo bem, filho?

— Tudo perfeitamente bem — respondo, porque a última coisa que quero é lhe causar aborrecimento. Um táxi passa com o pneu cantando, expelindo fumaça pelo escapamento e então freia abruptamente no sinal vermelho. — O repórter estava irritante, mas nada que eu já não tenha visto antes.

Meu pai balança a cabeça numa negativa.

— Eu me referia a Charlotte. Está tudo bem com ela?

— Ela está bem — respondo com um sorriso, contente por ver meu pai demonstrar mais preocupação com a mulher do que com a história.

Ele aponta Charlotte, que caminha poucos metros à nossa frente junto com os outros.

— Vocês dois são perfeitos um para o outro. Não sei por que não percebi isso antes... Mas agora, vendo vocês juntos, é como se estivesse bem diante do meu nariz o tempo todo.

Como um falcão descendo do céu, a culpa volta a cair sobre mim. Dessa vez ela enterra as garras no meu peito e pelo visto veio para ficar por um bom tempo. Eu afundo a mão no meu cabelo. Quando eu e Charlotte rompermos, meu pai vai ficar bastante desapontado.

— Você é um romântico incurável, pai.

Meu comentário o faz rir e nós diminuímos o passo quando nos aproximamos da multidão reunida do lado de fora da marquise intensamente iluminada.

— Pois é, filho, é por isso que eu tenho uma joalheria.

— Não por muito tempo, não é? — eu observo em tom brincalhão. — Já pode se considerar um homem livre.

— Eu sei — ele suspira com um pouco de tristeza. — Vou sentir saudade dela.

— Mas você está feliz por poder se aposentar.

Ele balança a cabeça várias vezes, como se estivesse tentando vencer a hesitação.

— Eu estou feliz de poder passar mais tempo com a sua mãe. Ela é o centro do meu mundo. Assim como Charlotte é o centro do seu — ele diz, dando-me tapinhas nas costas.

De novo a sensação de algo estranho no ar. É a esquisitice. A esquisitice está diante de mim neste momento, sem dúvida.

Capítulo 20

O FUNCIONÁRIO DA CASA NOS LEVA ATÉ NOSSOS ASSENTOS.

Charlotte cruza os braços e suspira.

— Está se sentindo bem? — pergunto.

Ela faz que sim com a cabeça. Seus lábios se juntam, formando uma linha reta.

— Tem certeza? Porque, daqui de onde estou olhando, eu poderia jurar que você está chateada.

— Eu estou bem.

Ainda não consigo acreditar nela e a expressão cética em meu rosto deixa isso evidente.

— Não tem mesmo nada de errado com você?

— Não tem nada de errado. — Ela descruza os braços, agarra a manga da minha camisa e muda de atitude na mesma hora. — Quando é que vamos fazer um boneco de vodu daquele repórter?

Ergo os olhos, fingindo que estou concentrado em algo.

— Bem, vamos ver — respondo. — Tenho horário na minha agenda às três da tarde de amanhã. Serve?

Charlotte faz vigorosamente que sim com a cabeça.

— Fechado! Você traz os alfinetes e eu cuido dos panos.

— Excelente. Vou encontrar um tutorial no YouTube para fazermos isso direito.

Ela abre um sorriso.

— Eu odiei aquelas perguntas! — ela sussurra para mim no momento em que a abertura do musical se inicia.

— Ele estava tentando pegar pesado e insistiu num assunto tão inútil. Mas você mandou muito bem.

— Foi constrangedor — ela diz, e acena para que eu me aproxime mais quando as notas de violino chegam à plateia. — Acha que aquele repórter descobriu algo sobre o nosso acordo?

— Também suspeitei disso, mas acho que no fim das contas ele estava só jogando verde para colher maduro.

— Você gostou da resposta que eu dei no final, não é?

Se gostei? Eu adorei o que Charlotte disse a respeito das coisas acontecerem rapidamente. Mais até do que gostaria.

— Achei a sua resposta fantástica — digo.

— Coloquei aquele sujeitinho no lugar dele, não foi? — ela se gaba, soprando os dedos com uma expressão triunfante.

Gostaria de poder me enfiar agora mesmo em um buraco no chão. De repente, me sinto miserável, mas isso é trazido pelo reconhecimento de que eu queria que houvesse alguma verdade nas palavras dela. Eu queria que alguma coisa nisso fosse real.

— Você foi totalmente convincente — eu digo com um sorriso forçado no rosto. Nossa conversa é um lembrete de que, dentro de quatro dias, Charlotte não estará mais comigo. Muito embora eu, por alguma razão desconhecida, não deseje que nosso acordo chegue ao fim.

Nosso trato terminará em breve, mas eu não queria que terminasse.

O primeiro número começa e eu acho — não, eu tenho certeza — que essa vai ser a minha pior experiência com um musical.

CHARLOTTE SE MANTÉM EM SILÊNCIO ENQUANTO CAMINHAMOS PELA Times Square, depois de nos despedirmos dos meus pais e dos Offerman. Nós nos misturamos às multidões caóticas no reluzente neon da famosa lata de sardinhas que é Manhattan, um tipo de zoológico de pessoas numa cidade de milhões de habitantes. Um homem caracterizado como um robô prateado executa movimentos vacilantes ao lado de uma cartola que contém algumas moedas. Um cara vendendo chaveiros da Estátua da Liberdade dá um encontrão em Charlotte e a acerta com o cotovelo.

— Ai — ela resmunga.

— Tudo bem? — pergunto, e estendo a mão na direção do local atingido. Instinto, eu suponho: instinto de cuidar dela. Porém eu retiro a minha mão. Ela não quer isso, nem precisa disso. É capaz de tomar conta de si mesma.

— Sim, tudo bem — Charlotte diz com indiferença. — Ei, nós sobrevivemos a outra performance!

— Do *Violinista*?

— Não — Charlotte responde, balançando a cabeça. Ela então começa a falar como um locutor de rádio. — E hoje à noite, às oito horas, nós teremos outra apresentação do Casal Perfeitamente Feliz!

— Ah, sei. Certo. *Essa* performance — comento com desânimo.

Essa seria a minha deixa para fazer uma piada. Para lhe transmitir confiança. Para agradecer a ela mais uma vez.

Porém eu não digo nada. Não tenho nada a dizer.

Um homem careca com dois dentes de ouro passa por nós oferecendo em altos brados entradas para um espetáculo de sexo ao vivo.

Nós passamos por um teatro, depois por uma loja de camisetas e nos desviamos de um casal que está vestido com calças cáqui curtas, tênis brancos e camisetas com as iniciais do departamento de bombeiros da cidade de Nova York. Em que lugar estamos? Não faço a menor ideia. Honestamente, eu nem mesmo sei por que estamos caminhando pela Broadway, para começo de conversa. Acho que estamos simplesmente andando em círculos. O que há de errado comigo? Nem consigo mais me localizar dentro da minha própria cidade.

Chegamos à esquina da Rua 43 e paramos. Um ônibus segue lentamente rumo à Oitava Avenida. Turistas passam por nós, enquanto estamos ridiculamente parados no meio do caminho, e trocam olhares entre si. Durante toda a minha vida eu sempre soube o que fazer, como seguir em frente, como encontrar diversão e companhia onde quer que fosse.

Nesta noite, porém, estou desorientado, atordoado, e meus passos são tão hesitantes que mal consigo sair do lugar.

Eu coço a cabeça.

— Ahn... Para onde estamos indo, Spencer?

Eu dou de ombros.

— Eu sinceramente não sei.

— O que você quer fazer? — Charlotte pergunta, juntando as duas mãos como se não soubesse o que fazer com elas.

— Bem, o que você estiver afim — respondo, enganchando os polegares nos bolsos da minha calça jeans.

— Quer ir a algum lugar?

— Se você quiser.

— Talvez eu deva pegar um táxi e ir para casa. — ela suspira.

— Quer pegar um táxi? — pergunto, e sinto vontade de bater na minha própria cabeça. Nem eu mesmo consigo me suportar neste momento, não consigo aguentar esse camarada inseguro, sem iniciativa e meio frustrado que está tentando se apossar do meu corpo. Eu não conheço esse sujeito e nem quero conhecer. Não dei a ele direito de posse sobre mim, preciso reagir e tirá-lo do meu caminho. Então ergo uma mão no ar. — Nada disso — digo a Charlotte, com confiança renovada. Esse relacionamento falso pode até estar com os dias contados, mas eu não vou sabotar o melhor sexo que já experimentei na vida por causa disso. Tenho de dar o melhor de mim. A ocasião pede que eu me supere.

— Nada disso o quê? Pegar um táxi?

— Sabe o que eu quero fazer agora? — digo a ela, pousando minhas mãos em seus ombros. — Eu quero levá-la para a minha casa, tirar toda a sua roupa, saborear cada centímetro do seu corpo e então fazer aquelas coisas que eu disse que faria com você quando nós estávamos na Katharine's.

O rosto dela se ilumina e seus olhos brilham de desejo.

— Sim! — ela diz, balançando a cabeça com determinação.

Pronto. Perfeito. Eu pego o celular em meu bolso de trás para pedir um carro do Uber, pois conseguir um táxi aqui é impossível. Enquanto digito meus dados no aplicativo, ela põe a mão em meu braço.

— Só que... Bem, primeiro eu preciso falar com você sobre uma coisa.

Ah, merda. Sinto uma pontada na cabeça. Ela vai terminar tudo. Ela se cansou. Charlotte está se preparando para uma última transa esta noite e depois vai acabar com a brincadeira.

— O que é? — pergunto, tão ansioso que parece que meu coração vai sair pela boca a qualquer momento.

— Lembra de quando prometemos não mentir um para o outro?

— Sim. — engulo em seco e fico esperando pelo pior. A tensão se acumula em meu peito, como um nó que se aperta e mal me deixa respirar. Não gosto desse sentimento. Não quero me sentir assim nem por um segundo. Sinto-me como uma pessoa carente e dependente. É uma sensação quase desconhecida para mim. — Você não quer mais, não é? — digo em tom de desabafo.

— Não quero mais o quê?

— Continuar com o nosso lance? — pergunto, porque não posso mais aguentar essa tortura.

Ela ri.

— Isso não é engraçado — eu insisto.

— Você não tem ideia de como isso *é* engraçado.

— Por quê?

Ela balança a cabeça.

— Seu idiota. — Charlotte agarra a minha camisa e me puxa para mais perto dela. Meu coração se acelera. — O que eu queria dizer era isto: lembra que você me perguntou o que havia de errado comigo antes do espetáculo começar e eu respondi que tudo estava bem? Pois eu menti. Eu estava com ciúme, um ciúme terrível.

Eu me recordo de Charlotte cruzando os braços, fazendo piada com o repórter, congratulando-se por ter representado seu papel de modo convincente.

— Você estava... com ciúme?

— Tentei evitar a todo custo. Foi por isso que deixei para lá e fiz a piada sobre o boneco vodu.

— Mas por que você ficou com ciúme?

Baixando o olhar, ela ergue as duas mãos com as palmas para cima, encabulada.

— Foram aquelas mulheres que o repórter citou. Ouvir sobre elas me deixou com ciúme.

— Por quê?

— Não está na cara?

— Não. Mas nós já concordamos que você tem de ser explícita comigo, porque eu não sou bom em tirar conclusões sozinho. Então, vá em frente. Seja clara e direta. Cartas na mesa — eu digo.

Ela enrubesce e responde suavemente. Quase não consigo ouvir a voz dela em meio ao ruído das ruas, ao som das multidões, ao rugir do tráfego. Mas desfruto de cada palavra como se fosse música.

— Porque elas estavam com você.

Meus lábios se curvam para cima num sorriso discreto.

— Era assim que eu me sentia a respeito do Bradley quando você estava com ele — eu confesso, e revelar isso parece libertador. É mais do que libertador dar voz a algo que eu sentia, mas não compreendia na época.

— Você sentia isso quando eu estava com ele?

— Sim, às vezes — respondo, lembrando-me dos tempos em que Charlotte estava com o rei dos babacas. Havia noites em que ela saía mais cedo do The Lucky Spot e ia para casa com o sujeito, e eu não conseguia tirá-la do pensamento. Claro que não me faltavam mulheres, mas de quando em quando o demônio do ciúme me atormentava. Porém foi estupidez contar isso a ela. Eu devia proteger melhor alguns dos meus segredos. Levanto as mãos, conformado. — Vai entender.

— Spencer? — ela sussurra.

— Sim?

— Acho que nós quebramos outra regra esta noite.

Eu ergo as sobrancelhas.

— Qual? Não mentir?

— Talvez, mas também...

— Esquisitice! — dizemos ao mesmo tempo.

E então nós dois rimos. Juntos.

— O seu convite para o teatro. O meu ciúme. O aprendiz de repórter metido. Isso tudo foi esquisito — ela diz. E depois me olha de um jeito confiante. — Só existe uma cura para a esquisitice.

— Sexo anal?

Charlotte me estapeia no ombro.

— Escute aqui, nós não vamos quebrar essa regra. Jamais — ela avisa, olhando feio para a minha virilha. — Eu tinha em mente algo mais parecido com transar de quatro.

— Foi isso que eu quis dizer. — eu a beijo até a chegada do nosso carro.

E o beijo continua depois, durante todo o trajeto até o centro da cidade.

E prossegue dentro do elevador do meu prédio.

E enquanto eu abro a porta de casa.

E enquanto eu tiro a roupa dela e a deito na minha cama com as costas para cima.

Capítulo 21

COMEÇO BEIJANDO-A NO PESCOÇO E ENTÃO VOU DESCENDO pelo corpo de Charlotte, explorando-o com meus lábios. Percorro toda a coluna dela, deixando minha língua viajar por suas costas lindas e deliciosas. Ela suspira e se agita na cama. Ela vira a cabeça para me ver e eu estou perto do seu traseiro. Dou um beijo em uma nádega.

— Não se preocupe — eu digo. — Não vou quebrar nenhuma regra. Aliás, fique sabendo que essa parte do seu corpo que não tenho não me faz falta. Estou feliz com todas as outras. Eu só toco nesse assunto às vezes para provocar você.

Ela sorri para mim, e essa é a sua maneira de agradecer.

— Mas eu gosto muito da carne macia da sua bunda, então vou precisar me concentrar aqui por algum tempo — eu aviso, deslizando a ponta dos dedos pela base de sua nádega direita.

Ela empina mais o traseiro, convidando-me a beijá-la. Deixo minha língua escorregar ao longo da curva de sua nádega, primeiro uma, depois a outra. Charlotte rebola com a minha boca colada à sua bunda e um suave gemido escapa dos lábios dela. Pressiono os dentes contra a pele e mordo gentilmente. Agora seu gemido fica mais alto.

A luxúria me invade e começa a me dominar. Estou completamente excitado, pronto e ansioso, porém não quero apressar as coisas, porque estou adorando cada segundo. Pressionando as nádegas dela com os polegares, puxo sua bunda para cima e surpreendo-a passando demoradamente a língua em sua vagina.

A respiração dela se acelera.

— Eu não estava esperando por isso...

— Eu percebi. Mas você gostou, não é?

— Gostei — ela diz num fio de voz.

Mas basta de sexo oral por enquanto. Volto minha atenção para as pernas dela, querendo excitá-la ao máximo, deixá-la maluca explorando todo o seu corpo com a boca.

Faço a minha língua viajar pela parte de trás da coxa de Charlotte.

— Cada centímetro de você — digo em voz baixa, com a boca encostada em sua pele. — Eu preciso sentir, beijar, tocar cada lindo centímetro da sua pele.

— Eu também quero isso — ela diz com emoção na voz, arfante como costuma ficar quando está entrando no clima. Eu já conheço suas dicas, seus sinais, o modo como ela reage a mim; e bastaram apenas alguns dias para que eu aprendesse isso. Eu adoro conhecer o corpo dessa mulher, descobrir suas vontades e suas preferências.

Como esta, por exemplo: a parte de trás do seu joelho é uma zona erógena. Eu roço os lábios nesse ponto, arrancando dela um murmúrio sexy.

Minha boca segue caminho até a panturrilha e então eu passo para a outra perna e refaço todo o trajeto de volta à maravilhosa bunda. Agarro suas nádegas, suspendo o seu quadril e mergulho meu rosto no meio das pernas dela. Eu provo o gosto doce da sua vagina sedosa. Ela já está molhada, sua umidade invade a minha boca e sua fragrância enche as minhas narinas. Ela projeta o corpo e começa a se movimentar em sintonia comigo. E o meu desejo por ela faz aumentar essa necessidade profunda em meu peito, em meus ossos. Tudo nela me interessa; eu quero simplesmente tudo o que ela tem a oferecer. Continuo provando e explorando a doce vagina de Charlotte até ela gozar na minha boca.

Quando eu me afasto um pouco para tirar a roupa, ela se vira. Seus lábios estão entreabertos e seus olhos parecem brilhar. O rosto dela está radiante.

— Caramba... — ela murmura.

Em resposta eu olho para ela com malícia e balanço as sobrancelhas, enquanto me livro da minha camisa.

— Acho que me viciei na sua boca — ela diz languidamente.

— Ainda bem, porque a minha boca está viciada em você.

Quando vou começar a tirar a calça, ela se senta e se antecipa a mim, abrindo o zíper do meu jeans.

— Eu quero fazer isso — ela diz.

Charlotte abaixa a minha cueca e minha ereção aparece diante dela numa longa saudação. Quando ela vê, deixa escapar um som sensual, que lembra um ronronar.

— Também senti saudade de você — ela diz, e então cai de boca sobre o meu pênis, sem hesitar. Sua língua se enrosca na cabeça dele, mas, antes de ser dominado pela magia irresistível dos seus lábios maravilhosos, eu ajo rapidamente e interrompo a carícia. Agarro seu quadril e a coloco novamente na posição anterior.

— De quatro, como uma boa garota má — digo a ela.

— Sou uma garota má?

— Comigo você é, sim — respondo enquanto vou pegar uma camisinha.

Mas acabo parando para admirar a deslumbrante visão que tenho bem diante de mim — Charlotte, de quatro, com seu sensacional traseiro à mostra. Dou um tapinha na lateral de uma nádega. Ela se assusta, mas deixa escapar uma lamúria sexy.

— Oh, Deus — ela diz num gemido.

As palavras que ela diz, os sons que ela produz. Essa mulher é um sonho. Charlotte está descobrindo que gosta de tudo o que fazemos juntos e eu estou percebendo o quanto gosto de comê-la. Aproximo o meu rosto da bunda dela e beijo o local que acabei de estapear. Então, num movimento brusco, eu agarro seus pulsos e os empurro, tirando-lhe o apoio.

— Mudei de ideia. Fique apoiada sobre os cotovelos. Com essa bunda para cima.

Ela se curva como uma dançarina, seguindo a minha orientação. Eu esfrego a cabeça do meu membro em seu sexo lubrificado. Ela geme e se encosta mais em mim, querendo-me, convidando-me, ansiando por mim. Dou mais um tapinha nela e ela dá um gritinho de prazer.

Coloco o preservativo e a penetro. O sangue ferve em minhas veias. Tão apertada, tão quente — é enlouquecedor. Começo a rosnar como um animal.

— Ah, *você!* — digo num murmúrio rouco. — Você é tão sexy! Acho que vou ficar a noite inteira bem aqui onde estou...

Charlotte ri e geme ao mesmo tempo.

— Você é louco.

— Não, só estou com um tesão absurdo, mais forte do que qualquer coisa que já senti na vida — digo com a voz cheia de volúpia e começo a me mover para frente e para trás dentro dela.

Ela de repente fica em silêncio. Sem gemidos, sem ruídos, sem respiração ofegante. Então uma pergunta, em voz baixa, porém clara, quebra o silêncio:

— É verdade?

Charlotte gira o pescoço a fim de olhar para mim. Meu Deus, ela está tão vulnerável, com os olhos tão confiantes e o corpo tão inclinado para baixo.

— Sim — respondo, e me enterro fundo nela, numa conjunção total, perfeita. Minhas mãos seguram com força o seu quadril. — Eu juro, Charlotte. Caralho, como você mexe comigo! — eu deslizo meu pênis para fora dela quase inteiramente, deixando apenas a ponta dentro. Ela se contorce, aflita, tentando me trazer para dentro dela novamente. — Você me faz perder a cabeça, você me deixa louco. — eu a penetro profundamente e ela solta o ar num gemido frenético. — Quanto mais eu tenho de você, mais eu quero ter.

— Ah, meu Deus... Eu sinto a mesma coisa — ela diz e se inclina mais, projetando mais ainda o seu traseiro, oferecendo-me mais e mais.

Ela é tudo o que eu quero. Eu a quero toda, inteira. E eu continuo a fodendo até fazê-la gozar num frenesi de gritos profundos e ardentes. Meus músculos se enrijecem, minha visão se turva, um prazer intenso domina todo o meu corpo — e eu também chego ao clímax.

Eu desabo exausto na cama e ela cai ao meu lado. Descansando a cabeça na curva do meu braço, Charlotte é uma visão e tanto — gostosa, suada e nua. Corro os dedos descontraidamente pelo cabelo dela. A mão dela afaga o meu abdome.

— Isso foi fantástico — ela murmura. — Nossa melhor transa. Acho que a gente se superou agora. Você merece um prêmio por excelência. Talvez até uma estátua.

— Eu devia é levar o Oscar de atuação — eu digo, provocando-a.

Charlotte dá uma pancada no meu peito.

— Quer dizer que você estava fingindo? Tudo bem, porque eu também estava — ela retruca, bufando.

Em um piscar de olhos, eu estou de joelhos sobre ela.

— Não, você não estava fingindo — afirmo.

— Sim, senhor, eu estava, sim — ela zomba.

— Não estava. Mas só por causa desse comentário, você vai ter que me mostrar o quanto gosta de transar comigo. — Num rápido movimento, eu levanto os pulsos dela na altura da sua cabeça e desço meu braço pela lateral da cama, tateando o chão em busca do vestido dela. Então eu o pego e com uma mão eu puxo para fora a faixa cor-de-rosa presa no passador.

Eu enrolo a faixa em torno dos delicados pulsos dela e depois a amarro na cabeceira da cama. Os olhos dela acompanham minhas mãos o tempo todo enquanto eu aperto o tecido.

— Você fica linda de rosa — murmuro, e então deslizo a ponta dos dedos sobre os seus lábios.

Apanho outro preservativo e o desenrolo no meu pênis. Sim, eu estou de novo com o pau bem duro. E como poderia ser diferente? Ela está presa à minha cama, ainda molhada depois dos primeiros dois orgasmos que teve. Claro que o meu instrumento está de pé novamente. Eu afasto os joelhos dela, saboreando a visão diante de mim — as pernas dela abertas em V, suas mãos atadas, seus olhos arregalados.

Eu me encaixo entre as coxas de Charlotte.

— Agora você vai ter que implorar.

— Vou mesmo?

— Ah, você vai — eu insisto. — Porque só vai ter isso tudo se implorar.

Começo a penetrá-la, mas dou a ela apenas alguns centímetros da minha ereção. Uso os cotovelos para me apoiar, para poder ficar mais próximo dela e continuar com o lento vaivém durante os próximos minutos, atiçando-a o tempo todo, mas sem avançar na penetração. Charlotte geme, se contorce e dança debaixo de mim, e cada estocada que lhe dou a faz produzir um novo murmúrio sexy.

— Diga. Diga o quanto você me quer.

— Escuta, eu não fingi. Eu estava brincando quando disse que fingi — ela diz, ofegante.

— Diga o quanto você quer tudo. Diga o quanto você quer o meu pau inteiro...

Charlotte levanta mais o quadril.

— Eu quero você! Quero demais! Me fode bem fundo... Eu imploro! — ela grita, e ela *está* implorando. É inebriante testemunhar seu desesperado desejo sexual.

Eu então a penetro profundamente e a como para valer, até deixá-la tonta de prazer. Até fazê-la ficar rouca de tanto gritar. Até que ela não consiga parar de dizer o meu nome enquanto se entrega à vertigem de mais um orgasmo. Orgasmos múltiplos também são um apelo irresistível para mim e eu me junto a ela, gozando de novo, com um arrepio que faz meu corpo inteiro se sacudir.

Quando saio de Charlotte, ela estende a mão, afaga com vigor o meu cabelo e me beija.

— Eu menti, Spencer. *Essa* foi a melhor transa de todas.

— Pois vai ficar cada vez melhor — eu digo suavemente.

Então Charlotte se levanta e começa a recolher suas roupas. Ela caminha ao redor da cama em busca de alguma coisa no chão.

— O que está fazendo? — pergunto, curioso.

— Vou me vestir.

— *Pourquoi?*

— Para ir embora. Não foi esse o trato?

Eu rastejo até a beirada da cama e a detenho, passando os braços em torno de sua cintura.

— O que *você* está fazendo? — ela grita, surpresa.

Eu a atiro no colchão e faço cócegas nela.

Charlotte cai na risada.

— Pare com isso, Spencer!

Mas eu não cedo. As pontas dos meus dedos apertam as laterais do seu corpo num verdadeiro bombardeio e ela se contorce toda.

— Só vou parar se você passar a noite aqui.

— Piedade! Misericórdia! — ela clama, e está sorrindo, um sorriso largo e luminoso.

Eu a puxo para mim e retiro o cabelo que está cobrindo sua orelha para sussurrar dentro dela:

— Você vai ficar?

— Sim — ela responde com emoção na voz. — Não se importa se quebrarmos mais uma regra básica?

— Também não precisamos exagerar. Quer dizer, eu não me importo, contanto que você não tente me beijar assim que acordar.

— Por causa do mau hálito de cama, não é?

Faço que sim com a cabeça.

— Claro que não é o seu especificamente. É de um modo geral.

— Hum... — Charlotte franze o nariz. — Quer saber? Hálito matinal daria uma excelente regra básica. Odeio hálito matinal.

— Eu também.

— Aliás, eu não tenho escova de dentes.

— Eu tenho uma sobrando. Nunca foi usada — digo a ela.

Charlotte coloca o dedo indicador nos lábios, como se estivesse considerando todas as opções.

— Vejamos... Que sabor de creme dental você tem aqui? — ela indaga.

Um rubor começa a subir pelo meu rosto.

Ela percebe o meu constrangimento.

— Não me diga que usa uma daquelas pastas para crianças?

— Não. Na verdade, eu comprei a pasta que você gosta, de menta.

Os olhos de Charlotte brilham e ela leva uma mão ao peito.

— Você comprou uma pasta de dente para mim.

Ela parece mais feliz do que se mostrou na ocasião em que lhe comprei o anel. Meu coração bate mais rápido e palavras começam a se formar em minha língua. Palavras que revelam sentimentos estranhos e novos dentro de mim. Meus lábios começam a se abrir para que eu possa dizer alguma coisa, contar a Charlotte sobre os sentimentos que começo a nutrir por ela, dizer que isso está se tornando muito real. Porém eu paro quando ela encosta sua boca na minha e sussurra:

— Você é o meu melhor amigo, sem a menor dúvida.

O melhor... amigo.

Sim, isso é tudo o que ela quer de mim.

Capítulo 22

HARPER LAMBE O SORVETE DE LIMÃO DE CASQUINHA.

— Isso não vai livrar a sua cara com relação ao Papai Noel — ela diz, apontando para a guloseima enquanto nós saímos da sua sorveteria favorita. — Mas é um bom começo e você comprou o meu silêncio por mais alguns dias.

— Que bom. É tudo de que eu preciso.

— Hoje de manhã eu vi a fotografia que tiraram de você e Charlotte juntos — ela comenta, cutucando-me com o cotovelo. Nós estamos no Central Park, a caminho de um rápido treinamento de softbol com Nick, o famoso artilheiro do nosso time. Nós três vamos reconhecer o campo por trinta minutos antes do jogo de amanhã. Eu estou levando minha luva e meu taco e Harper carrega a luva dela.

— Você não consegue mesmo deixar de bisbilhotar a minha vida on-line, não é? — eu a provoco.

— Eu sei, é um vício terrível que eu tenho: fofocas são o meu fetiche.

— Então foi veiculada? Aquela foto no Sardi's? — pergunto, confirmando o que eu suspeitava que Abe faria.

— A própria.

— Aquele repórter da *Metropolis* é um grande idiota.

Harper franze as sobrancelhas enquanto saboreia o sorvete.

— Não está na *Metropolis.*

— Não? — nós entramos no estacionamento. — Onde está, então?

Ela balança a cabeça, pasma.

— Spencer, eu realmente não consigo acreditar que você não acompanha essas coisas sobre você mesmo!

— Pois pode acreditar. Não tenho interesse, nunca tive.

— Está no *Page Six.*

Meus olhos se arregalam. *Page Six* é um grande veículo de fofocas de Nova York. Eu tento evitar o *Page Six.*

— Mas como isso foi acontecer? Eu pensei que ele trabalhasse para a *Metropolis Life and Times.*

— Ele é estagiário lá — Harper explica. — Abe Kaufman. Levantei algumas informações sobre esse cara: ele está na faculdade de jornalismo de Columbia e faz freelances para a *Metropolis Life and Times* e também para o *Page Six*. Parece que ele vendeu a fotografia de vocês para o *Page Six*, que é mais especializado em fofocas.

Mas que filho da puta safado.

Porém há um lado bom nisso. Se eu apareço no *Page Six* com a minha amada noiva, esse pode ser o empurrão que faltava para o meu pai fechar a sua venda. O sr. Offerman daria um braço para me ver aparecer como o filho bom, ajuizado e comprometido do respeitado empresário cujo negócio ele está prestes a comprar.

— O que diz a matéria? — eu pergunto, otimista.

Ela para, passa a luva para mim e pega o telefone celular. Limpa a garganta antes de começar a ler:

— Spencer Holiday, filho do fundador da famosa rede de joalherias Katharine's e criador do popular aplicativo de paquera Namorado Antenado, ficou noivo de sua sócia e coproprietária do badalado bar The Lucky Spot. Charlotte Rhodes é também formada em Yale e o anel em seu dedo é tão grande quanto a lista de conquistas de Holiday. Parece que esse ex-playboy solteiro vai ter de queimar a sua agenda de telefones depressa, já que ele a estava usando até poucas semanas atrás. Hora de sossegar e fechar o zíper da calça, Holiday! Veja na edição deste domingo mais fotos apetitosas e toda a história do noivado.

Não é possível que aquele repórter principiante, com aquela cara de cavalo, tenha feito isso. Cerro os punhos, irado. Eu vou esganar o sujeito. Não, espere aí. Eu odeio violência. Vou fazer melhor: vou jogar sujo e inundar a página dele no Facebook com imagens de pênis e bolas, até fazê-la travar completamente!

Não as minhas bolas. Claro. Estou falando de genitais anônimos. E os mais horríveis que existirem.

Passo nervosamente a mão pelo cabelo.

— Essa é a última coisa que o papai queria ver nos jornais. — aponto o celular. — E que diabo de material ele pretende adicionar a isso no domingo? Esse sujeito insistiu que o nosso relacionamento era recente e perguntou quando começamos a namorar. Por que esse interesse? Essa reportagem é um lixo completo, simplesmente um lixo. Por que um repórter escreveria esse tipo de coisa? Por que eles fazem isso?

— Porque vende, mano. Isso vende. Mas não é por isso que estou lendo a matéria pra você.

Ela guarda o telefone e nós retomamos a caminhada.

— *Por que* está me mostrando isso, Harper?

— Não sabe mesmo por que eu li essa matéria?

— Porque você gosta de fofocas?

— Como você é idiota. Eu faço isso por você. Estou zelando por você.

Essas palavras me desarmam e por um momento eu fico emocionado.

— Sério mesmo? Você faz isso por mim?

— Sim, faço. Porque você não faz. Eu acompanho o que falam de você na internet para ter certeza de que não vamos ter de lidar com nenhum problema. E isso é um problema com o qual vamos ter de lidar.

Faço um aceno afirmativo com a cabeça:

— Tem razão. Precisamos pensar em algo para dizer ao papai.

— Errou de novo — Harper retruca. Ela para mais uma vez, agora sob uma magnólia, que nos cobre com suas exuberantes folhas verdes. — Olhe de novo, com atenção. — ela dá umas pancadinhas na tela com a ponta do dedo. — Olhe para esta foto.

Eu faço o que ela pede. Abe bateu a fotografia no momento em que eu roçava o nariz no pescoço de Charlotte. Apenas parte do meu rosto pode ser vista, mas Charlotte aparece claramente na tela, radiante e feliz. Seus olhos estão luminosos e eu juro que posso ver um brilho especial neles, mas minha mente retorna por mais alguns instantes ao pescoço dela e ao perfume que emanava dele na noite passada. Lembro-me desse perfume como se o estivesse sentindo agora mesmo — aroma de pêssegos. Ela cheirava a pêssegos e a sonhos devassos.

Como se felicidade e desejo se fundissem em um só sentimento.

— Percebe o que eu quero dizer, mano?

Olho para a minha irmã e noto que ela estava falando comigo enquanto eu divagava distraído.

— O que você quer dizer?

Ela bate o dedo indicador no meu peito e diz:

— Não parta o coração dela, Spencer!

Fico olhando para Harper como se ela estivesse louca, mas os olhos azuis da minha irmã estão sérios, o que não é muito comum. Não vejo humor neles, não vejo provocação.

Voltamos a andar na direção dos campos.

— Eu gosto de Charlotte — ela continua. — Eu sei que isso começou como uma farsa, mas está se tornando real. Pelo menos para ela.

Eu quase digo *"para mim também"*, mas as palavras de Harper me confundiram bastante — não sei se sou capaz de expressar o que sinto a respeito delas. Eu tinha tanta certeza de que as regras básicas de Charlotte eram sólidas, que as intenções dela se resumiam a sexo e prazer e de que seu objetivo era que nós retomássemos a amizade depois de foder gostoso algumas vezes. Mas as mulheres têm intuição e com a minha irmã não é diferente. Elas veem coisas que os homens não enxergam.

— Você acha mesmo?

Harper olha para o alto, com cara de tédio. Ah, minha irmãzinha pé no saco está de volta com força total.

— Eu sei que isso vai ser um choque para você, mas o seu conhecimento sobre amor e relacionamentos infelizmente é limitado. Você jamais teve um relacionamento sério.

— Isso não é verdade. Não é. Eu saía com a Amanda na faculdade.

— Uh, nossa, dãã! *Quatro meses!* Senhoras e senhores, parem tudo e escutem isso! Quatro meses! O Guinness Book está procurando você desesperadamente, porque isso é muuuito sério.

— Pois parecia sério naquela época.

— Spencer, isso pode ser uma surpresa, tendo em vista o rastro de destruição que você deixa por onde passa, mas, de vez em quando, sabe-se lá por quê, você consegue despertar sentimentos verdadeiros em uma mulher quando transa com ela. Só procure ter cuidado, especialmente ao lidar com uma amiga sua — ela diz, e nesse momento nós estamos chegando ao campo de softbol. Nick já está lá, praticando sua tacada.

Milhares de dúvidas passam pela minha cabeça. Minha vontade é pegar Harper, sentá-la num canto e enchê-la de perguntas. Fazer-lhe mais perguntas sobre Charlotte. Mas Harper me cutuca com o cotovelo. Ela passa a língua pelos lábios e olha com desejo para Nick:

— Caramba, como esse cara é gostoso!

Eu deixo cair meu taco, que acerta os dedos do meu pé antes que eu possa me desviar.

— O que aconteceu? Alienígenas levaram o seu cérebro para outro planeta?

— Qual é! Olha só pra ele! — ela está babando pelo meu amigo, que está vestindo calção de ginástica e camiseta. — O que são esses braços? Ah, meu Deus. Não é todo dia que a gente vê uns brações lindos assim. Vou até tirar umas fotos pra ficar olhando depois.

E Harper começa a bater fotos com seu celular.

— Ok, mana, aguente firme que já estou chamando o pessoal do hospício. Eles vão cuidar bem de você — eu digo, com cara de dor porque agora os meus dedos estúpidos estão latejando.

Nick nota que está sendo observado pela minha irmã e apoia o seu taco no chão, inclinando-se casualmente sobre ele, fazendo pose.

— Olá, Harper. Nossa, você está uma gata!

Gata? Mas que droga é essa? Estou vendo com meus próprios olhos o meu melhor amigo cantar a minha irmã. Será que atravessei algum portal e vim parar num mundo bizarro?

Harper põe a mão na cintura e inclina a cabeça, cheia de charme. Ela acena para Nick com os dedos e bate as pestanas.

— Você também está muito gato — ela responde, e então pisca para Nick e aponta as roupas dele. — Pode tirar a camiseta? Eu queria fazer mais uma foto...

— Só se for já — Nick diz e começa a fazer poses de dançarino erótico enquanto tira a camiseta.

— Raw... — Harper estala os lábios e imita um gato arranhando o ar. Ela se inclina para mim e sussurra. — Hoje à noite a minha imaginação vai ferver e ele vai ser todinho meu nas minhas fantasias.

Meus olhos quase saltam para fora das órbitas e eu a seguro pelos ombros.

— Mana, você tem que parar agora. Nós podemos ajudá-la. Existem bons centros de tratamento para insanidade temporária.

— Seria preciso muito mais que uma camisa-de-força pra me deter agora — ela retruca, atirando sua luva no chão. Harper enfia o sorvete de casquinha na minha mão e caminha com determinação na direção de Nick, que está sem camisa, com o peitoral e o abdome à mostra. Harper desliza os dedos pelo tórax de Nick e depois passa os braços em torno do pescoço dele.

Eu cerro os punhos, não porque queira bater em Nick, mas porque algum instinto primitivo de irmão protetor resolveu se manifestar em mim.

— Velho, cuidado com essas mãos! É a minha irmã.

Harper se vira bruscamente para mim.

— Ahá! Gostou? Isso é por ter tirado o Papai Noel de mim!

Capítulo 23

LEVO ALGUM TEMPO PARA DIGERIR A IMAGEM DA MINHA irmã agarrada ao Nick — mesmo que tenha sido uma brincadeira —, mas acabo conseguindo.

Graças à minha nova obsessão.

Essa fotografia. Eu não consigo parar de pensar no que Harper disse a respeito de Charlotte e não consigo parar de olhar para essa foto no *Page Six, é* como se nela estivessem contidas todas as respostas do universo.

Estou olhando para ela enquanto entro na estação Columbus Circle do metrô. Momentos atrás eu deixei meu taco e minha luva no apartamento de Nick, que fica próximo do parque. Sem tirar os olhos do celular, desço as escadas com certa pressa e tomo o trem que segue na direção do centro da cidade. Seguro-me nas barras de ferro e nesse momento vejo pular para dentro do vagão uma garota vestida em estilo meio hippie, com uma calça verde colada. Por um triz ela consegue entrar antes que as portas se fechem. A garota carrega sacolas nos dois braços.

— Uau — ela diz, aliviada por ter conseguido entrar. Mas a ponta de uma sacola de pano fica presa na porta e a jovem a puxa com força. Quando consegue soltá-la, seu corpo gira sem controle junto com as sacolas.

Alguma coisa bate com força no meu cotovelo e eu me encolho involuntariamente.

— Ai.

A garota coloca a mão na boca.

— Você está bem? É a minha maionese?

— Maionese? — pergunto, esfregando o cotovelo com a palma da mão enquanto o trem faz uma curva no túnel. Por que será que o osso do cotovelo dói tanto?

— Eu tenho potes de pesto de maionese nesta sacola. Eu mesma fiz. Vou dar isso para uns amigos. Ah, Deus, será que...? — Há horror em seus olhos quando ela checa o conteúdo da sacola de palha que leva no ombro.

A dor no cotovelo me afligindo e ela verificando o estado dos seus condimentos?

— Não se preocupe comigo. A sua maionese me atacou sem motivo, mas eu não vou prestar queixa — resmungo baixinho, fazendo careta de dor.

Ela olha para mim e se dá conta da situação.

— *Você* está bem? — ela diz.

Faço que sim com a cabeça.

— Sim, estou. Agora pelo menos meu dedão do pé vai ter a companhia do cotovelo...

— A maionese atingiu seu dedo do pé?

— Não, um taco de beisebol agrediu o meu pé ainda há pouco. Parece que os objetos inanimados da cidade resolveram se voltar contra mim hoje — respondo, sentindo a irritação diminuir. — E a sua maionese, vai sair dessa com vida?

Ela faz um aceno afirmativo com a cabeça e abre um sorriso. Nós estamos chegando à próxima parada.

— Sim, ela sobreviveu. Desculpe por ter machucado você.

— Deixa pra lá. São os perigos de se viver numa cidade grande.

A garota olha para a minha mão. Eu ainda estou segurando o meu celular. A foto está bem visível na tela.

— Que casal fofo!

— Ah. Certo — eu digo, levantando o telefone.

— Os dois parecem muito felizes juntos — acrescenta a Garota da Maionese.

— Acha mesmo?

— Definitivamente — ela responde sem hesitar.

— O que acha que o cara deveria dizer a ela?

— Como assim?

— Para que ela saiba como ele se sente.

A jovem abre um largo sorriso.

— Ora, ele devia simplesmente dizer a ela o que está sentindo. Se ele gosta dela tanto quanto gosta de pesto de maionese, deve contar de uma vez.

— Vou levar essa sugestão a ele — digo quando o trem chega ao centro da cidade.

Sigo pensando no assunto enquanto subo as escadas da estação e saio para a rua. Sei que esta situação com Charlotte não é tão simples quanto maionese, e não é apenas porque maionese é uma das comidas de que menos gosto.

O THE LUCKY SPOT ESTÁ UMA ZONA, CHEIO COMO NUNCA. NÃO TENHO tempo para pensar, nem para planejar nada. E é claro que não tenho tempo para descobrir o que fazer com os novos pensamentos estranhos que invadiram a minha mente.

Eu preciso bolar uma estratégia para isso, mas eu nem mesmo sei o que significa "isso".

Que somos mais do que amigos?

Que o que eu sinto é real?

Que quero descobrir se ela sente o mesmo?

Qual é a palavra que define este sentimento? É como se o meu peito fosse um trampolim e o meu coração estivesse dando saltos nele. Acontece que eu nunca pratiquei essa modalidade antes e, se fizer isso de novo, eu talvez acabe caindo de cabeça no chão.

Ou de bunda no chão.

Ou até mesmo de cara no chão.

Então tá. Com um bar cheio numa sexta-feira à noite, não vai ser fácil descobrir o que fazer com essas emoções pós-pesto de maionese.

Durante o movimento intenso da noite, eu me ocupo de cuidar dos pedidos de compra em meu laptop, contar a Charlotte sobre o que aconteceu no metrô e ajudar no atendimento atrás do balcão; enquanto isso, no escritório dos fundos, Charlotte estuda algumas ideias para uma nova campanha de marketing.

— Acabou a Belvedere — Jenny avisa do balcão, balançando uma garrafa vazia.

— Vou pegar outra — digo, e então vou até o escritório, onde Charlotte está empoleirada em uma cadeira reclinável, vestindo jeans e uma blusa de alça. Quando eu a vejo, imagens se congelam em minha mente: a foto em que aparecemos juntos, a ocasião na esquina da 43, o pesto de maionese, a pasta de dente, as palavras que ela disse a Abe na outra noite. Meu coração parece pular em meu peito e eu me pergunto se é essa sensação do coração se acelerando subitamente que faz existirem livros, filmes, músicas e poemas sobres pessoas se apaixonan...

— Ei, olá — ela diz, e a suavidade em seu tom de voz me delicia. Mas o que me arrebata é sua doçura. Essa doçura parece pessoal e reservada apenas a mim.

Sim.

Sim, é por isso que existem livros, filmes, músicas e poemas sobre apaixonar-se por alguém. Olho para Charlotte com admiração. Mesmo que a gente ainda não tenha transado neste escritório, nem no bar — embora eu queira fazer isso —, eu não estou pensando em sexo agora. Estou pensando nela e nesse caos de palavras que se instalou na minha cabeça como uma sopa de letras.

— Olá para você também — respondo brandamente e aponto o armário atrás dela. — Preciso de uma Belvedere.

— Eu pego. — ela coloca o iPad na cadeira, levanta-se e estende os braços na direção da porta do armário. Quando ela faz esse movimento, a sua blusa se ergue, deixando descoberta uma pequena parte de suas costas.

— Você está linda, Charlotte.

Ela olha para mim e sorri.

— Você também. Na sua casa mais tarde? Ou na minha?

Talvez tudo se resuma a sexo para ela. Talvez ela queira apenas isso e nada mais. Ainda assim, eu preciso saber.

— Em qualquer uma. Tanto faz para mim — respondo.

E no instante em que Charlotte abre o armário, eu me aproximo dela silenciosamente, para lhe dar um beijo no pescoço.

Sou então tomado por uma dor aguda quando a porta atinge a minha cabeça em cheio. Uma dor que começa na cabeça e migra por todo o meu corpo, passando por cada uma das minhas pobres células.

Eu repito "filho da puta" não sei quantas vezes, porque isso dói como o diabo!

— Ah, meu Deus, ai, meu Deus! Você está bem? — ela diz em pânico, com as mãos nos meus ombros.

Minha mão direita cobre o meu olho e a minha cabeça vibra como se eu tivesse sido golpeado na têmpora com um taco de beisebol.

— Acho que você me acertou na cabeça — digo, embora isso tenha ficado bem óbvio e não necessite de explicação.

— Oh, não, Deus... — dessa vez ela sussurra as palavras e fica me encarando como se o meu olho tivesse saltado para fora da órbita.

— O que foi? — pergunto, e, embora eu tenha certeza de que não estou cego de um olho, já que consigo enxergar, suspeito que o meu rosto não esteja muito bonito.

— Esse é o maior inchaço que eu já vi na vida!

Capítulo 24

ESTE FOI UM DIA PROVEITOSO PARA MIM.

Em primeiro lugar, chequei o calendário e instituí o Dia do Martírio de Spencer. Má-sorte desse tipo vem em dose tripla. Como já passa da meia-noite agora, acho que posso acreditar que o nível de ameaça tenha diminuído e já não seja tão preocupante.

Mas nunca se sabe.

Em segundo lugar, o inchaço resultante da pancada que levei é o maior galo que a humanidade já testemunhou; contudo, três horas de tratamento contínuo com gelo não apenas congelaram a minha têmpora, mas também reduziram o inchaço a quase nada. Só que a grande mancha roxa na lateral do meu rosto ainda vai me acompanhar por muito tempo.

Quando fui comprar ibuprofeno, o cara da farmácia me disse: "nossa, que belo roxo você conseguiu!".

E em terceiro lugar é justamente o ibuprofeno que está fazendo maravilhas por mim.

Mas o verdadeiro teste vem agora. O interfone está chamando perto da porta; sei que é Charlotte, porque ela me enviou uma mensagem de texto dizendo que estava a caminho com algumas compras. Eu me volto para Fido. Ele está dormindo profundamente na almofada do sofá, com a ponta da língua para fora da boca.

— Você pode atender?

Ele não responde, então eu me arrasto do sofá e vou até a porta. Aperto o botão do interfone.

— Alô? É a enfermeira mais gostosa do mundo, a que eu pedi na agência de enfermeiras temporárias?

O som da risada dela chega a mim através do interfone.

— Sim, isso mesmo, e estou aqui para lhe dar um banho de esponja — ela responde.

Aperto o botão do interfone que destrava o portão do prédio, então abro a porta do meu apartamento e espero Charlotte subir pelo barulhento elevador.

— Você é uma visão e tanto para estes pobres olhos feridos — eu digo quando ela sai do elevador e caminha até mim.

— Não me diga que machucou os olhos também — ela provoca.

— Não, só aqui — digo, esfregando de leve a têmpora.

Charlotte entra carregando várias sacolas, eu fecho a porta e volto para o sofá. Ela coloca as sacolas na mesa de centro e me observa. Então ela levanta a mão e aproxima os dedos do meu ferimento, mas não o toca.

— Isso dói?

Faço que sim com a cabeça.

Ela se inclina e me dá um beijo na testa.

— Demais. Dói demais — eu choramingo na esperança de ganhar mais carinho.

Charlotte balança a cabeça e se afasta para olhar para mim.

— Fale sério. Como está se sentindo?

Abro a boca para falar, mas hesito: respondo a verdade — *que estou bem* — ou respondo para ganhar atenção e sexo? É a decisão mais rápida que já tomei na vida.

— Eu me sinto horrível — murmuro, e isso me garante mais um beijo.

Charlotte se senta no sofá e une as palmas das mãos.

— Muito bem — ela diz. — Eu trouxe a sua bebida favorita. — Charlotte retira da sacola uma garrafinha de uísque. Levanto as sobrancelhas em sinal de apreciação. — E também macarrão frio com gergelim, do seu restaurante chinês favorito. — ela apanha uma caixa de papelão branca e a segura no alto, exibindo-a com orgulho. Eu arregalo os olhos e esfrego as mãos. Mas ainda não terminou. Charlotte enfia a mão em outra sacola e retira dela algo embrulhado num papel branco grosso. — Também temos sanduíches tostados, daqueles que você adora, da mercearia da esquina. Frango e provolone, sem maionese. Porque você odeia maionese.

Esqueça atenção e sexo. O que eu quero é isto: ela aqui comigo, sabendo de todas essas coisas. Seguro o rosto dela com as duas mãos.

— Eu quero tudo isso — digo a ela.

Ela me beija, mas seus beijos são vacilantes, há tensão em seus lábios.

— Ei, eu não vou quebrar — reclamo, separando-me dela.

— É que me sinto mal por tudo isso. Foi minha culpa. Eu te ataquei com a porta do armário.

— Ora, não foi intencional. — Faço silêncio por um instante. — Ou foi?

— De jeito nenhum — ela responde, balançando a cabeça numa negativa.

— Será que eu estou tão horrível agora que você nem suporta olhar pra mim?

— Ah, Spence, tenha dó. Você está incrível, como sempre.

— O que é então?

— Eu estou me sentindo péssima por tê-lo machucado. Quero que se sinta melhor. Foi por isso que comprei esse monte de delícias. — Ela aponta as compras.

— E eu gostei disso.

— Acho melhor colocar um pouco mais de gelo aí — ela diz, e se dirige à cozinha para pegar uma bolsa fria no freezer. Quando volta, ela a encosta no local ferido e pressiona. Porém, eu afasto com gentileza a mão dela.

— Charlotte, faz horas que estou colocando gelo nisso. Se você colocar mais gelo aí, o galo vai acabar afundando cérebro adentro. Se isso acontecer, a minha vida estará realmente em perigo.

Ela faz uma expressão de desagrado, mas acaba cedendo e desiste de aplicar o gelo. Então, aponta o frasco de ibuprofeno.

— Precisa de mais?

— Não, agora não. Tomei dois às dez da noite e me fizeram sentir grogue até agora.

— Eu sinto muito, Spencer — Charlotte murmura constrangida, juntando as mãos e entrelaçando os dedos.

Eu volto a encostar a cabeça na almofada.

— Charlotte, o que faz você pensar que eu estou zangado porque você me deu uma pancada? Eu não me importo. Contanto que essa mancha pavorosa não faça você perder a vontade de transar comigo, eu não estou nem aí — digo em voz alta e clara.

Ela apenas balança a cabeça para cima e para baixo.

Acaricio o pescoço dela com um dedo e volto a falar, dessa vez num tom de voz mais baixo:

— Então pare de ficar me mimando e me enchendo de cuidados. Eu não quero ibuprofeno, não quero gelo, não quero nem mesmo o macarrão com gergelim, que, aliás, é o meu segundo prato favorito. O primeiro são os sanduíches que você comprou.

— O que você quer?

Eu seguro a nuca de Charlotte e a puxo para mim. Seus lábios param a milímetros dos meus. Eu achava que não queria sexo e atenção, e estava certo quanto a isso. Eu quero sexo e uma outra coisa.

Fazer sexo com ela. Sexo com sentimentos. Sexo com a única mulher que me fez sentir coisas que eu jamais havia sentido.

— Você — eu sussurro ao seu ouvido.

Ela estremece e então, lenta e descontraidamente, suas mãos começam a descer pelo meu corpo.

Quando ela chega à cintura do meu calção de basquete, balança as sobrancelhas para cima e para baixo.

— É engraçado, mas essa sua contusão faz par com o seu pênis, Spencer.

— Mesmo? E como seria isso? Não quanto à cor, eu espero.

— É enorme — Charlotte responde, e então puxa o meu calção e a minha cueca. Eu os tiro rapidamente. — Isso vai melhorar as coisas — ela sussurra, empurrando-me de costas contra o sofá e ajoelhando-se entre as minhas pernas. Ela passa a língua pelos lábios, umedecendo-os, e me olha como se estivesse se preparando.

Ela engole a cabeça do meu membro e eu começo a gemer, a rosnar, a suspirar.

É essa a exata definição de paraíso. Devia estar no dicionário: Charlotte caindo de boca no meu mastro. Ela brinca, me provoca, passando a língua pela cabeça e então me lambendo de alto a baixo. Em dado momento ela cola a língua na base do meu pênis, quase me levando ao desespero de tanto prazer.

Eu mexo o quadril, na expectativa de que ela me abocanhe inteiro, até o fim, mas as carícias que ela faz com os lábios na minha vara me enlouquecem. Ela me lambe como se eu fosse o seu doce favorito, e isso me causa arrepios incríveis na espinha.

Charlotte abre bem a boca e faz a cabeça do meu membro sumir dentro dela. E começa a me sugar com fome. Fecho os olhos e me deixo levar pela maravilhosa viagem na fantástica boca dessa mulher.

Mas não fico de olhos fechados por muito tempo. Preciso vê-la. Acompanhar os movimentos dela. Seu cabelo está espalhado pelas minhas coxas, sua cabeça sobe e desce entre as minhas pernas e seus lábios inchados e vermelhos envolvem minha ereção, que desliza entre eles sem parar.

A verdade é que não é possível descrever com palavras a imagem que tenho diante dos olhos.

Sem nenhum pudor, eu mergulho os dedos no cabelo da minha deusa, agarrando-o e puxando-o.

— Mais fundo, mais! — eu sussurro, ansioso, e ela não me faz esperar, empurrando mais um pouco de mim para dentro de sua boca macia e envolvendo meus testículos com a mão. Fecho os olhos e deixo escapar um longo ruído gutural. Já não consigo mais me controlar. Começo a mover o quadril para frente e para trás, começo a foder a maravilhosa boca de Charlotte. Com a mão na parte de trás da cabeça dela, eu a puxo na minha direção, levando-a ao limite. Minha cabeça começa a girar e eu estou perto de explodir na boca de Charlotte.

— Ah, caralho! — digo num quase rosnado e a afasto, retirando o meu pênis.

Eu não posso ejacular em sua boca. Porque eu preciso possuí-la neste instante. E quero que ela goze.

— Você não está gostando? — ela pergunta, com um pouco de preocupação nos lindos olhos castanhos.

— Eu estou adorando! Mas quero que você me cavalgue. — alcanço a minha carteira e apanho um preservativo. — E quero que me cavalgue agora. Só dessa maneira eu vou me sentir melhor.

As roupas somem do corpo de Charlotte em questão de segundos e ela monta em mim. Eu seguro o seu quadril e a abaixo na direção do meu membro, e estremeço de prazer ao sentir a carne aveludada e apertada da minha deusa. Ela geme ao me receber dentro dela.

— Você está tão lubrificada para mim. Foi tão bom assim me chupar? — pergunto enquanto a guio para cima e para baixo.

Charlotte acena que sim com a cabeça, arquejando, e então faz uma coisa muito sexy. Ela passa a mão nos seios enquanto eu a penetro. Ela faz isso com naturalidade, descontraidamente, o que torna tudo mais sensual ainda. Ela está acariciando os próprios seios, e é fantástico. Cada célula do meu corpo está ardendo. O sangue em minhas veias ferve e meus olhos não desgrudam dessa mulher perfeita montada em mim, cavalgando-me como uma belíssima e lânguida vaqueira. Ela esfrega o próprio abdome — firme e macio ao mesmo tempo — e desperta em mim uma vontade de lambê-lo e beijá-lo. Ela geme, fica mais ofegante ainda, e então eu testemunho a cena mais excitante de todas: ela está se masturbando enquanto transa comigo.

Procurando a melhor posição para obter o máximo de prazer, ela me cavalga, subindo e descendo enquanto a minha tora desliza dentro dela.

É como se ela me usasse para se masturbar.

Eu quero que Charlotte me use. Que faça comigo o que bem entender. Sua respiração se torna instável, brusca, seus ombros tremem e ela começa a perder o controle. Eu agarro os quadris dela e a estimulo.

— Goze para mim, gata! Você fica tão linda quando goza!

— Eu estou perto, tão perto! — ela murmura com os dentes cerrados, e seus gemidos e súplicas vão se transformando em gritos.

Eu a observo enquanto ela se consome em sua entrega e todo o meu ser também se consome em pura paixão. Não há mais nada em mim a não ser êxtase. Ah, os lábios dela! Sua boca, seus olhos... tudo enfim. Sim, é isso mesmo, ela é tudo para mim.

Vejo-a levar uma mão ao cabelo e correr os dedos por ele, enquanto sua outra mão brinca com os mamilos. Os olhos de Charlotte estão fechados e ela está completamente perdida em seu próprio prazer. Ela é linda. E vê-la chegar ao limite nos meus braços é uma experiência de tirar o fôlego. Os movimentos de Charlotte são cada vez mais frenéticos e eu preciso ajustar meu ritmo ao dela.

— Olhe para mim — eu digo, com voz áspera.

Ela abre os olhos com hesitação. Eles estão turvos, cheios de desejo e paixão e de alguma coisa mais, uma coisa que parece inacreditavelmente nova e tremendamente familiar ao mesmo tempo. Ela começa a fechar os olhos de novo.

— Olhe para mim — dessa vez é uma ordem, clara e severa.

— Mas eu chego ao fim mais rápido quando olho para você! — ela murmura em protesto, mas é na verdade uma confissão, porque nossos olhares se encontram quando ela aproxima o rosto dela do meu, com as mãos enganchadas em torno dos meus ombros. — E eu quero que dure mais — Charlotte diz num lamento. Eu sei que ela está falando de sexo, mas não consigo deixar de me perguntar se está se referindo a alguma outra coisa também. Assim como eu.

Nós estamos ligados um ao outro, atados. Charlotte não desvia o olhar e eu não poderia desviar o meu nem se tentasse. Nos olhos dela eu vejo tudo de que preciso, e que jamais soube que precisava. Agora eu *preciso* urgentemente, furiosamente. Ela sussurra o meu nome. Soa como música para os meus ouvidos. Então me dou conta de que estou próximo de terminar. Minhas bolas se enrijecem e a explosão virá em segundos.

— Goze comigo! — eu peço com ardor, já sentindo as vibrações que anunciam o orgasmo. — Vamos juntos... agora!

E ela choraminga e grita ao mesmo tempo, e alcançamos o clímax juntos. Charlotte se curva sobre mim, encostando a boca em meu ouvido. Seu canto glorioso ecoa, mas dessa vez é diferente.

— Não consigo parar! Não consigo! Não consigo!

Ela repete isso sem parar, de um modo tão selvagem, tão louco! É demais. Eu adoro ver Charlotte gozar. Adoro vê-la feliz. Adoro comê-la. Neste momento posso afirmar que adoro tudo, até mesmo o inchaço no meu rosto, até a pancada que levei no cotovelo e até o taco que despencou em cima da droga do meu dedo.

E ela goza de modo alucinante, acariciando meu pescoço com o nariz, beijando a minha orelha, sussurrando várias e várias vezes: "tão bom! Tão bom!".

— É tão bom! — eu repito, embora esse adjetivo pareça insuficiente para definir a experiência que estamos vivendo.

— Tudo é bom quando você está comigo — Charlotte declara, e quando eu a envolvo num abraço apertado, ela se aninha a mim.

— Absolutamente tudo — eu digo.

Eu adoro cada detalhe da porcaria do universo, cada coisa, por mais insignificante que seja! E sou o canalha mais feliz do mundo, aqui e agora, nesta sala, com a mulher que eu amo!

Mas é isso! Sim, é esse o significado contido na sopa de letras.

Eu quebrei a principal regra básica, a maior de todas!

Estou apaixonado pela minha melhor amiga.

Capítulo 25

O TACO BATE EM CHEIO NA BOLA, E EU PERMANEÇO NA terceira base, esperando, esperando, esperando para ver se a bola aterrissa na luva do adversário ou se vou deixar a minha base.

Bum! Foi para fora do campo.

Eu dou um soco no ar e grito.

Nick joga o taco no chão e sai correndo. A jogada de Nick e sua corrida ao longo das bases faz meu pai vibrar da arquibancada improvisada. O ponto marcado por Nick coloca o time do meu pai à frente do adversário.

— Bom trabalho, campeão! — eu grito, e bato palmas para o nosso artilheiro enquanto ele finaliza a jogada. Foi bom poder fazer isso, porque ele não vinha bem nesta temporada até aqui.

Assim que ele marca o ponto, começa a tocar a música "Beautiful", na voz de Christina Aguilera. Uma escolha interessante. Não seria a minha primeira escolha para Nick, mas a filha do sr. Offerman nomeou a si mesma como "apresentadora" do jogo e tem selecionado os temas musicais para rebatidas válidas, corridas à base e eliminação do rebatedor. Emily carrega consigo um alto-falante portátil azul, de formato oval, que ela conecta ao seu celular para transmitir as músicas. Ela dança, vibra e encoraja o time a comemorar animadamente também. Suas irmãs a apoiam, gritando para ela das três arquibancadas de metal danificadas.

— Ei, Nick! Não espalhe por aí que você joga na liga profissional, certo? Depois mando o seu cheque! — meu pai brinca quando Nick passa pela lateral do campo.

Ao que nos dirigimos para o banco do time, perto das arquibancadas, Charlotte acena e sorri. Meu coração bate mais rápido quando olho para ela.

"Hoje à noite!", eu digo a mim mesmo. Já planejei tudo. Vou levá-la ao seu restaurante italiano favorito em Chelsea e então abrirei o meu coração. Vou dizer que ela é a mulher que eu amo. E eu espero, com todas as minhas forças, que a mulher ao meu lado no jantar de hoje seja aquela da fotografia na *Page Six*, não aquela que me disse que era apenas a minha melhor amiga. Não faço ideia se Charlotte me vê somente como um divertimento muito estimado ou se ela quer mais, assim como eu quero. Mas eu tenho certeza quanto aos meus sentimentos — eu a quero como minha melhor amiga, minha amante e minha sócia. Quero-a toda para mim. E foi por esse motivo que hoje pela manhã — depois que escovamos os dentes, é claro — eu a convidei para um encontro de verdade.

E ela disse "sim".

As palmas das minhas mãos suam quando penso que logo terei um encontro sério com a única mulher por quem já me apaixonei. Tenho uma grande carta na manga, que por outro lado pode me fazer quebrar a cara também: vou dizer a ela que foi graças ao nosso relacionamento falso que me dei conta do que sentia. Meu pulso chega a acelerar com a fervorosa esperança de que Charlotte sinta o mesmo que eu.

Diabos, ela está guardando minhas chaves, minha carteira e o meu celular em sua bolsa durante o jogo — deve haver espaço também para o bom e velho relógio, não é? Eu deixo Nick no banco, subo correndo as arquibancadas e dou um beijo rápido em Charlotte. Ela suspira suavemente quando os nossos lábios se tocam. De repente, a caixa de som de Emily começa a tocar "Pucker Up", de Ciara. Caramba, essa garota é rápida.

Eu desço as arquibancadas.

Outro jogador do time da Katharine's conquista uma base e o meu pai comemora com animação. O humor dele está ótimo, não apenas porque estamos ganhando, mas porque os papéis foram assinados esta manhã. Seu advogado está fazendo uma última revisão nos documentos e esse processo deve ser concluído até segunda-feira. Até lá, se tudo correr bem, Charlotte e eu já seremos um casal de verdade e nem precisaremos forjar um rompimento. É maravilhoso quando as coisas caminham de maneira tão perfeita!

Quando volto a me sentar no banco, Nick fala comigo em voz baixa, fingindo que está falando com Charlotte.

— Olá, Char, tudo bem com você? Como vão as coisas com o Spencer? Como é? Você ama o ego gigante dele. Sim, é mesmo enorme. Eu também amo esse ego dele. — ele se volta para mim, falando com tom de voz indiferente. — E então, como estou me saindo como ator na nossa pequena farsa?

Eu finjo olhar para Nick com espanto.

— Fantástico. Parece até que você ganha a vida inventando besteira. A propósito, espertinho, se depender de mim, isso logo vai deixar de ser um simples fingimento.

Nick arregala os olhos, genuinamente surpreso.

Eu sorrio, feliz, e falo num tom de voz baixo.

— Pois é, amigão. Era uma farsa, mas se tornou bem real para mim. Espero que para ela também. Vou falar com Charlotte essa noite e descobrir se ela sente o mesmo.

Nick estende o braço e nós fazemos um cumprimento com os punhos fechados.

— Pode ir fundo nessa — ele diz, a sério, sem nenhum sarcasmo agora. — Vocês dois sempre pareceram feitos um para o outro.

— É mesmo? Por quê? — pergunto, ansioso por uma confirmação.

Porém Nick ri e balança a cabeça.

— Cara, o que você quer que eu diga? — ele une as palmas das mãos em oração e bate as pestanas, falando com voz fina e melosa, e uma ridícula expressão sonhadora no rosto: — Ai, é tão fofo quando vocês terminam as frases um do outro, sabe? E como os dois gostam de bala de gelatina... — ele sai do personagem e bufa com sarcasmo. — Eu, hein? Tudo o que eu sei é que estou torcendo por vocês.

— Valeu, meu velho. Fico contente com isso — após um instante de silêncio, eu o provoco, fazendo cara de zangado. — Só para constar... Se você encostar suas mãos na minha irmã, vou me vingar raspando a sua cabeça e tingindo as suas sobrancelhas de laranja.

Ele arregala os olhos e cobre o cabelo com as duas mãos.

— Não mexa com o meu cabelo! Toda a minha força vem dele.

— Exatamente. Por isso, tenha cuidado.

Nós assumimos os nossos postos no campo para a última entrada, e quando o time adversário não consegue pontuar, a nossa vitória nesta manhã de sábado é comemorada ao som de "Raise Your Glass", na voz da cantora Pink. Eu cumprimento meus companheiros de equipe e deixo o campo correndo devagar.

Passo pelo sr. Offerman, e nós nos cumprimentamos batendo as mãos no alto.

— Isso tudo agora vai ser seu — eu digo em tom sarcástico, gesticulando na direção do time.

— Mal posso esperar! — ele responde. — Eu adoro isso. Espero que você fique no time, e o seu amigo também. Precisamos de um rebatedor dos bons se quisermos ganhar o campeonato na próxima temporada.

"Cara, isso é só uma liga amadora de softbol. Tente relaxar um pouco."

— Pois eu espero que você ganhe tudo — eu digo, permanecendo cordial até o fim.

Pink segue cantando sua celebração a todos os perdedores e Emily finge segurar um copo na mão, fazendo brindes imaginários para acompanhar a canção. Enquanto enfio meu boné e minhas luvas numa mochila, olho na direção de Charlotte, que está comemorando alegremente enquanto bate os quadris com os de Harper. É muito legal vê-la assim ao lado da minha irmã. Bem que poderia ser sempre assim — Charlotte se divertindo com a minha família, como minha mulher, minha companheira, não apenas como uma amiga. Posso imaginar esse cenário como se estivesse acontecendo bem agora. Dias e noites ao lado dela. Realidade e verdade, e não mais encenação e mentira.

A música para de tocar abruptamente e o entusiasmo desbocado da celebração da Pink é substituído por um ruído metálico, como quando alguém começa a tocar uma música com o som da agulha raspando um disco. No entanto, não é uma música que sai da caixa de som portátil que Emily carrega.

São vozes.

A *minha* voz, para ser mais exato.

— *Não está se sentindo bem? Está com dor de cabeça por causa de ontem ou alguma coisa?*

Eu fico paralisado.

Sinto meu sangue gelar nas veias quando a lembrança precisa do lugar onde eu disse essas palavras desaba sobre mim: no banheiro do Museu de Arte Moderna, junto com Charlotte. Sinto um peso no peito e uma horrível ansiedade, porque sei o que vem a seguir. Volto os olhos para o grupo de pessoas reunido perto da base do batedor. Não são muitas pessoas, mas todos os principais jogadores estão aqui. Assim como o clã dos Offerman, meus pais e eu. Parados como estátuas, escutando a gravação que Emily fez da minha conversa particular com Charlotte.

— *Não posso mais fingir.*

Essas palavras foram ditas por Charlotte cerca de uma semana atrás. A adrenalina entra em ação e me compele a acabar imediatamente com o espetáculo. Abordo Emily e aponto a caixa de som, então a minha voz ecoa num volume bem alto:

— *O noivado?*

Meu pai fecha a cara. Ele olha para mim e eu vejo decepção na expressão dele, além de constrangimento.

O sr. Offerman também me encara, e depois olha direto para Charlotte nas arquibancadas. A boca dela está aberta e seus olhos estão cheios de horror.

Isso tem que parar... agora!

Vou apertar o cerco contra Emily. Talvez eu consiga tomar dela o alto-falante e desligá-lo antes que ele transmita mais da conversa gravada.

— Pare já com isso, por favor! — eu peço com veemência, estendendo o braço para pegar o celular, a caixa de som, a porra do meu direito à privacidade.

Ela balança a cabeça numa negativa e levanta o braço que segura a caixa de som, enquanto a próxima fala de Charlotte soa bem claramente para todos ouvirem:

— *Não. Não é isso. Fingir o noivado não é o problema.*

Emily aperta o botão de parar e eu fico inerte, esperando que ela se vire para mim e diga "peguei vocês!".

Em vez disso, porém, Abe aparece. Ele estava próximo das arquibancadas e agora vem até o campo para se juntar a Emily. Fico olhando para ele, pasmo, sem ação. Ele se aproxima de Emily e sorri para ela como um orgulhoso... professor?

Emily assume uma expressão séria diante do pai.

— Acredita em mim agora quando eu digo que não quero estudar arte na Columbia?

Columbia. Emily vai para a mesma faculdade em que o repórter teimoso estuda. Deve ser por isso que ela o conhece.

Bufando, o sr. Offerman chega bem perto da filha.

— Emily, agora não é hora de discutir o curso que pretende fazer. O que é que está havendo aqui, afinal?

É, eu estou me perguntando a mesma coisa... Mas que coincidência. Especialmente porque eu achava que isso tinha relação comigo e Charlotte — mas também parece ter algo a ver com um pai e uma filha.

Olhando para seu pai com determinação, a garota coloca uma mão no quadril.

— Eu não tenho nenhum interesse em estudar arte. Faz anos que venho dizendo isso a vocês, que nunca me escutam. Nunca se importam com o que eu quero. Eu quero estudar administração na faculdade! Como você. Mas você acha que o mundo dos negócios foi feito para os homens. Só que está enganado, porque eu acabo de impedir que você feche negócio com um mentiroso. Eu soube que havia algo errado no instante em que os vi — a garota diz, apontando seu dedo acusador para mim e depois para Charlotte. — Então eu conversei com Abe quando jantamos no McCoy's e descobri que eu iria para a mesma faculdade em que ele estuda. E adivinhem: o Abe também sentiu que havia algo estranho com o casal feliz, e nós decidimos que nossas suspeitas tinham fundamento e que valia a pena investigar. E foi o que fizemos. O resultado está aí, papai.

Ela aponta para mim, o acusado.

— Spencer Holiday forjou um noivado com Charlotte Rhodes para que você comprasse a Katharine's acreditando que estaria comprando um negócio sadio e ético, voltado para a família, como você desejava. Um negócio associado a princípios morais, não a alguém famoso por ser especialista em sacanagem. — Com as mãos nos quadris e os pés afastados e plantados firmemente no chão, numa postura forte, a jovem esbanja determinação. — Que tal se o Abe publicar essas verdades amanhã? O que acha disso? Gostaria que ele publicasse alguma declaração sua a respeito do assunto?

Abe e Emily estão olhando para mim com uma satisfação arrogante, mas minha atenção está voltada apenas para Emily.

Tenho uma grande vontade de rir e alegar que a pequena mentirosa doente fez tudo isso porque esqueceu de tomar seus remédios. Porém uma pequena parte de mim quer parabenizar a garota por sua coragem. Eu não gosto de ser o alvo das táticas rasteiras dela, mas... que colhões essa garota tem! É preciso muito peito para fazer o que Emily fez; e ao mesmo tempo ela está jogando na cara do pai que ele é um idiota machista. Além disso, ela enganou a todos — aquela paquera no jantar nunca foi uma paquera. Emily estava me manipulando, tentando chegar ao fundo da mentira que havia farejado.

— Isso é verdade?

Não foi o sr. Offerman que acabou de me perguntar isso. Foi o meu pai. O homem que eu admiro. O homem que eu respeito. O homem que me ensinou a ser melhor do que fui nos últimos dias. Sou tomado pela vergonha quando ele ignora o sr. Offerman. Ele não está olhando para o seu precioso comprador, está olhando para o seu filho.

Seu filho, sangue do seu sangue — que mentiu para ele. Que o constrangeu. Que enganou a todos.

Meu rosto está em chamas. Não importa que os meus sentimentos por Charlotte tenham se tornado reais. Nada disso importa. Eu faço que sim com a cabeça e me preparo para responder.

Mas o som de sandálias batendo no chão de metal fino me interrompe. Charlotte desce as arquibancadas improvisadas e atravessa o campo, pisando na grama enlameada.

— Esperem! — ela diz, levantando uma mão. Ela está girando o anel em seu dedo. — O noivado falso é minha culpa. Não culpem o Spencer.

— O que você quer dizer com isso? — meu pai pergunta, irritado.

— A ideia foi minha — Charlotte responde, com voz aflita e os olhos cheios de culpa. — Eu pedi ao Spencer que se passasse por meu noivo para que o meu ex parasse de me perseguir. — Sua voz é tensa. Ela tira o anel do dedo e eu cerro os dentes. É duro para mim ver o anel ser retirado, porque o lugar dele é na mão de Charlotte.

— Isso não é verdade — eu retruco. Ela está pagando o pato, e não posso deixar que isso aconteça. Sou o responsável por toda essa confusão e preciso limpar a minha sujeira.

— Isso é verdade — Charlotte insiste, com o queixo erguido e falando com convicção. Ela me olha, e me olha fixamente. Seus olhos me dizem *"não se atreva a me interromper"*. Então ela olha para o meu pai e, em seguida, para o sr. Offerman. — Eu causei todo o problema. Eu precisei que Spencer bancasse o meu noivo para que o meu ex me deixasse em paz. Eu moro no mesmo prédio que ele e tem sido muito ruim desde que rompemos. Todos sabem que ele me traía e eu tinha de lidar com os comentários e olhares de pena que me lançavam. Mas quando ele começou a implorar todos os dias para que eu o aceitasse de volta, fui obrigada a tomar uma medida drástica para fazê-lo parar.

A sra. Offerman balança a cabeça, num movimento quase imperceptível. Pela expressão em seu rosto, ela parece compreender o drama de Charlotte. Claro, Charlotte sempre foi uma pessoa convincente como o diabo — só que nesse caso ela não precisa se esforçar para ser convincente, ela só precisa ser honesta. Quase tudo o que ela disse até aqui é verdade. A ideia inicial foi minha, mas o resto da história faz sentido.

Não posso dizer o mesmo da minha trapaça.

— Charlotte, você não precisa fazer isso... — digo brandamente, apenas para ela.

Ela sacode a cabeça e se dirige ao grupo.

— Não, eu tenho de fazer isso. Eu pedi a ele que fingisse ser o meu noivo para poder ter um pouco de sossego no lugar onde eu morava. Mas não culpem o Spencer, por favor. O fingimento foi iniciativa minha e ele concordou em se envolver porque é um cara incrível e só quis me ajudar. Nós planejamos tudo, cada detalhe, até mesmo o fim do noivado. — Ela suspira, mas mantém o queixo erguido. — Nós terminaríamos depois de uma semana... e agora já se passou uma semana. Bem, então eu acho que é isso. — Os olhos de Charlotte estão sombrios como eu jamais havia visto. Indecifráveis. — Isso nunca foi real, mas não pelos motivos que vocês estão pensando. — Ela coloca o anel na palma da minha mão e fecha os meus dedos em torno dele. — Obrigada pela ajuda.

Ela me dá um grande abraço de amigo.

— Eu sinto muito — Charlotte sussurra, e eu fico todo tenso, na esperança patética de que ela diga mais alguma coisa apenas para mim... Algo do tipo: *"E aí, o que achou da performance?"* ou então: *"Não acha que eu merecia um Oscar agora?"*. Mas ela não diz mais nada e seu pedido de desculpas de repente me parece tremendamente real.

Ela interrompe o abraço, volta-se para todos os demais e repete suas palavras:

— Sinto muito.

E Charlotte vai embora. Caminha para longe de mim e me dou conta de que não vou mesmo ouvir um *"É brincadeira, tonto!"* nem nada parecido. Porque tudo isso é muito real e cada passo que ela dá me esmaga. Como um idiota, eu fico parado sem ação na base do batedor, tentando lidar com o turbilhão de emoções que me devasta por dentro. Ao mesmo tempo, a minha vergonha começa a dar lugar a um sentimento pior: *dor.* Uma tremenda dor, como se o meu coração tivesse se partido em dois. Ela não me ama.

Isso nunca foi real.

O sr. Offerman se volta para o meu pai, o homem não parece nada contente.

— Não me interessa quem teve essa ideia, eu não faço negócios com mentirosos. O nosso acordo está desfeito — ele declara, cortando o ar com a mão.

A caixa de som de Emily começa a tocar "Take a Bow", de Rihanna.

Eu bufo e o sr. Offerman urra para a filha:

— Chega, menina!

Nesse ponto eu concordo completamente com ele.

Capítulo 26

MINHA CABEÇA NÃO PARA DE GIRAR E UM VAZIO ENORME toma conta do meu peito. Porém isso não detém Harper, ela não me dá trégua.

— Preste atenção. — Ela está com a mão em meu ombro, conduzindo-me pelo parque, e Nick segue também ao meu lado. — A sua lista de tarefas para hoje é bem longa.

Ainda bem que minha irmã está me guiando, porque eu não sei para onde estou indo e não tenho a menor ideia do que fazer. Quinze minutos atrás, meu pai teve que sair às pressas para lidar com o desmantelamento do negócio mais importante de sua carreira — fracasso esse que ocorreu graças a mim. E Charlotte já é história. Tentei encontrá-la, mas ela simplesmente sumiu. Eu poderia ligar para ela com o celular da Harper, mas, depois que a realidade se abateu sobre mim e me roubou toda a esperança, não sei se tenho condições de impor mais tortura ao meu pobre coração. *"Oi, Charlotte. Que chato saber que você não gosta de mim, é uma pena. Ei, eu tenho algumas ideias para a nossa nova campanha de marketing. Sim, com certeza você vai gostar dos meus planos para vendermos mais drinques."*

— Tudo bem. O que temos nessa lista de tarefas? — pergunto com uma voz apagada. — Será que alguma delas envolve acordar desse pesadelo?

— Não mesmo — ela responde com sarcasmo, puxando-me mais para o seu lado a fim de evitar um skatista. — Bem-vindo à sua vida, Spencer Holiday. A sua boca grande lhe criou muitos problemas e você precisa sair desse buraco em que se meteu.

— E eu não vejo o fim desse buraco, cara — Nick diz. — Você deve ter usado uma pá e tanto para cavar fundo desse jeito.

Eu quero rir. Quero mesmo. Em vez disso, porém, eu fecho a cara.

— Enquanto vocês se divertem com a minha desgraça, entre uma gargalhada e outra, talvez sobre um tempo para me darem sugestões a respeito de Charlotte, porque não sei o que fazer para resolver minha situação com ela. Não sei com que cara vou conseguir tocar um negócio com ela depois de um vexame desses.

Minha irmã me lança um olhar tão penetrante que poderia furar o asfalto.

— Ela não é o primeiro item da lista de tarefas, Spence.

— Não é?

Harper balança a cabeça numa negativa, no momento em que deixamos o parque e entramos na Quinta Avenida. Ela aponta para a frente, indicando um local distante.

— Lá. A dez quarteirões daqui, você vai encontrar uma joalheria. O escritório do nosso pai fica no sexto andar. Tudo o que você tem de fazer é ir vê-lo e implorar de joelhos o perdão dele.

Abaixo a cabeça, desanimado, e dou um longo suspiro.

— É, dessa vez eu realmente fodi com a coisa toda.

Nick ri com simpatia:

— Fodeu mesmo, cara. Mas agora é hora de desfoder.

Olho para Nick sem entender nada. Uma carruagem passa pela Quinta Avenida atrás de nós.

— Como se faz isso? — eu digo. — Foder, sim, isso eu conheço bem. Mas... desfoder? É mais ou menos como tirar antes?

— Não, não exatamente. É uma nova descoberta científica. É como osmose reversa, uma espécie de filtragem, só que, em vez de água, você filtra a merda que fez. Simples, né?

Harper bufa, impaciente.

— Ei, garotos! A gente precisa de concentração aqui. Sei que vocês são peritos em falar bobagem, mas agora não é hora de exibir as suas habilidades.

— Vamos lá, então. — Eu passo a mão na cabeça de um jeito nervoso. — Qual é o primeiro passo?

Harper respira fundo e se volta para Nick.

— Devemos dizer a ele ou deixamos que descubra sozinho?

Nick repuxa o canto da boca, e então ajeita os seus óculos.

— Não acho que o cérebro dele esteja funcionando numa velocidade satisfatória hoje.

— Dizer o quê? Vocês dois já andaram conversando sobre isso? — eu pergunto.

— Sim, sim. Quando você tentou correr atrás da Charlotte — ela diz, e eu estremeço quando me lembro que saí correndo para alcançá-la depois que a música de Rihanna foi interrompida com um berro. Mas a bela loira já havia sumido, deixando-me com um coração ferido para tratar. Como se não bastasse, ela se foi levando meu celular, minhas chaves e a minha carteira. Ou seja: estou operando às cegas.

E não tenho um centavo no bolso.

— E o que vocês decidiram que eu devo fazer? — pergunto.

— Cara, em primeiro lugar, tem de pedir desculpas ao seu pai pela mentira. Você precisa explicar por que fez o que fez, que as intenções de vocês eram boas, mas mesmo assim foi um erro e você sente muito — Nick diz, com tom de voz sério.

— Tudo bem. Posso fazer isso.

— E depois você precisa tentar consertar a bagunça que fez, mano — Harper avisa.

— Como?

— Você precisa tentar conversar com o sr. Offerman. Para ver se consegue ajeitar as coisas.

Sinto náusea só de pensar que terei de me humilhar diante daquele babaca arrogante.

— Ele não quer mais saber de negociar com o papai.

— Por enquanto — diz Nick. — No calor do momento, com os ânimos exaltados, o sangue sobe à nossa cabeça. Procure saber se ele já se acalmou e consegue pensar com mais clareza. Você precisa tentar.

Faço que sim com a cabeça, pois entendo e aceito cada palavra que os dois dizem. Sei que eles estão certos.

— E se não funcionar? — eu pergunto.

Eles olham um para o outro, e então olham para mim.

— *Você.* Se não funcionar, você mesmo vai ter que desfoder isso — Harper responde.

— Merda! — eu praguejo em voz alta quando compreendo o que vou ter que fazer para consertar as coisas com o meu pai.

HARPER ME DÁ UMA NOTA DE DEZ DÓLARES E EU ME SINTO COMO UM aluno do primário pegando a mesada.

— Use isso só se precisar tomar um ônibus para ir para casa, querido — ela diz, como um adulto orientando uma criança. — E agora... vá! — E Harper me dá um empurrão na direção da entrada da Katharine's.

Eu entro no estabelecimento, sentindo-me completamente deslocado com o meu calção de ginástica e boné de beisebol. Sigo até o elevador e aperto o botão do sexto andar. Depois que as portas do elevador se fecham, eu respiro fundo, inalando e soltando o ar, esforçando-me para manter o foco no meu pai, não em Charlotte. Não nas piores palavras que já ouvi na vida.

Isso nunca foi real.

Não sei como pude fracassar tão completamente em interpretar o que aconteceu entre nós. Eu tinha tanta certeza de que não havia apenas uma química fantástica entre nós, mas muito mais. Mas essa certeza deve ter vindo do fanfarrão metido que há em mim, fazendo suposições de que a mulher me queria.

E me dei mal, porque a mulher não mente.

Charlotte deixou isso claro desde o início.

Ela avisou que é uma péssima mentirosa, e isso significa que tudo o que ela disse no campo após o jogo é verdade.

E agora, como é que vou conseguir voltar a trabalhar com Charlotte? Como serei capaz de tocar um negócio com ela?

Quando o elevador chega ao andar do meu pai, as portas se abrem diante de mim. Saio para o corredor e vejo um rosto familiar. Nina caminha na minha direção, vestindo um terno elegante até mesmo num sábado. Pensando bem, faz sentido, já que os dias de sábado são os de maior movimento na loja.

— Ei, olá! Está procurando o seu pai?

— Sim. Ele está no escritório?

— Está, cuidando de alguns contratos.

Eu enxergo uma luz no fim do túnel. Talvez o negócio tenha sido retomado. Talvez aquele desentendimento todo já tenha ficado para trás. Talvez existam clubes de dança em Júpiter.

Seja como for, não posso deixar de perguntar.

— O sr. Offerman está com o papai?

— Não — Nina responde com um leve sorriso, e então coloca gentilmente uma mão em meu braço. — Mas vá vê-lo.

Ela se retira e eu respiro fundo, endireito os ombros e caminho até o escritório do meu pai. Aconteça o que acontecer, venha o que vier — raiva, desapontamento ou seja lá o que for —, vou suportar tudo como um homem.

Bato na porta e meu pai me manda entrar.

Ele está sentado à sua mesa, ainda vestindo seu suéter de softbol, com os dedos pousados sobre o teclado do computador. Não consigo interpretar a expressão em seus olhos. Resolvo aproveitar logo o momento e as palavras jorram da minha boca como água saindo de uma fonte.

— Pai, em primeiro lugar, eu lhe devo um grande pedido de desculpa. Eu menti para você e o enganei. Sinto muito, muito mesmo. Você me criou para ser melhor do que isso. Eu nunca deveria ter fingido que estava noivo, mas, em minha defesa, eu fiz isso tudo por um motivo nobre. Eu acreditava, estupidamente, que assim ia ajudá-lo a fechar o negócio. Quando conheci o sr. Offerman, ele deixou claro que não gostava do meu passado nem da minha reputação; daí simplesmente me ocorreu ficar noivo por uma semana, enquanto vocês finalizavam o negócio. A ideia não foi de Charlotte, foi minha. A minha intenção foi fazer a coisa certa e me assegurar de que o meu passado não acabasse estragando o seu negócio. Mas mesmo assim o negócio fracassou, e por minha causa.

— Spencer — meu pai diz, esperando ter uma oportunidade para falar.

Porém, eu levanto a mão e balanço a cabeça numa negativa, não posso parar agora.

— Eu devia ter sido honesto com o sr. Offerman já no nosso primeiro encontro e devia ter sido honesto com você, mas não fui. Você disse todas aquelas coisas legais sobre Charlotte quando fomos ao teatro ver o *Violinista* e então eu me senti como um verme por mentir pra você. Você me ensinou a ser bem melhor que isso. — eu suspiro, e então abordo a parte mais difícil. — Acontece que, a certa altura, a coisa toda deixou de ser uma mentira, porque acabou se tornando real para mim, mesmo que tenha começado como um noivado falso. O fato é que eu me apaixonei de verdade por Charlotte.

Os lábios do meu pai se curvam em um sorriso.

— Spencer... — ele tenta novamente, mas eu continuo falando, de pé, bem diante da mesa dele, num interminável jorro de palavras de arrependimento.

— Mas isso não importa, pai, porque você ouviu o que ela disse — a tristeza distorce a minha voz quando eu me lembro das terríveis palavras dela. — Charlotte não sente o mesmo, infelizmente. Sinto muito por ter tirado vantagem de você com todo esse teatro. E eu sei que vai ser difícil reparar todo o mal que causei, mas eu quero pelo menos tentar.

Eu aproveito a deixa para revelar a ele o que pretendo fazer — o que eu compreendi que devo fazer — para consertar as coisas.

— Eu sei o que você deseja mais do que tudo na vida: aposentar-se e passar mais tempo com a mamãe. Sei que é por isso que você pretendia vender a Katharine's. Não estou pedindo que transfira o controle da empresa para mim, nem que me entregue o seu negócio. Mas eu me ofereço para tomar conta de tudo e para tocar o negócio no seu lugar. A custo zero, é claro — digo com um leve sorriso, porque até mesmo nesses momentos é preciso manter o senso de humor. Os olhos do meu pai brilham quando ele ouve a minha oferta. — Eu sei administrar bem um negócio. Eu posso ser péssimo com relacionamentos e não resta dúvida de que eu não tenho a menor ideia do que as mulheres querem realmente; além disso, o meu ego é tão grande que não caberia dentro de um ônibus. Mas eu sou imbatível à frente dos negócios. De todo tipo de negócio. Eu adoraria ter a chance de compensar todo o aborrecimento que causei e de substituí-lo aqui enquanto você relaxa e curte a vida sem se preocupar com nada. E durante esse tempo, vamos procurar outro comprador para você.

Paro para tomar fôlego. Eu jamais tive a menor vontade de administrar a joalheria e meu pai jamais teve a intenção de me deixar à frente dos negócios; ainda assim, foi bom agir como homem e tomar a iniciativa de me colocar à disposição. É importante que ele saiba que eu estou determinado a consertar os meus erros.

Meu pai se levanta, caminha ao redor da sua mesa e cruza os braços. Ele para e afunda os calcanhares no carpete do escritório, fitando-me com os seus olhos penetrantes.

Mas que estranho — ele não parece aborrecido.

Capítulo 27

— VOCÊ TEM RAZÃO, FILHO. A SUA MENTIRA NÃO ME DEIXOU nada feliz. Toda a encenação desse noivado não me deixou feliz. E não me deixa feliz o fato de você achar que precisa ser o que não é para que eu tenha o que eu quero — ele aperta o meu ombro. — Mas eu o criei bem mesmo, porque o que você acabou de fazer é tudo o que um pai poderia querer de um filho.

— Fazer isso me deixou contente, pai — eu digo, e não é exagero. Eu colocaria o meu coração nesse trabalho, porque Deus sabe como eu preciso tirar Charlotte da cabeça. Talvez eu até venda a ela a minha parte no bar, para não ter de vê-la nunca mais. Ver todo santo dia a mulher que partiu o meu coração é a minha exata definição de uma vida miserável.

Meu pai bate de leve em minhas costas e então me puxa para um abraço.

— Você é um bom garoto, Spencer. Estou orgulhoso que tenha reconhecido que cometeu um erro e que queira reparar esse erro. — Ele interrompe o abraço, coloca as mãos nos meus ombros e sorri, bem-humorado. — Mas terei de recusar a sua oferta.

— Por quê? — pergunto, franzindo as sobrancelhas.

Ele ri e pisca para mim.

— Porque você me salvou! Porque durante o jogo eu quebrei a cabeça tentando pensar em uma maneira honrosa de desfazer esse negócio. Eu já não queria mais passar a empresa para aquele chauvinista metido e você me deu a justificativa perfeita — ele aponta para a sua fragmentadora de papel no chão e esfrega as mãos. — Ainda bem que os papéis não foram preenchidos!

Um sorriso surge em meu rosto, o primeiro desde que Charlotte picou o meu coração em pedaços, depois o moeu e fez hambúrgueres com ele.

Eu sei, provavelmente estou exagerando. Mas o órgão em meu peito está pulverizado. Por outro lado, ver meu pai satisfeito me traz alívio.

— Ele era mesmo um nojento — eu digo.

— Não tinha nenhum respeito por mulheres, por sua esposa, por suas filhas. Eu não posso deixar que o legado da Katharine's vá parar nas mãos de uma pessoa assim.

— Concordo, pai, não pode mesmo. Deixe a empresa conosco apenas por mais algum tempo, enquanto procuramos outra pessoa que se interesse por comprá-la, alguém realmente adequado — eu sugiro, cheio de orgulho. Sim, sinto orgulho do meu pai pela escolha que ele fez.

— Filho, aí é que está — ele estala a língua. — Eu já encontrei alguém.

— Já encontrou? — repito, boquiaberto.

— Sim. Mas não para comprar a empresa — ele corre os olhos pelo escritório, pensativo. — Encontrei alguém para cuidar dos negócios enquanto eu descanso. Eu não estou pronto para abrir mão da Katharine's de vez, embora eu esteja completamente pronto para trabalhar menos.

— Certo. Mas... quem? — pergunto com hesitação.

Mas no instante em que essas palavras saem da minha boca, eu me dou conta de quem é a pessoa. Claro! Quem mais poderia ser tão perfeita, tão confiável e preparada? Eu estalo os dedos.

— Nina! Você pediu à Nina que tomasse conta das operações diárias da empresa?

Ele faz que sim com a cabeça, radiante de alegria.

— E Nina disse sim! — Ele bate o dedo indicador sobre alguns papéis que estão em sua mesa. — Era nisso que eu estava trabalhando quando você chegou. No novo contrato dela. Nina será a diretora executiva da

Katharine's e eu permanecerei como fundador e proprietário enquanto navego pelos sete mares na companhia da sua mãe.

— Você é mesmo um romântico — eu digo, sem conseguir esconder a admiração. — A Nina é a escolha perfeita, pai. Está ao seu lado desde o início e ninguém conhece o negócio melhor que ela.

— Exatamente — ele responde, deslocando-se com agilidade até o sofá próximo da janela com vista para Midtown Manhattan. — Mas já que eu sou um romântico incurável, casado há trinta e cinco anos e muito feliz, além de ter alguma ideia do que as mulheres querem, vamos falar a respeito do que você vai fazer para reconquistar a Charlotte. Eu vi o modo como vocês olham um para o outro.

Ele bate no sofá, chamando-me para que eu me sente ao lado dele. Vou até o sofá e me afundo ali.

— Quem dera fosse possível, pai. Mas ela deixou claro que não está afim de mim.

— Hmm...

— Hmm o quê?

— Será que ela deixou claro mesmo? — meu pai pergunta de um modo estranho.

— Eu acho que as palavras exatas dela foram "isso nunca foi real".

— Essas foram as palavras dela. E eu acredito, falando de modo geral, que um homem deve prestar muita atenção às palavras de uma mulher. Algumas vezes, no entanto, as ações falam mais alto... E o que foi que as ações de Charlotte disseram a você?

A imagem de Charlotte tirando o anel do dedo me atordoa.

— Que ela não sente o mesmo que eu sinto — respondo sem rodeios. Não vou ficar medindo as palavras, ele viu o mesmo que eu.

Ou será que não viu? Ele inclina a cabeça para o lado e ergue as sobrancelhas.

— Não foi o que eu vi. Eu vi uma mulher que se colocou entre você e a bala.

Olho para ele com atenção. Suas palavras não parecem fazer sentido.

— Eu vi uma mulher que assumiu a culpa em seu lugar — ele continua. — Você e eu sabemos que Charlotte não lhe pediu para fingir ser noivo dela. Você é que pediu isso a Charlotte. E ela topou. Ela quis ajudá-lo. E hoje ela quis ajudá-lo novamente. Pode não ter funcionado da maneira que ela esperava, mas a intenção dela foi salvar a venda da Katharine's, porque ela se importa com você. Ela tentou livrá-lo da responsabilidade e sacrificou a própria imagem para não comprometer a sua.

De repente sinto algo ganhar vida dentro de mim.

Não é um alienígena ou nada parecido, e sim um coração acelerado, uma pulsação forte, uma possibilidade eletrizante.

— Cacete! — eu murmuro com espanto e começo a voltar no tempo, pensando nos acontecimentos do dia, da manhã, da noite passada. Os sanduíches, o macarrão, o uísque. As regras quebradas, o ciúme, os momentos tão puros e íntimos de êxtase e conexão. O modo como ela disse que tudo é bom quando está ao meu lado. Charlotte em cima de mim, cavalgando-me como se não houvesse amanhã.

Agarro a gola da minha camiseta e a puxo. Uau! Como está quente aqui. Não é muito inteligente da minha parte me perder em lembranças de sexo.

Melhor deixar essas lembranças de lado.

O mais importante é que percebo que Charlotte está sempre me salvando de mim mesmo. Do início ao fim do nosso noivado falso, ela salvou a situação quando eu mais precisei dela.

— Eu tenho que encontrá-la — digo, tateando os meus bolsos. Eles estão vazios. — Merda. Ela está com o meu telefone. E com a minha carteira. E com as minhas chaves.

— Isso é bom. Porque nós não queremos nos apressar.

— Por que não? Eu não deveria ir imediatamente até a casa dela para dizer como eu me sinto ou sei lá?

— Ou sei lá? — ele repete, imitando o meu jeito de falar. — Você até pode saber algumas coisas sobre entreter e seduzir mulheres por uma noite, mas eu sei como conquistar uma mulher por uma vida inteira — ele diz, apontando o próprio peito. — Acontece que o seu velho pai é um romântico incorrigível. Sendo assim, deixe o mestre fazer o seu trabalho e ensinar ao aprendiz algumas lições sobre ganhar uma mulher de volta.

Eu me levanto e entrego os pontos.

— Vamos lá, então. Eu sempre mandei muito bem na escola. Ensine-me os seus segredos.

Ele analisa a minha roupa.

— Em primeiro lugar, filho, precisamos conseguir roupas decentes para você.

— Estou sem a minha carteira.

Ele revira os olhos.

— Escute aqui, eu comprei o seu primeiro mijão. Acho que posso pagar por uma calça bonita agora.

— Pai, tudo isso é ótimo e eu agradeço, mas será que você pode jurar nunca mais repetir essa palavra em relação a mim? — eu peço quando saímos do escritório.

— Que palavra? Mijão?

Faço que sim com a cabeça e ele dá uma risadinha.

— Tudo bem, vou fazer o possível para jamais mencionar que você era o bebê mais adorável num mijão azul.

— Pai...

— Certo, certo... Você não era adorável. Você era másculo e durão.

Eu já disse que tenho o pai mais legal da face da Terra?

Capítulo 28

EU ESTOU BONITO. TRAJANDO UMA BELA CALÇA CINZA, camisa social azul-marinho, sapatos novos... E, além disso, acabei de tomar um banho daqueles. Legal. Meu pai me levou para fazer compras e depois fomos à casa dele, onde ele me deixou usar o chuveiro do seu quarto de hóspedes. O resultado? Eu estou novo em folha, é claro.

Porém ele não me deixou telefonar para Charlotte.

Sim, eu *sei* o número do telefone dela. É um dos dois telefones que eu consigo guardar de memória. O número dela e o do restaurante chinês que faz entrega em domicílio.

Então, em vez de me deixar telefonar, meu pai ligou ele mesmo para Charlotte e perguntou gentilmente se ela ainda estaria livre para se encontrar comigo esta noite. Evidentemente, ela disse que sim e ele a avisou que eu a buscaria às seis.

Quando o carro de luxo que eu contratei estaciona em frente ao prédio de Charlotte, eu me sinto como um adolescente a caminho do baile da escola. Exceto pelo fato de que não comprei uma pulseira de flores para dar a ela e nem tenho mais a estamina própria dos adolescentes — já passei dessa fase há muito tempo, graças a Deus.

Mas o nervosismo é o mesmo e os meus nervos estão à flor da pele. Eu saio do carro e vou falar com o porteiro. Ele interfona para avisar

Charlotte que cheguei e eu espero, andando para lá e para cá na portaria, contando a quantidade de peças do piso. Três intermináveis minutos depois, ela aparece no saguão.

Charlotte está vestindo uma saia de cor vermelho-amora e uma blusa preta. É a mesma roupa que ela usou quando fomos comprar o anel. Quando me dou conta disso, uma estranha sensação de ansiedade me invade. É como um sinal. Ela se aproxima de mim e eu agora posso vê-la em detalhes. Seus cabelos caem sobre os ombros de maneira solta, encantadora. Seus lábios estão vermelhos e brilhantes. Acompanho com os olhos toda a extensão de suas pernas à mostra, até me deparar com os sapatos pretos de salto alto. Não sei com certeza se já disse a ela que esses são os meus sapatos favoritos; e, de repente, fico ainda mais animado de saber que aqueles que ela mais gosta de usar são os que eu gosto de vê-la usando.

Eu mal posso acreditar que fiquei apenas oito horas sem vê-la.

Charlotte fica parada diante de mim, olha bem nos meus olhos e encosta o dedo indicador no meu peito.

— Eu não sei se beijo você ou se bato em você. Eu mandei mensagens de texto o dia inteiro. Para a minha bolsa! — ela diz, enfiando a mão dentro da bolsa e vasculhando seu interior.

Ela tira o meu telefone celular dali, o empurra em minha mão e a primeira mensagem que vejo na tela me faz sorrir:

ESSA FOI A MAIOR MENTIRA QUE JÁ CONTEI NA VIDA. ME LIGUE.

— E como se não bastasse, eu telefonei para você várias vezes, até me lembrar de que o seu celular estava comigo. Passei o dia inteiro mandando milhões de mensagens para mim mesma. Você deixou o celular no silencioso, seu idiota!

— Bom, tenho que reconhecer que se alguém merece ser chamado de idiota hoje, esse alguém sou eu. — Apesar de tudo eu sorrio, porque esse é um dos motivos que me fazem amá-la loucamente: ela não tem receio de partir para cima de mim e me dar uma bela bronca.

— Você ao menos quer saber o que as mensagens diziam?

— Quero — respondo, pegando a mão dela e entrelaçando seus dedos nos meus. Deus, como é bom tocá-la de novo! E eu sinto que a felicidade existe quando ela aperta a minha mão também. — Mas agora, primeiro, o que eu quero é levá-la para sair.

— Para o restaurante em Chelsea? — ela pergunta quando chegamos à porta da resplandecente limusine preta.

— Sim, mas ainda não. Primeiro vou levar você para um passeio temático por Nova York. O nome do passeio é: "Lições que Aprendi na Última Semana", e esta é a primeira parada. — Eu aponto o prédio dela.

Ela arqueia as sobrancelhas, convidando-me a falar mais.

— Aqui, neste lugar, eu fui um grande paspalho, Charlotte.

— Um grande paspalho? Aqui? Como assim?

— Porque, no dia em que eu pedi que você fingisse ser a minha noiva, eu realmente acreditava que poderia passar pela experiência toda sem que nada mudasse na minha vida — eu digo, abrindo a porta do carro e segurando-a para ela entrar. Observo enquanto ela se acomoda na aconchegante e climatizada cabine de passageiros. Charlotte é definitivamente deliciosa.

— E mudou alguma coisa na sua vida? — ela pergunta com vivacidade.

— Ah, mudou. Pode ter certeza. — Sento-me ao lado dela no carro e fecho a porta.

Ela engole em seco.

— Qual é a segunda parada?

— Um restaurante chamado McCoy's. — Aponto a direção do lugar com o dedo. — Já ouviu falar nele? — pergunto, e o carro se põe em movimento, misturando-se ao tráfego de sábado à noite.

— Acho que já ouvi falar. Estou bem curiosa para saber o que você aprendeu lá.

Quando chegamos ao restaurante onde jantamos pela primeira vez com os Offerman, eu seguro a mão dela e a convido a sair do carro comigo. Porém nós não entramos no restaurante. Ficamos debaixo do toldo verde e eu mexo no cabelo dela, acariciando as mechas que caem sobre os seus ombros. Ela suspira levemente quando os meus dedos fazem contato com sua pele.

— Como você deve se lembrar, nós estivemos aqui há apenas uma semana. Nós tínhamos praticado beijos na rua e no seu apartamento — eu digo, e então me inclino e roço meus lábios no rosto dela em um leve carinho, ela estremece. — Mas nenhuma dessas sessões de treinamento me preparou para a lição que eu aprendi aqui quando você me beijou na mesa.

— Que lição foi essa?

— Que eu adorava fingir que estava beijando você.

Ela abre um grande sorriso.

— E quanto aos beijos de verdade?

— Ainda melhores. Aliás, talvez você não se lembre do quanto nós dois gostamos disso, então acho uma boa ideia refrescar a sua memória. — Seguro o rosto de Charlotte e os meus lábios se apossam dos deliciosos lábios dela, ardentemente. Eu a beijo com fúria, como se quisesse dar a ela um vislumbre de tudo o que o futuro nos reserva. Ela me abraça com força, os seios pressionados contra o meu peito, e se entrega ao beijo, deixando escapar aqueles suspiros e murmúrios excitantes que percorrem o meu corpo como uma corrente elétrica.

Se nós prosseguirmos assim, essa corrente elétrica logo, logo vai ativar um certo ponto em mim. Claro que isso é precisamente o que eu quero, mas não agora, senão o passeio acabará muito antes do tempo...

Vinte minutos mais tarde, nós chegamos ao Gin Joint e eu a levo até o bar caloroso e sexy onde ela quase me fez perder o juízo.

— Neste lugar, eu fui um completo idiota.

Ela toca o meu braço com a mão e eu sinto um calafrio.

— Como assim, Spencer?

— Por causa disso — respondo.

— Disso o quê?

— Porque, quando você me toca, me faz perder o controle de uma maneira que jamais me aconteceu — digo com a voz embargada, puxando-a para mais perto de mim. — Mesmo assim, por alguma razão estranha, eu pensava que poderia resistir a você.

— Meu grande tolo! — ela diz, enquanto mergulha as mãos no meu cabelo e balança a cabeça em sinal de censura. Agora ela está realmente entrando no espírito do passeio.

— Se acha que isso é bobagem, então espere para ouvir o que veio a seguir. Você vai se dar conta do tamanho da minha imbecilidade.

— Vou? — ela pergunta enquanto nós voltamos para o carro.

— Sim. Porque depois que deixei você na sua casa naquela noite, eu voltei para a minha e... cuidei do meu problema com as minhas próprias mãos, por assim dizer. Nas minhas fantasias, nós transamos como loucos.

Os olhos de Charlotte se iluminam quando ela percebe do que estou falando e ela começa a passar a ponta dos dedos na minha perna.

— Uau, que delícia... Quero ver isso um dia desses.

— E eu quero ver você fazer isso também — coloco uma mão em torno da cabeça dela, encosto os lábios em seu ouvido e sussurro. — Repeti a dose três vezes naquela noite. De alguma maneira, eu pensava que assim conseguiria arrancar você dos meus pensamentos.

— Oh, Spencer... — ela sussurra. — Eu pensava a mesma coisa.

No momento em que o motorista parte, nós voltamos a nos beijar, dessa vez, ainda mais vorazmente. É um beijo faminto para apagar as horas que passamos afastados um do outro, as mentiras, a encenação do noivado. Nossos lábios só se separam quando estão doloridos, e não antes de chegarmos ao próximo destino. A esquina da Rua 43. Agora faltam menos de dez minutos para as sete e o trânsito está pesado por causa do teatro; por isso nós não paramos o veículo.

Eu aponto um local através da janela com película escura.

— Coisas bem estranhas aconteceram nesta esquina.

— O que houve de tão estranho? — Charlotte indaga, e seu tom de voz alegre me mostra que ela anseia por ouvir as respostas que estou adorando dar a ela.

— Eu não fui um completo idiota naquela noite. Disse a você toda a verdade: que senti ciúme de vê-la com outro homem. Foi a minha maneira de dizer que eu não queria que ninguém mais a tivesse além de mim — eu roço os lábios na garganta dela. — Nunca mais.

— Eu sinto a mesma coisa — Charlotte revela, com um sorriso luminoso no rosto. Então ela pega o celular novamente e dessa vez me mostra as mensagens que havia me enviado logo depois do jogo de hoje de manhã.

— Leia isso, Spencer. Apenas leia.

Que mentira horrível, não achou?

Como doeu dizer isso.

Não é o que eu sinto.

É tudo tão real para mim.

Você também sente isso?

Desvio os olhos da tela do celular e pressiono a mão no peito de Charlotte, bem sobre o coração. Ele bate forte sob os meus dedos.

— Sim, Passarinha. Sinto isso em *todos os lugares*.

Ela sorri com fascínio quando reconhece o nosso apelido.

— Eu também — ela continua. — Mas antes que nós exploremos *todos os lugares*, eu quero muito que você leia o resto das mensagens. — Ela tira a minha mão do seu peito e coloca nela o seu celular.

Ah, essa é boa. Acabei de perceber que estou enviando todas essas mensagens para mim mesma! PORQUE O SEU CELULAR ESTÁ ACENDENDO DENTRO DA MINHA BOLSA!

Tudo bem. Então tá. Que saco!

Saiba que eu só disse aquilo no campo para tentar ajudar. A minha intenção foi salvar o nosso plano. FUNCIONOU? EU NÃO SEI, NÃO FAÇO A MENOR IDEIA!

Ai. Eu estou me sentindo péssima. Eu estraguei tudo de vez, não foi?

Que legal, estou falando sozinha. Mas vejam só o que eu encontrei...

Parece que as suas chaves e a sua carteira ficaram comigo também. Hmmm. Você tem um monte de cartões de crédito.

Como vai a sua vida agora que não tem um tostão no bolso?

ONDE RAIOS VOCÊ ESTÁ?? NÃO SABE MAIS ONDE EU MORO?

Se não sentir o mesmo que eu sinto, você nunca mais vai voltar a ver este telefone. Eu juro: se eu não for correspondida, pode dizer adeus ao seu celular. Esse aparelho vai ter uma morte rápida, esmagado pelo martelo da minha vergonha.

Então, se você estiver lendo essas mensagens, isso só pode significar uma coisa.

Que você também é louco por mim.

— Eu também sou louco por você! — eu digo, e nós nos beijamos com paixão mais uma vez.

Antes que as coisas saiam do controle, antes que ela monte em mim — como eu quero que ela faça —, de algum modo nós conseguimos chegar ao Central Park e ao campo de softbol. Saímos do carro e eu conduzo Charlotte até o gramado.

Outro jogo está em andamento — uma pizzaria enfrentando uma rede de lojas de sapatos. Puxo Charlotte para perto de mim.

— Mas aqui, neste lugar... — eu digo, apontando o campo. — Neste lugar eu fui um tremendo babaca.

Ela sorri, intrigada.

— Por quê?

— Porque exatamente aqui, hoje de manhã... — eu respiro fundo, deixando que meus pulmões se encham de ar e finalmente abro o meu coração. — Aqui, neste lugar, a mulher que eu amo veio em minha defesa.

Ela engasga quando ouve a minha declaração.

— Eu devia ter dito a você que a amo — eu continuo. — Devia ter dito tudo a você naquela hora — eu inclino a cabeça, encostando minha testa na dela. — Eu devia ter dito a você que a amo loucamente e que a quero só para mim. Quando você me disse que não era real, eu fiquei devastado, e...

— Spencer, o que eu disse não é verdade. Eu só disse aquilo para tentar consertar as coisas.

— Agora eu sei disso. Foi tolice minha não perceber a sua intenção. Mas até que foi bom acontecer isso, no fim das contas. Porque quando eu senti que havia perdido você, percebi que faria qualquer coisa para tê-la. Porque você é a mulher que eu amo. E desde o início, desde sempre, você esteve bem diante de mim! Algumas vezes eu sinto que me apaixonei por você em pouquíssimo tempo, em uma semana. Mas outras vezes eu me dou conta de que essa paixão já existia, de que esse amor nasceu ao longo de anos. Eu precisei fingir ter um compromisso para perceber que você é a única mulher que eu já amei. Mas mais do que isso — você é a única mulher que eu quero amar.

Eu acaricio o rosto dela com os nós dos meus dedos. Os olhos de Charlotte brilham de felicidade e eu reconheço a emoção porque sinto a mesma coisa.

— E eu não tenho dúvida disso — prossigo —, porque quero comer as balas de gelatina verdes para tirá-las do seu caminho e quero aguentar do início ao fim a tortura de ver *Um Violinista no Telhado* com você e beber margaritas algumas noites e outras noites cerveja boa e colocá-la na cama quando você estiver cansada e com dor de cabeça e fazer amor com você a noite inteira se estiver bem.

Os lábios de Charlotte se abrem e ela suspira com satisfação. Ela agarra o meu colarinho e me puxa para ainda mais perto.

— Eu não estou com dor de cabeça hoje. E também quero fazer amor a noite inteira. Quero fazer isso porque eu também quebrei a regra principal. Eu amo tanto você que o beijaria assim que você acordasse, sem ligar para o hálito matinal. E rasparia o pesto de maionese do seu sanduíche até tirá-la toda, caso alguém a colocasse nele por engano — ela diz, sem tirar os olhos dos meus.

— Eu espero que isso nunca aconteça — comento, com um tom de voz extremamente sério. — Se depender de mim, você não terá de lidar com pesto de maionese nem com mau hálito. Porém, se tiver que enfrentar essas coisas horríveis, pode contar com a minha ajuda.

— E você com a minha — ela diz, e em seguida me beija; um beijo voraz, apaixonado, que sela todas as lições que aprendi.

Quando interrompe o beijo, ela me olha de maneira sugestiva:

— Que tal sobras de macarrão com gergelim na sua casa em vez de jantarmos fora?

— Ei, você não perde tempo — respondo, pois sei o que ela quer, e eu quero a mesma coisa.

— Só queria que você soubesse de mais uma coisa, Spencer — ela diz, correndo a mão pelos botões da minha camisa, uma preparação para o que faremos dentro de instantes.

— O que é?

— Lembra que eu pensava que não conseguiria ir até o fim com o nosso plano?

— Sim, eu me lembro.

— Eu fui capaz de fazer isso porque eu não sentia que estava mentindo ao seu lado. Não tive a menor dificuldade em fingir que era sua.

— Por quê? — pergunto, segurando os seus quadris.

— Não parecia ser uma farsa para mim. Sempre tive a impressão de que se tornaria real.

— E é real — eu digo, olhando-a no fundo dos olhos. Charlotte e eu construímos essa nossa nova realidade e eu quero ver, sentir e provar tudo o que nos espera a partir deste ponto. Mas eu também quero prová-la. Agora mesmo. — Sabe o que mais é real?

— O quê? — ela indaga alegremente, e o seu jeito de falar indica que ela sabe o que estou pensando.

— Que eu quero você agora, já... e quero muito! Isso é bem real. Tão real que tem até tamanho: vinte e cinco centímetros — eu digo, encostando-me em seu corpo para que ela possa sentir o quanto eu a desejo.

— Vinte e cinco? — Ela arqueia as sobrancelhas. — E eu pensava que passasse de trinta...

— Começa com vinte e cinco. Termina com trinta — eu brinco, e então voltamos para o carro de mãos dadas. Dentro do veículo, peço ao motorista para fechar a janela divisória. Depois que isso é feito, eu e Charlotte ficamos isolados.

— Vou querer aqueles vinte e cinco agora, por favor.

— Ah, então vai querer um aperitivo antes do macarrão chinês? — eu provoco, deslizando a mão pelas costas dela e apertando-lhe a bunda.

— Não, Spencer. Eu quero a sobremesa antes.

Eu a coloco em meu colo.

— Aperitivo. Sobremesa. Prato principal. Vamos pegar tudo — eu digo, levantando sua saia.

Charlotte se encarrega de abrir o zíper da minha calça.

Em questão de segundos eu empurro a calcinha dela para o lado, coloco um preservativo e começo a penetrá-la. Nossos olhares se fundem, nossos gemidos são simultâneos e de repente o mundo passa se resumir a nós dois apenas. Transamos durante alguns quarteirões. Quando o carro alcança o centro da cidade, nós transamos com ainda mais fúria, com minhas mãos se prendendo ao cabelo dela, os dedos dela agarrados aos meus ombros, nossas bocas esmagadas uma contra a outra como se estivéssemos nos devorando ferozmente.

Nós trepamos como se não nos víssemos há semanas, quando na verdade só ficamos longe um do outro durante algumas horas. Mas eu ainda vou entender essa... essa ligação com outra pessoa, essa necessidade de estar com a pessoa que se ama. Nossa noite está ótima, assim como as outras. Mas agora é mil vezes melhor, porque não tem fim. Nossas carícias não têm mais prazo de validade, não há regras básicas, não há fingimento.

A noite se transforma em uma maratona de sexo e macarrão com gergelim, de comida e orgasmos, de risadas e de palavras de amor — mais palavras e declarações de amor do que eu jamais sonhei que faria.

Nós testamos a resistência da minha mesa de centro, e ela passa no teste; meus joelhos ficam um pouco machucados, mas eu não ligo. Um pouco mais tarde, Charlotte sugere um banho a dois, só para curtir, e eu topo, porque sou fã de banhos a dois. Ela se ajoelha no piso e me presenteia com o melhor banho que já tomei em minha vida, fazendo coisas inimagináveis com a língua.

Sim, ela é capaz de operar maravilhas com a boca. E eu, com a minha, não fico atrás. Aliás, isso fica comprovado quando proporciono a ela mais uma sessão de sexo oral na madrugada, quando vamos para a cama.

Finalmente parece que nos cansamos e resolvemos dormir, mas em vez disso as carícias prosseguem na escuridão e eu acabo a penetrando quando deitamos de conchinha. Fido fornece o vocal de apoio, ronronando alto quando Charlotte chega ao clímax, e juntos eles soam como um minúsculo terremoto.

— Charlotte, eu preciso fazer uma confissão — digo, acariciando seu cabelo com os dedos enquanto ela se recupera.

— Pode mandar.

— Meu gato é um pervertido.

— Ah, é? — ela ri. — Então me parece que nós três vamos nos dar muito bem...

Eu concordo com ela.

Epílogo (1)

UM MÊS DEPOIS

Não há mais ninguém além de nós no The Lucky Spot. A última bebida foi servida há uma hora e agora nós estamos prontos para fechar.

Apanho minhas chaves no escritório e Charlotte coloca a sua bolsa no ombro.

— Na sua casa ou na minha? — ela pergunta em tom de piada, e depois ela mesma responde. — Não, espera, é na *nossa* casa.

O aluguel dela vence no fim do mês e ela veio morar comigo uma semana atrás. Ela monopoliza as cobertas e eu durmo pelado, o que pode vir a ser um problema no inverno; fora isso, a vida ao lado dela é simplesmente perfeita.

O artigo de Abe não foi publicado, pois a venda da Katharine's não se concretizou, e tudo o que restou foi um falso noivado que se transformou em uma história genuína de amor. Eu sou um cara muito feliz, e meu pai também — ele agora está com a minha mãe em alguma parte do Mediterrâneo, enquanto Nina cuida da joalheria.

Para que este momento se torne ainda mais perfeito, só falta uma garrafa de vinho.

— Vamos fazer um brinde antes de irmos embora — eu digo, dirigindo-me para trás do bar e pegando uma garrafa que eu já havia separado.

Charlotte me lança um olhar curioso do outro lado do balcão.

— Quer fazer isso em casa? — ela pergunta.

— Não — respondo, balançando a cabeça. — Aqui.

Encho uma taça para mim e outra para ela. Então, ergo a minha para brindar.

— Às recriações!

Ela me olha com expressão intrigada.

— Como é? Isso não fez nenhum sentido para mim.

— Apenas brinde comigo. Confie em mim, logo fará sentido. — Tomo um gole e ponho a minha taça no balcão. — Não acha engraçado que todos pensem que somos um casal?

— Mas nós somos um casal — ela observa, dando um tapinha na taça. — Você andou bebendo mais antes de abrir esta garrafa, Holiday?

Porém, eu estou inspirado e não vou parar agora.

— Nós precisamos de uma história — eu digo, repetindo o que ela havia comentado na cozinha da casa dela quando nós decidimos fingir o noivado. — Lembra? — pergunto, estimulando-a. — Em uma quinta-feira à noite, no The Lucky Spot, bebendo um copo de vinho depois de fecharmos o bar...

Quando Charlotte enfim se dá conta do que estou dizendo, ela estala os dedos e seus olhos brilham.

— Sim... Se não me falha a memória, foi exatamente assim que aconteceu!

— Então... Não é engraçado que todos pensem que nós somos um casal? — repito, sem deixar de olhar nos lindos olhos dela.

Ela se recorda de sua fala — sua fala fictícia, fruto da mais pura imaginação, criada para contarmos aos outros como ficamos juntos:

— Talvez nós devêssemos ser mesmo um casal.

Eu não digo nada. Charlotte também fica em silêncio. Nós dois conhecemos o script e sabemos que ele indica um silêncio constrangedor.

Quando a pausa já parece ter sido constrangedora o bastante, eu volto a falar, sorrindo levemente:

— Acontece que teremos mais do que um silêncio constrangedor desta vez. — Eu enfio a mão no bolso.

— O que vem agora? — ela pergunta ansiosa, com as mãos espalmadas sobre o balcão e os ombros curvados na minha direção.

— Um truque de mágica.

— Me mostre!

Eu saio de trás do balcão do bar, contornando-o. Quando me aproximo de Charlotte, agito uma mão atrás da orelha esquerda dela, depois tiro a outra mão do bolso e a encosto atrás da orelha direita de Charlotte.

— Ei, veja o que eu encontrei aqui — digo, e então abro a mão diante de Charlotte.

— Ah, Deus! — ela exclama com emoção na voz.

Eu me ajoelho e pego a mão dela.

— Charlotte, escute bem o que vou dizer. Quando nós começamos a brincar de noivos, eu usei duas palavras que nós dois pensamos que jamais fôssemos ouvir novamente. Mesmo assim, agora, elas soam perfeitas se eu pensar em você: *Sra. Holiday*. Soa sexy e maravilhoso, não acha? Isso é porque você é a única mulher que eu já quis que se tornasse a sra. Holiday. Quer se casar comigo?

— Spencer, eu adoro as propostas que vêm de você... Então acho que a resposta é *sim!* — ela diz, e eu vejo uma lágrima escorregar por sua face.

Sim, ela disse sim! Uma simples palavra jamais teve um efeito tão mágico.

Eu levanto o anel, deixando a pedra refletir a luz que vem do teto.

— Este é o anel que você escolheu. Aquele que você quis e que é perfeito para você. Este é o anel que eu quero que você use para sempre.

Charlotte estende a mão.

— Coloque no meu dedo — ela diz, entre soluços de felicidade. — É o único anel que eu quero. Você é o único homem que eu quero.

Eu ponho suavemente o anel no dedo dela pela segunda vez e sei que desta vez será por toda a vida.

Epílogo (2)

SEIS MESES DEPOIS

Minha esposa é simplesmente sensacional.

Você não precisa acreditar no que eu digo, apenas considere todas as qualidades que ela exibe:

Ela é brilhante, é linda, é engraçada e se casou comigo.

Ponto final.

Ah, espere um pouco. Há mais uma coisa que preciso dizer. Nós quebramos mesmo todas as regras. Dormimos um na casa do outro, mentimos, nos apaixonamos... E não durou só uma semana; vai durar a vida inteira.

Contudo, há duas regras que não quebramos. Lembra-se de que uma das nossas prioridades era continuarmos amigos? Pois bem, nós continuamos amigos. Amigos para o que der e vier.

Agora, você provavelmente está se perguntando sobre aquela *outra* regra. Sim, há uma coisa que Charlotte jamais permitiu que fizéssemos entre quatro paredes e jamais permitirá. Mas isso não me faz a menor falta, mesmo porque Charlotte é capaz de realizar façanhas com a língua. Eu sou o sujeito mais sortudo do mundo, porque estou perdidamente apaixonado pela mulher com quem vou para casa todas as noites. Minha esposa. Minha melhor amiga.

E eu a faço feliz todas as noites.

Você sabe do que estou falando, não é?

Sim, você sabe...

Esposa feliz = vida feliz.

EM BREVE,
O PRÓXIMO LANÇAMENTO:

MISTER O

Fazer com que uma mulher diga "oh-meu-deus-como-é-bom " é o nome do jogo. Se um homem não pode fazer bem o trabalho, ele deve pedir para sair.

Sua missão é entregar sempre o maior prazer que elas poderiam suportar.

Mas então ele é lançado para um novo jogo, quando uma mulher pede para ensinar-lhe tudo sobre a arte de conquistar um homem.

O único problema? Ela é a irmã de seu melhor amigo. Mas ele não consegue resistir — especialmente quando descobre que aquela doce garota pode também ser deliciosamente safada.

Mas, o que poderia dar errado nessas aulas de sedução?

Parece que as verdadeiras Aventuras do Senhor Orgasmo apenas começaram ...